小淮啾 2

Xiao Huai Jiu

酒矢 著

北京燕山出版社
BEIJING YANSHAN PRESS

在原本只有我一个人的
星球上，你我到了我。

而良

目录
CONTENTS

目录
CONTENTS

前情提要

大编剧顾淮赶稿"猝死"，醒来却发现进入了自己剧本里的星际世界，成了虫族的王。

　　看着这个萌出天际的幼崽王，虫族对他悉心照顾，恨不得二十四小时抱着他，就连一向残暴冷血的军队首领亚尔维斯也变得温柔了。

　　顾淮饿了，立马就会有人为他供应宝宝专用特调奶；顾淮喜欢花花，亚尔维斯立马带他去有花花的星球；顾淮被其他星球的人拐走了，全体虫族出动！

　　作为星际世界最可爱的人，顾淮带着虫族和其他种族进行友好的交流合作，逐渐成为一名虽然幼小但是却很有统治力的王。

第一章

做客

艾维星的建设已经进入稳定状态,顾淮也终于要回图瑟星了,由于灰塔的事,顾淮这次回来的时候只在图瑟星待了一小会儿就带部队来到艾维星折腾星球建设,现在才算正式回图瑟星。

经过灰塔的这次事件,星际里更多种族对虫族有了新的认知,虫族帮助了星盟,这是一个很明显的信号,告诉他们虫族和以前不一样了。

如果是以前的虫族,对星盟的这次危机估计看都不会看一眼,更别说施以援手。

当确认虫族真的有所变化,星际里一部分种族的心思开始活络起来,他们思考着自身是否要与虫族进行接触。

"你们又搞了个大新闻啊。"

被留在图瑟星的两名人类将领在等到虫族部队回来的时候,哈默挠了挠头,望着顾淮说了这么一句话。

对虫族的变化感受得最明显的,无疑是被留在图瑟星做客的能够就近观察虫族的这两名人类。

灰塔这次事件,他们真是没有料想到竟然是这个结局。

顾淮回以微笑:"可惜罪魁祸首跑得早,星盟还在追捕。"

一天不把加文抓到,这件事情其实都不算彻底了结,始终有隐患在那里,不只是星盟忧虑,顾淮也不是那么放心。

顾淮和两名人类进行交谈,亚尔维斯在旁边面无表情地看着,他的视线一开始是一直放在顾淮身上,后来像是想到什么,亚尔维斯微眯起竖瞳去看在顾淮对面的两名人类。

对面的青年态度一如既往的温和，沈牧和哈默本来是很轻松的，但忽然接收到青年身边那个银发虫族凛冽的视线，两人的身体都微微僵直了一下。

等顾淮回房间休息，亚尔维斯正式望向待在原地的两名人类。

不明情况的两人绷直了身体。

说实话他们并不太想面对亚尔维斯，在虫族的四名军团长里，亚尔维斯令他们体会到的压迫感是最冰冷可怕的。

一定要他们面对的话，他们希望顾淮能在附近，这样在他们眼前的银发虫族至少不会那么气场外放。

顾淮拿起桌上的文件开始翻看，这些文件是参谋长拿过来给他的，文件内容与图瑟星的建设以及和其他种族的外交有关。

图瑟星要进行一些发展建设，现在图瑟星的交通还是以悬浮车为主，顾淮在前几天的军部会议里提到可以把图瑟星的交通也升级成空轨，现在这些文件里就有一份相关议案。

空轨顾名思义就是直接架设于天空中的轨道，需要先规划好能抵达星球各个区域的线路，后续再安排能够在轨道上自动驾驶的空中列车。

不过要建设完成能覆盖整个星球的空轨，即使以虫族的效率也至少需要一年时间。

除了星球本身的基础建设，在虫族已经不再保持绝对独立的现在，图瑟星还能考虑对外的商业甚至是旅游业的发展。

再说到外交方面，虫族在灰塔这次事件里的行动是整个星际有目共睹的，在事情结束后没多久，图瑟星这边就陆续接收到了一些种族发送过来的试探接触的信号。

包括星网上，现在星际各族人民对虫族的看法也有了很多的改变，类似这样——

×××（昆布星系）：听说星盟总部这次能不被摧毁，虫族帮了很大的忙，要不是一个在星盟工作的朋友给我确认，我一开始真的不敢相信。

×××（里契星系）：何止是很大的忙，应该是全靠虫族，"陨星"才没发射出去吧。我还是很感谢他们的，我们种族好不容易解决内部问题，才和平了没多少年，真的不想外边环境又乱起来。

×××（诺尔兹星系）：虫族这段时间的对外态度好像都挺友好吧？

等顾淮签署完和桌上文件一起送过来的友好盟约以后，虫族的外交数量，也马上就要从个位数上升到十位数，比之前进步了不是一点半点。

亚尔维斯从军部回到府邸，很快出现在顾淮面前。

说实话委屈这么强烈的情感实在很难在虫族身上体现，因为虫族本身缺乏感情。

亚尔维斯脸上的表情始终是淡漠的，给人的感觉十分冷淡，但当顾淮被对方解下黑色眼带后的眼睛注视着的时候，不知道是不是心理作用的影响，顾淮莫名觉得，他眼前这只大猫好像真的有点委屈。

顾淮情急之下胡乱拍拍旁边空着的位置："坐。"

亚尔维斯微微垂眸，然后听从地在旁边坐下。

坐在他旁边的亚尔维斯先出声了："关于图瑟星土壤改良的事情，现在已经拟好了规划，土壤学专家也已经开始招募，等过一段时间，我们就可以开始进行整个星球土壤的改良计划。"亚尔维斯陈述着，声音低沉。

土壤改良？

顾淮闻言微微一愣。

其实关于图瑟星土壤改良的事情，亚尔维斯好一段时间之前就在军部召集过相关会议，只不过因为这件事情实现的难度很高，图瑟星的高层们最近才拟出一个满意的规划。

这是为了自家王做的事情，他们一定要做得非常完美才行。

"等星球的土壤改良完成，图瑟星就可以种你喜欢的花。"亚尔维斯注视着顾淮，他说这句话时的表情没有什么变化，但他在观察着顾淮的反应。

这句话让顾淮几乎条件反射地迅速眨了下眼，他忽然间有点说不出话来。

关于花的事，顾淮记起来在他刚来到图瑟星的时候，他对亚尔维斯说，如果图瑟星上也能有花就好了。

虽然顾淮当时这么说，但他知道图瑟星的土壤是种不了花的，所以那句话其实只是一个奢望。

而亚尔维斯把他的那句话记到了现在。

这只银色大猫在他说这句话的那一天，还跑去别的星球给他摘了朵花回来，进到他房间里一直等到他醒来了送给他。

顾淮在亚尔维斯的注视下，倏忽说了一句："你的背翼，我想再看一次。"

听见这句话，亚尔维斯没有出声回应，不过在下一秒，他的背后就张开了巨大的银灰双翼，并且他很自觉地把右翼往顾淮手边垂了垂。

但顾淮这时并没有去碰亚尔维斯的银翼，而是再开口说："还是更想看尾巴。"

亚尔维斯微垂眉眼，把他的银灰色尾巴也移动到顾淮手边。

这实在是太乖了……

顾淮无言地看着亚尔维斯移到他手边来的银翼和尾巴，说不出内心是什么感觉。

看完几份与不同种族订立的友好盟约，顾淮分别在这几份文件上签字，晚点再把友好盟约录入星网就可以了。

图瑟星的建设议案，顾淮很快批了通过，剩下的最后一份文件内容则有点不同，是菲尔兹人对虫族的试探交流。

菲尔兹人是星际里势力强大的种族之一，也是最早创立星盟的十二个种族之中的一员。

这个种族的人大部分都有着灰蓝色的皮肤，头上有略长且弯曲的犄角，菲尔兹人的精神力天生比较优秀出众，比星际里绝大多数种族都占据优势。

顾淮手上这份文件，内容大概是菲尔兹人希望能请一名战斗力优秀的虫族去他们的帝国第一军事学院做一天的授课。

还有就是，菲尔兹人的领袖邀请他去莱文星——菲尔兹人的首都星做客，时间在半个月后。

这份文件其实更该说是邀请函，请虫族人员去帝国第一军事学院授课一天只是次要的，放在第一位的事情是对顾淮的邀请。

这也是菲尔兹人对与虫族建交意愿的表达，邀请顾淮过去做客的举动是一个铺垫。

"菲尔兹人……就是像科林一样，有灰蓝色皮肤的种族是吗？"顾淮把这份邀请函拿在手上，侧头去问旁边的亚尔维斯。

亚尔维斯点头："大部分菲尔兹人是灰蓝色皮肤，不过也有少数人的皮肤是暗红色。"

说到后半句话时，亚尔维斯像是想到什么，表情冷淡地补充道："暗红色皮肤的菲尔兹人在种族里会受到一定程度的歧视，虽然说是少数人，但在种族整体人口数量庞大的时候，数量也不会少到哪去。"

这样种族内部不会发生矛盾吗？

顾淮的第一反应是这个，不过这也不是他需要管的。顾淮很快把这个想法放下，接通了与军部议会的通信。

"我打算接受菲尔兹人的邀请，你们有什么不同的想法吗？"

顾淮询问议会成员的意见。

接收到顾淮的影像通信，原本坐在军部会议室里的图瑟星高层们一下子都唰唰站了起来，然后各自兴奋地望着出现在影像里的顾淮。

虽然几乎已经是每天都能看见顾淮了，但是这些虫族依然希望有更多能看见顾淮的时间，即使只是看见影像也很高兴。

参谋长走到通信影像前方，推了推说："您希望这么做的话，属下没有意见。"

那份邀请函是先送到参谋长这边，参谋长审阅过了这份邀请函，发现没有任何用词不敬的地方，才将它递交给顾淮。

在参谋长记忆里，菲尔兹人在这份邀请函中对顾淮表现出的邀请态度足够尊敬，整个高层议会的所有虫族都认为这一点值得表扬。

既然整个议会都没有意见，顾淮就放心同意了。关于让一名虫族去菲尔兹人的帝国学院授课一天的事，顾淮在晚餐过后的时间里跟自家的四名军团长商量人选。

"菲尔兹人也是专精异能的种族，授课由艾萨多族群的虫族去做会比较合适。"艾伊率先开口。

艾萨多族群的虫族同样天生精神力优秀、擅长异能，艾伊的能力是艾萨多族群的顶峰。

顾淮闻言很快点点头，他其实也是这么想的，而在他点头以后，艾伊继续说："这件事情可以交给属下去做。"

授课内容能不能直接镇住那些学生，艾伊认为这也关乎自家王的脸面，因此这件事情他觉得必须由他来做。

"嗯。"顾淮倒是没想这么多，很快就同意了。

桌上还有半杯奶，事情讨论完，顾淮在周围一群虫族的持续注视下，不得不认命地把这半杯奶也拿起来慢慢喝掉。

用蛋壳配制的奶其实已经喝完一段时间了，但是顾淮每天的食谱里还是会有一杯其他品种的鲜奶，说是为了营养均衡一定要喝的。

顾淮一度怀疑这个说法的真实性，因为在他喝奶的时候，注视着他的虫族们总是眼睛发亮，这让顾淮不禁想，自家这些虫族可能只是为了想看他喝奶才这么说。

因为不只是眼睛发亮，顾淮还能明显感知到周围虫族的高兴情绪，他对每天要喝一杯奶这件事情就默认接受了。

由艾伊接下对菲尔兹人帝国第一军事学院的一天授课，顾淮决定在艾伊授课那天一起去这家学院看看。

来到这边世界也有一段时间了，但顾淮还没见过星际时代的学校长什么样，不知道这些学校学的课程会是什么，说实话他挺好奇的。

假如条件允许，顾淮甚至想就读一下未来时代的学校，但他觉得他是没有当学生的机会了。

顾淮只要想想他在某个学校当学生，估计他的家长们能每天开着尤拉战舰来接他上下学，然后就餐时间再过来给他送堪比宴席的豪华便当，搞不好每天还要问他有没有被同学欺负，只要他回答有就准备开尤拉战舰炸了学校……

这个画面太美，顾淮脑补一下都想捂住眼睛。

想起来之前在和两名人类将领聊天的时候，顾淮记得他好像听他们两人说，他们毕业于地球联邦最好的军事学校，刚好现在可以找他们聊聊。

"什么？菲尔兹人邀请一名虫族去他们的帝国第一军事学院授课一天？！这也太不要脸了。"一听到是菲尔兹人，哈默马上脱口而出。

整个星际谁不知道虫族在战斗方面厉害啊，菲尔兹人一看虫族最近好说话了，就提这种请求，这不是不要脸是什么！

顾淮投去一个疑惑的眼神，不明白哈默为什么反应这么大。

"地球联邦的联邦军事学院和菲尔兹人的帝国第一军事学院是竞争对手，我和哈默以前去当过一年的交换生。"沈牧在旁边解释。

哈默顿时反应更大："哇，那一年的交换生，我们简直跟那群菲尔兹人斗智斗勇，我晚上做梦都梦到自己在练习操作机甲，就是不能输这一口气。"

有旧恩怨，顾淮理解了，看着两人这样的反应，他想了想问道："那你们要不要跟我去看看？"

"说起来，你们在虫族这边做客的时间也挺久了，差不多也该让你们回家了。"顾淮态度温和地微笑着，"做客的这段时间，相信你们已经有了足够多的感受。"

沈牧和哈默一时没能说话，感受确实是很多，亲眼看见和亲身经历的感受比别人跟他们说一百遍都来得深刻。

虫族和人类过去是死敌，但这个关系到了新纪元，也许真的应该变一变了，他们也希望能有机会促成这个改变。

两名人类答应了顾淮的提议，于是在半个月后，他们两人跟着虫族的舰队一起出发。

"这个护卫队的规模是不是有点……"沈牧和哈默相视无言，他们两人对虫族每次出行的舰队规模都一阵失语。

为什么虫族每次出门，明明不是要出门搞事，却总是能营造出让人误以为是要去攻打某个星球的黑恶势力既视感？

实在是这个舰队规模太夸张了，为什么都是精锐舰队？出个门需要这样吗？

都是精锐舰队也就算了，这个战舰的规格等级是不是降一降比较好？这一水的毁灭者级战舰，出个门是要吓死谁啊？！

上一次是去救援别的种族，出动大部队勉强能说是情有可原，但这次明明只是普通出门而已……

"陛下不能有任何危险。"参谋长表情严肃地开口。

沈牧和哈默一时语塞。

你们醒醒!

根本没有人想主动招惹你们好吗，大多数人看见尤拉战舰马上掉头就跑了!

但虫族对顾淮的保护心态有多强烈，沈牧和哈默在这段时间已经深刻理解了，于是他们此时默默选择了不说话。

其实这支护卫队已经是顾淮要求缩减规模以后的结果，缩减规模后不能跟随顾淮一起去莱文星的虫族们现在都眼巴巴看着他，心情极度失落。

"不会出门多久的，我很快就会回图瑟星。"顾淮温声安抚。

做客也就几天的事，算上来回路程，出门时间最多也不过一个多星期。

被顾淮这么安抚一下，这些因为顾淮要出门却不能跟随而低落的虫族才又勉强恢复了状态。

虽然莱文星的航空港已经提前收到了上级传达下来的虫族要来他们星球拜访的消息，但乍一眼突然看到虫族那迎面而来的黑压压的尤拉战舰群，在监测站点里工作的菲尔兹人还是被惊吓得差点一个手抖按下敌袭警报的按钮。

幸亏最后反应过来这是虫族要来拜访他们星球，不然这事就没法收拾了。

顾淮被菲尔兹人的领袖以贵宾级待遇接待。在能够自由活动的时候，顾淮想着先到艾伊后天要去授课的帝国第一军事学院看几眼。

毕竟是一个学校，顾淮肯定不能带着这么多虫族过去的，免得引起什么骚动。

"卡鲁，你们也先待在这里，太多人一起去不好。"顾淮安抚下想要看护他的塔克虫族们，抬手摸了摸为首这只塔克虫族的锋利前臂。

被顾淮这样安抚的塔克虫族们发出了很长一阵低呼，像是不太愿意的样子，但还是听从了顾淮的要求。

"我们在那里当过交换生，可以给您当向导。"哈默说。

虫族们就算不近距离保护顾淮，远距离地跟随护卫却是绝对不会少的，亚尔维斯直接隐匿身形跟在旁边。

星际时代的学校，大概是连学校大门都特别豪华……

顾淮来到菲尔兹人的帝国第一军事学院的大门前，面对这比城堡大门都更夸张的学校入口，他惊讶得睁大了眼睛。

"其实也不是每间学校都这样，只是菲尔兹人的这家帝国第一军事学院建造得特别浮夸。"哈默不放过任何可以批评死对头学校的机会。

不过也就在他说完这句话的下一秒，一个灰蓝皮肤的菲尔兹人走了过来："哟，这不是哈默吗？怎么，今年联邦学院的交换生是由你领过来的？"

沈牧和哈默的一系列传奇遭遇，外人并不知道，像德里克就以为两人在地球联邦过得好好的，对两人经历一无所知。

"德里克？"哈默皱起眉。

要说哈默当交换生的那一年里，在这家学校最针锋相对的对手是谁，那肯定就是现在在他面前的德里克无疑了。

两个人什么都要比，文化课要比，机甲课也要比，就连吹气球比大小这么幼稚的游戏也要比。

哈默没留意对方的后半句问题，而德里克就当他是默认了，于是他看了一眼对面三人中唯一的陌生面孔，对哈默笑着说："你们联邦学院送过来的交换生是不是一年比一年资质差了啊，今年这位看起来还没去年的好，我们今年的这一届学生里可是出了一个天才，让他们两人一起学习，太残忍了吧？"

哈默愣了下，过几秒才反应过来德里克说的是顾淮，顿时不禁用看傻子的眼神看着对方。

"眼睛不好使不是你的错，我的老朋友。"哈默摇了摇头，简直想为对方叹息一声。

但这其实并不能怪德里克，首先顾淮的长相看起来和普通人类无异，其次以顾淮的外貌，说他是在学校就读的学生根本没有人会怀疑。

"这么多年过去，你还是只会耍嘴皮子。要不让你教的学生跟我的那位学生比一比，你马上就能知道差距。"德里克冷哼一声。

哈默这时总不能直接说"站在你面前的是虫族的那位陛下"，这样顾淮不让那么多虫族跟着的做法也没意义了，还是会惊动整个学校的人。

哈默本来想开口解释说顾淮并不是交换生，但这个时候，他接收到顾淮对他的眨眼信号。

于是哈默到嘴边的话忽然改成："你想比什么？"

"不比太难的，就精神力测试吧。"德里克丝毫不脸红地提出这一条。

菲尔兹人天生精神力优秀是星际里大多数种族都知道的事情，刚才说是天才学生，现在还要求比优势项目，德里克打定主意要驳一驳哈默的面子。

而哈默一听，差点当场笑出声来。

跟虫族的王比精神力，你认真的？

第二章

厉害

哈默的表情一阵风云变幻，他都不知道自己是怎么能忍住不大笑三声的。

"这不太合适吧，你也知道，精神力可是你们菲尔兹人的强项……"哈默虚情假意道，虽然努力绷着脸但看起来表情仍有些古怪。

在天生具备优势的强项上输了，那得多没面子？

看在两人是一年同学的分上，哈默觉得他已经很好心地给足提示了，这话对方要是听不懂，那不怪他啊。

正因为哈默这么表现，德里克反问说："你这话的意思是不敢让你的学生跟我的学生比了？但你要知道，你们联邦学院送过来的交换生在我们学校会很受关注，入学后的测试结果肯定会被拿来比较的。要是差距太大，这交换生会当得很有压力，我觉得还不如不要把学生送过来，免得你们的学生心理出现问题。"

这句话倒是真心话。

哈默闻言再扭头去看顾准一眼，瞧见顾准对他点头以后，他才开口答应了对方："那好吧，既然你都这么说了。"

哈默装出一副勉为其难的样子，实际心里乐呵呵的。

在哈默答应下来以后，德里克领着他们三人到了学校里专门为学生做能力测试的测试大厅。

学校大门都建得这么宏伟夸张了，测试大厅当然只会更加奢华，穹顶是精雕细琢的装饰画，整体空间都设计得极有艺术感。

一般人进了学院可能都不会觉得自己是走进了一间学校，而是会误以为自己是进了什么宫殿。

此时聚集在测试大厅的学生非常多，因为今天刚好是学生们例行做每年一次的身体测试的日子。

德里克现在是帝国军事学院的任课导师之一，在学生里也还算有人气，因此当他领着三个人进了测试大厅的时候，大厅里的学生们都纷纷把目光移了过去。

看见三个陌生人，还都是人类，学生们不由得有点好奇，有的已经小声议论了起来。

"德里克老师带过来的这三个人是谁啊，地球联邦今年送过来的交换生？"

"交换生应该一年只有一个，我没听说今年改了。"

"我感觉里边两个人好像有点眼熟啊，总觉得是在学校的哪里见过，但又想不起来……"

这时，一个身高突出的菲尔兹学生忽然开口说："我知道！左边和右边这两个人是曾经在我们学校当过交换生的前辈，学校荣誉室里还有他们的照片，他们俩都是拿过荣誉学生奖的人，很厉害的，不过中间那个我就不认识了。"

"菲南呢？"德里克环顾了下大厅里的学生，没找到他的得意门生。

一个戴着眼镜的年轻菲尔兹人从被人群挡住的位置走出来，站立到德里克面前："我在这里，老师。"

看见自己最得意的学生，德里克的态度顿时温和不少，菲南不仅天赋好，而且还是个遵纪守法，懂得尊敬师长的好学生。

对这样的学生，当老师的实在很难不喜欢。

德里克看了在三人中间的顾淮一眼，说："这是地球联邦今年的交换生，你和他一起去测试一下精神力数值。"

真的是交换生。

大厅里被吸引了注意力的学生都在竖起耳朵听德里克说的话，现在听见"交换生"三个字，顿时精神了。

他们菲尔兹人的帝国第一军事学院跟人类的联邦军事学院这竞争关系也不是一两天了，他们每年会互相给对方学校送去一个交换生，交换生不一定是学校里最优秀的学生，但一定是学校里水平突出的学生之一。

而交换生在对方学校里取得的各方面成绩，就关系到自家学校的面子了。

大厅里的学生们一听德里克说要让菲南和交换生一起去做精神力测试，他们哪里还有心思做自己的身体测试，很快一个两个都跑到他们平时测试精神力的场地旁边，等着看这次事情会怎么发展。

看热闹是星际里绝大多数种族人们的天性，菲尔兹人当然也不例外。

"菲南你不用谦让，发挥出你的真实水平。"测试开始前，德里克特地嘱咐一句。

周围的学生们也都对己方信心满满，所以才能是这样看热闹的心态。

菲南是他们这一届学生里成绩最优秀的，更何况他们种族在精神力方面本来就具有优势，比别的可能还不好说，但比精神力，他们赢定了！

顾淮不紧不慢地跟随着那个菲尔兹人学生去到测试区，主要还是在好奇观察这个测试大厅的内部。

顾淮本来也就只是好奇心起来了，他对星际时代的学校感兴趣，而德里克把他当成了交换生，他就一时兴起想顺着对方的说法来，说不定还能体验一下当学生的感觉。

别的比试他不一定会，不过只是单纯测试精神力的话，顾淮觉得自己应该没问题吧。

"戴上这个。"德里克给了顾淮一枚金属质地的指环，示意他戴在手上。

顾淮接过那枚指环，很快依言照做。

等看着顾淮把这枚金属指环戴到食指上以后，德里克又用骄傲的语气说："我们学校测试精神力的设备是全星际里最先进的，现在摆在这里的三台设备都是上个月才刚刚完成研发制造的最新产品，可以用最直观的数字来显示学生测试出的精神力数值，比其他学校还用着的只能测试出模糊强弱的旧款设备要客观不止一点半点。"

这三台设备可都还热乎着呢，机器的制造成本比旧款设备高出好几倍，市面上还未进行销售，只有他们学校才有。

能用数字显示精神力数值？

顾淮闻言眨了下眼，他也挺好奇自己的精神力能测试出一个什么数字，他完成第一次精神力进阶已经有一段时间了，精神力比刚破壳那会儿强大了很多。

不过顾淮还是很有自知之明的，他知道自己肯定不能真的放开了测。

顾淮的本意是不在学校里引起骚动，所以这个精神力测试，他放放水随便测一下就好了。

"菲南你先开始测验，给未来同学做个设备使用的示范。"德里克示意道。

被老师点名的年轻菲尔兹人听从地向前，站到离设备三米远的位置，然后再按下指环上那颗嵌入着的圆石。

指环在接收到精神力的时候发出"咔嗒"一声，自动收缩大小紧贴手指，紧接着一道幽能光束从指环镶嵌的圆石发出，与设备连接上了。

确认连接上以后，就可以开始直接向设备输出最大精神力。

在短短一秒钟时间里，设备显示屏上的数字急剧变化，最终定格在了"15179"的数字上。

这个数字直接引起了在场菲尔兹学生们的一片惊叹。

对在场的学生来说，他们的精神力数值大部分都只在5000到7000，菲南是他们这一届学生里的天才，也完全有能力担起这个名号。

在周围看热闹的菲尔兹学生们此时都心服口服，这可是一万五的精神力数值，学校里的导师们数值应该是在三万到四万之间，但菲南还有很大的成长空间。

"非常好，比上个月又进步了。"德里克看着测试结果很是满意，脸上是赞许认同的表情。

这个学生从入学以来，各方面成绩就都没有让德里克失望过，他相信对方毕业以后一定能大有作为。

脸上的喜色都没收回去，德里克转头对站在旁边的黑发青年说："应该看懂怎么操作了吧？你可以开始测试了。"说完又补充一句，"不用有太大压力，确实像你的老师说的那样，精神力是我们种族的强项，你比不过也是正常的。"

德里克的这句话倒不是在讽刺，他只是想驳哈默的面子，他对学生其实还是比较宽容的，即使是地球联邦的学生。

"嗯。"顾淮点头回应，表现得很有礼貌。

在菲南的测试数值出来之前，德里克和周围学生们就都已经认定了结果，在数值出来之后，他们更加认为顾淮没有任何赢的可能。

在众人的瞩目下，顾淮学着上一个人给他示范的样子，先按一下指环上镶嵌的圆石，等指环自动收紧并连接上设备，然后准备输出精神力。

放水应该只输入一点点精神力就好了，输赢反正也不重要。

秉持着这个想法，顾淮开始控制他的精神力，输出他所认为的"一点点"。

但顾淮都已经这么小心地控制他自己了，在他努力只输出一点点精神力的下一秒，他戴在手上的那枚金属指环马上"咔嚓"一声断裂成两半，掉落到地上，发出几声清脆悦耳的声音。

这还不算完，碎裂的指环刚落地的同时，机器设备也跟着发出刺啦刺啦的声音，然后再一声巨响——

"嘭——！"

设备宣告寿终正寝。

顾淮面对这个结果呆了一下，而在场其他人看着似乎报废的设备屏幕上最后所显示的数字，现在已经全部换上难以置信的表情。

104794……

十……十万？

仔细数了好几遍设备屏幕上显示的数字位数，确认自己真的没有数错，在场许多学生的嘴张大得几乎能塞下一颗鸡蛋。

呃……他的自知之明，可能还不够。

顾淮忽然意识到这一点。

顾淮是真的就只输出了一点点精神力，连十分之一都没有的那种，眼前这个结果完全不在他的预料之内。

"这台设备出故障了，你换另一台测试。"从震惊里反应过来，德里克对顾淮说。

正好有个台阶下，顾淮尽量表情自然地应下，他走到另一台设备前，把他输出的精神力从"一点点"变成"一点点点"……

这次肯定没问题了。

然而这个想法刚浮现不到一秒，顾淮迎来了同样的结局。

"嘭——！"

设备上定格显示的数字依然是十万级别的，这让顾淮又呆了呆。

顾淮匆匆想到，可能他刚才输出的数值就不止十万，是设备最多只能显示十万，所以……

两台设备都炸了，本来就已经够难以置信的菲尔兹学生们现在表情更加夸张，只差把眼珠子给瞪出来。

而德里克此时也没办法再说服自己这是机器故障，他的表情和周围学生差不了多少，精彩得像调色盘一样。

面对此时现场估计连一根针掉在地上都能听见的极端安静场景，顾淮难得有点心虚地低了低头。

这不会要他赔吧……

听对方说这三台设备还是刚研发制造出来没多久的新产品，按对方刚才的语气，顾淮感觉这些设备的造价应该不便宜。

然后他现在一下子给人整坏了两台。

他出门没带钱啊……

不对，是他根本没钱啊。

后知后觉意识到这件事情，顾淮又呆了一秒。

自从被亚尔维斯从废弃星球接回了图瑟星以后，顾淮的生活基本是什么都不缺的状态，而且只要他表现出想要什么东西，图瑟星上的虫族们很快就会把这些东西送到他面前。以至于顾淮在这个世界从破壳出生之后到现在，他都快把"钱"这个概念给忘掉了。

顾淮这边只想着可能要赔钱的事，因为过度震惊而一直说不出话的其他人现在终于能发出声音。

"不可能吧……连导师都只有三万到四万的精神力数值，他怎么可能有十万？！"

"可是两次测试的结果都一样，机器总不会这么凑巧，刚好两次都故障。"

"十万的精神力水平……那得是怪物级别的吧，这也太恐怖了。"

学生们面面相觑着，都从对方脸上看见相同的惊诧表情。

站在顾淮旁边的哈默刚好听见最后这句议论，不由得在心里默默地想，十万精神力估计都还只是这位陛下能力的冰山一角呢……不，搞不好连一角都没有，最多就是一个小尖尖儿。

虫族的王那能够同时链接上所有虫族的恐怖精神力，哈默只要想想都觉得头皮发麻。

这可是对一整个种族建立精神链接啊，而且是能跨越星系，超远距离地链接上位于宇宙任何一个星域的虫族，向这名虫族传达他的意志。

想到这里，哈默顿时就十万分庆幸，得亏他旁边的这位陛下脾气好，不然他和沈牧早都躺棺材里去了。

在那次乌龙事件里，对方当时如果用精神力攻击毫无防备的他们，他和沈牧肯定当场去世。

整个测试大厅很快因为议论声而热闹起来，甚至有学生已经手快地把这件事情用文字描述发到学校在星网上的群组。

学生们之间的信息传递非常迅速的，没过多久，整个帝国军事学院各年级的学生就差不多都知道这件事情了，学校上下一片哗然。

学校群组里——

"地球联邦今年送来了一个很厉害的交换生！"

"有多厉害？"

"精神力数值破十万的那种！"

"……"

下边跟了一连串相同的省略号回复。

好像不小心把事情闹大了……

看看周围这场面，顾淮纠结地抽了抽嘴角，感觉他原本想着的不在学校引起骚动的计划多半是要泡汤。

此时德里克才刚从震惊状态中缓过神来，他愣愣看着两台报废的设备，机器故障的话再也说不出口。

他要是再让对方去旁边测一次，那剩下的最后一根独苗苗恐怕也保不住了。

"你们地球联邦什么时候出了个这么……这么厉害的学生？"实在找不到合适的形容词，德里克哽了许久才把话说完。

在说话时，德里克望向顾淮的目光是带着惊惧的。面对这样的结果，德里克现在也没什么不服气，他们学校的学生输给这种级别的对手一点也不丢人。

就是想想这样的学生要来他们学校当交换生，德里克觉得自己和其他导师可能都没有教导对方的资格。

哈默闻言重重咳了好几声，想着说出事实。

成功看到德里克变脸，而且反正他们都已经引起这么大的瞩目了，说出事情真相也没什么。

哈默："其实……"

哈默刚说出口两个字，话语就被顾淮的问话打断："这两台设备……嗯……那个……需要我赔吗？"

虽然真的不是故意的，但顾淮还是难免有一点心虚。

一听顾淮这话，德里克马上就肉疼了，学校里这么贵重的设备一下子报废两台，这可不是什么小事情。

可以让地球联邦赔他们一笔，这么想着，德里克果断开口说："那当然——"是要的。

言语未尽，一条银灰色尾巴将站在德里克对面的青年圈住往后拖，亚尔维斯把顾淮挡在他的身后，然后面无表情地面对着眼前的菲尔兹人。

无声无息突然出现在跟前的银发虫族让德里克愣了，而这个高等虫族身上那标志性的浅金竖瞳和银灰色尾巴令德里克的瞳孔在片刻时间里急剧放大。

在对方面无表情的注视下，德里克要说出口的话不由得在嘴里一拐："当然不用了。"

有意发出了一定的威压，亚尔维斯站在近处所带来的压迫感让在他面前的菲尔兹人不太好受，他的尾巴以保护姿态圈在顾淮身上，而看向对面人的目光十分冷漠。

这份冷漠与敌视的距离只有一线之隔。

因为看见顾淮刚才稍微低下头，脸上像是有苦恼的表情，亚尔维斯才觉得他受到了挑衅。

是对面这个菲尔兹人对他的挑衅。

顾淮这时反应过来："亚尔维斯。"

看一眼对面人好像压力很大的样子，顾淮习惯性摸了摸正圈住他的那条尾巴。

感受到尾巴被抚摸的亚尔维斯轻奉下眼皮，虽然还是面无表情的状态，但是他把有意放出的威压收敛了起来。

亚尔维斯身上的压迫感一降低，德里克总算好过了许多，不再有自己像没穿衣服站在冰天雪地里的感觉。

亚尔维斯身上的标志性特征实在太好认，在场的菲尔兹学生们现在已经不知道露出什么表情了，他们都没看懂眼前这是什么魔幻发展。

为什么虫族的军团长会突然出现在这里，还有为什么对方会表现出在保护那个人类交换生的样子——

"虫族的王……我记得好像就是黑发黑眼？"此时一个菲尔

兹学生弱弱地发出声音。

虽然真人的样貌没有流传在星网上，但这一届星际最可爱生物的第一名是虫族的王，在星网上销售着的Q版小人玩偶是黑发黑眼的样子……

这个学生的这句话让测试大厅里的所有人骤然惊醒，如果在他们眼前的黑发青年是虫族的王的话，那这一切事情就都能说通了。

猜测合理是合理，但这不妨碍这个发现让学生们再一次愣住。

虫族的王……就在他们眼前？！

这个认知让大厅里的菲尔兹学生们一时间手足无措，而德里克则是完全手忙脚乱了，他只要想想自己刚才对顾淮是什么态度，现在就有一阵当场自尽的冲动。

哈默这时出来打个圆场，把事实讲了一遍，当然完全没提及他和沈牧为什么会跟在顾淮身边这件事情。

"就是这样。"顾淮点头迎合哈默的话，"给你们添麻烦了。"

这句话德里克哪敢接，只得迅速摇头："不麻烦。"

学校群组的讨论内容马上有了更新，顾淮虽然不知道群组的事，但他想也知道，他这次在学校里肯定引起了轩然大波。

既然都已经这样了，顾淮干脆也不管这么多了，直接带着亚尔维斯一起光明正大地参观学校，等满足完好奇心了才打道回府。

"我累了。"走出学校大门以后，顾淮望着跟在他旁边的亚尔维斯，眨了下眼，"想坐你的尾巴回去。"

亚尔维斯不作声，但很快把他的尾巴放低了些，让顾淮坐到上边。

就这么答应了要求，这未免也太……太宠着了。

沈牧和哈默不约而同产生这个想法。

这不是沈牧和哈默第一次见到这个画面，之前在波波尔特人的星球上的时候，他们也有看见亚尔维斯用尾巴这样载着顾淮从他们面前经过。

上一次是被动，这一次是顾淮主动要求，性质上其实有了很大改变。

等被载着回到招待住所的时候，顾淮已经在侧坐姿势下斜靠着亚尔维斯的背睡着了。

顾淮睡醒就去了一楼大厅，他坐在沙发上，低咳了声，对围着他的虫族们说："我今天下午去菲尔兹人的学校参观的时候，不小心弄坏了他们学校的几台设备……"

"您是想再拆几台玩吗？"参谋长推了推眼镜。

弄坏几台，那很可能是他们王对这种设备感兴趣，参谋长第一反应是这么想的。

"弄坏了就弄坏了，您玩得高兴就好。"悉摩多闻言也马上这么说。

其他虫族的反应也都大同小异。

顾淮顿时失语半晌，他的家长们为什么都是这个思路？

"不是……我是想了想，觉得应该还是要赔偿他们的一部分损失，但是……喀喀，我没有钱。"顾淮说到最后忍不住再低咳一声。

顾淮实在没有体验过这种自己弄坏了东西还要向家里人要钱的经历。

"这件事情您交给我们去做就可以了。"卡帕莉娅把话应下。

第二天，菲尔兹人的帝国第一军事学院迎来了到访的四位虫族军团长。

这个阵仗把去隔壁星球出差的校长都给吓回来了，根据昨天学校里发生的事情，校长和导师们一致认为虫族是不满他们昨天对那位陛下的态度，今天来兴师问罪了。

来到校长室的四名 α 虫族身上仿佛就写着"黑恶势力"这四个大字。

正当校长苦思冥想着他们该怎么赔礼道歉时，他听见面前的虫族对他说："关于报废设备的损失，虫族愿意赔偿部分。"

这句话一出来，校长直接卡壳，不知道该怎么接了。

"不用了不用了。"校长擦擦额头上的汗，婉拒道，"是我们学校的设备质量不够好。"

他们哪敢要啊！

校长非常尽力地婉拒，他表现出真诚的模样，表示学校真的不需要虫族对他们进行赔偿。

且不说上头正有意跟虫族建交，明天还会有虫族来他们学校给学生们授课，为了双方日后长远的友好关系考虑，在这种事情上的态度他们不能不表示。

然而校长这么说，虫族这边的反应是这样的——

亚尔维斯面无表情。

卡帕莉娅皱眉，尖刀形态的左手无意间划了一下地面。

"哼唔。"身躯庞大的悉摩多动了动身体，发出沉闷哼声。

最后艾伊开口说："我们拒绝。"

校长脸上堆出来的笑容一僵，再次卡壳。

我们拒绝了你的拒绝，你不能拒绝。

校长好不容易理清楚这个思路，他默默回答道："那……那就按您的想法来吧。"

他们都说不用赔偿了，虫族还硬是要赔，实在是没遇过这种情况，校长脸上的笑容保持得越发艰难。

等出门的四个虫族从学校回到住所的时候，歪倒在厅内沙发上看着全息电视剧的顾淮很快坐正了，他抬起头望着他们问："还顺利吗？学校的人是什么反应？"

什么反应……

在顾淮面前的四个虫表情一致，都没有立刻回答。

艾伊回想了下，抬手理了理衣服："笑得很高兴。"

笑得高兴，那看来没问题。

顾淮毫不怀疑，很快放下心来："嗯，那就好。"

艾伊明天去菲尔兹人的学校授课，顾淮想了想说："我明天和你一起去学校。"

想也知道自家的虫族们肯定没有当导师的经验，顾淮觉得他还是跟过去看看比较稳妥。

艾伊脸上出现一个极浅的微笑，点头回应："属下明白了，明天会等您一起出门的。"

今天还是能在莱文星上自由活动的时间，顾淮对跟随着他来到这个星球的虫族们说，让他们去自己想去的地方，不用都守在他身边。

莱文星总体来讲是个治安还不错的星球，顾淮感觉他身边的护卫力量已经够多了。

但顾淮对屋子里的虫族们这么说完，在场所有虫族都一动不动，并且一下子都眼巴巴望着他。

"陛下，我们没有想去的地方。"一个虫族士兵说。

"我们想看着您。"又一个虫族士兵开口。

他们最想待的地方就是自家王的身边了，哪有什么别的地方能比自家王对他们的吸引力大。

他们都只想当自家王的跟屁虫，其他地方哪也不想去。

顾淮噎了噎，被这么多虫族眼巴巴注视着，不由得改口了："没有想去的地方的话，那就不去了吧。"

顾淮把这话说完，屋子里的虫族们依然都冷着脸，但顾淮已经从周围感知到了相继出现的高兴情绪。

只要顾淮在这里，就算一直待在屋子里，这些虫族也一点都不会觉得无趣。

会动的王。

就算是看顾淮窝在沙发上睡觉，屋子里的虫族们也能看得高高兴兴。

顾淮今天本来没打算出门，但看了看自家的虫族们，他决定还是出个门吧。

他昨天出门不让他们跟着，而今天他要是不出门，在他周围的虫族们也不会出门，那就两天都闷在屋子里了。

在场虫族并不觉得这有什么，但顾淮觉得不好，出门去别的星球，应该多让自家虫族看看外边漂亮的地方。

"我要出门，你们跟我一起出去吗？"顾淮话音刚落，屋子里的虫族们就都已经齐刷刷做好了出门准备。

顾淮带着庞大的虫族队伍出门，路上难免引人注目，不过居住在莱文星中心城市对虫族来访已经有心理准备的菲尔兹人并没有感到惊慌。

在商业街经过一个商铺时，顾淮发现跟在他身边的塔克虫族们忽然都站定不动了。

不仅站定不动，而且还都用猩红眼睛盯着店铺里的一颗深蓝色宝石球，从喉咙里发出很长一阵低低的咝声。

那么多体形庞大的塔克虫族停在店铺门口，店铺老板此时也很有压力。

顾淮很快走近店铺的展示柜，看了看被塔克虫族们紧盯着的东西，他抬头询问为首的那只塔克虫族说："卡鲁，你们想要这个东西？"

被顾淮叫了名字的那只塔克虫族对顾淮微低下头颅，再次发出了点低低咝声。

不能看中了什么东西都抢过来，因为顾淮之前有这么说过，这些塔克虫族才没有直接抢夺这颗明显有主的宝石球。

虽然听见肯定回应，但身无分文的顾淮此时并不能大手一挥说买了，他只能在看了物品的标价以后，下意识把目光转投向离他最近的亚尔维斯。

亚尔维斯接收到顾淮的这一目光，什么也没说，一声不吭上前把那颗宝石球买了下来。

买下来之后，亚尔维斯直接把这颗宝石球放到顾淮手上。

顾淮把宝石球转递给变成在盯着他看的塔克虫族们，但这些塔克虫族都并不打算把这颗深蓝色的宝石球取走。

被几十双猩红眼睛这么注视，顾淮忽然才理解了："你们想要这颗宝石球……是想给我？"

这些塔克虫族的猩红竖瞳微微收缩，此时再次对顾淮发出了低低呲声。

幼崽的玩具球太少了。

这些塔克虫族记得顾淮很喜欢这样的玩具球，他们想给顾淮收集多一点，但是之前一直没有看见好看的。

倒是有找到形状不规则的好看石头，但他们还没有把那几块石头彻底磨圆，所以还不能作为玩具球送给看护的幼崽。

听见回应，顾淮把那颗深蓝色宝石球装进衣服口袋里，然后张开手去抱了一下在他面前的那只塔克虫族。

以两者的体形差距，画面就像一个小人张开手后把自己整个人像贴纸一样在对他而言的庞然大物上贴了一秒。

亚尔维斯看着这个画面，没说什么，不过在回去以后，他在顾淮房间里采取了无声注视的方法。

顾淮虽然接收到了注视，但不知道这只大猫为什么这样望着他。

"怎么了？"顾淮问。

亚尔维斯听见话语，先用尾巴把顾淮往自己这边圈过来一点，然后近距离注视着顾淮，询问："我没有奖励吗？"

奖励？

顾淮听见这个名词时愣了一下，仔细思考了一会儿才想明白，对方指的可能是买宝石球的事。

确实好像是该……

顾淮刚这么想，就在这时，他感觉圈在他身上的那条尾巴收紧了些，然后他听见亚尔维斯用冷淡的声音说："啾啾也要奖励。"

这谁顶得住！

一切发生得猝不及防，顾淮一不小心放出了小范围的精神链接，于是在一楼大厅的虫族们瞬间有了反应。

"王——！"

"陛下。"

一群虫族跑到顾淮的房间门前，不过不等他们考虑要不要把门推开，房间门已经被人从里边打开了。

亚尔维斯站在门口，面无表情地看着他们。

第三章

回溯

亚尔维斯的神情比平常更加冰冷几分，身后的银灰色尾巴也因主人的心情而甩动了一下。

因为接收到精神链接，而且从链接传递过来的是类似于受惊的情绪，跑上二楼的虫族们现在都只想赶到自家王身边，但房间入口被亚尔维斯挡住了。

从亚尔维斯身上散发出来的低气压很明显，他微眯起了竖瞳。

意识到自己做了什么，顾淮当即捂住脸，但还是赶紧过去安抚着急赶来的虫族士兵："我没什么事，刚才只是不小心被自己吓了一下。"

看见顾淮好好的，这些虫族才相继放松下紧绷的神经。

其实顾淮通过精神链接传递出去的情绪不只是单纯的受到惊吓，是还掺了几分难为情的那种，不过在场虫族对这种情绪并不理解，他们只能感觉到不完全是受惊。

把由自己没控制好精神力而造成的混乱场面解决，等围到二楼房间门口的虫族各自散开以后，顾淮挠挠脸颊松了一口气。

但一转头，顾淮发现他这口气还是松得太早。

亚尔维斯正略微紧绷着侧脸，还用力在空气中甩了甩尾巴，这只银色大猫一看就是不高兴的样子。

"你怎么一天天的总是不高兴。"顾淮觉得他的感知可能出了什么问题，就是他每次看见亚尔维斯不高兴的表现时，都会觉得这只大猫可爱。

亚尔维斯闻言抿起嘴角，没说话，尾巴倒是垂放着不动了。

"我蹭你一下，能不能让你高兴点？"顾淮忽然问。

亚尔维斯依然不语，神情冷淡的侧脸没有变化，但身后的银灰色尾巴微动了动。

顾淮看到那条尾巴的动静，脸上实在忍不住表露出几分笑意："两下？"

尾巴动得比刚才明显些，亚尔维斯这时注视着顾淮，松口了："没有不高兴。"

说完这句话的亚尔维斯仿佛就开始安静等待着顾淮的行动，但顾淮看见亚尔维斯的这种表现，他倏忽就想揪揪这只大猫的尾巴："既然没有不高兴，那就不蹭了吧。"

顾淮一这么说，他果然就看见亚尔维斯顿时又抿起嘴角，尾巴也非常诚实地蓦然甩动。

顾淮实在被这只大猫的反应可爱到了，他低咳一声，用手扯扯对方衣服，示意亚尔维斯把头向他低下来些。

亚尔维斯垂眸，顺从地低了低头。顾淮靠过去，按照承诺蹭了对方两下。

眼看着这只大猫被这两下安抚下来了，顾淮顿了片刻，开口问："刚才……这是谁教你的？"

亚尔维斯偏头："星网。"

顾淮勉强绷住表情，说："不许在上边乱学东西。"

亚尔维斯注视着顾淮的眼睛回应："没有乱学。"

顾淮没有在这件事情上深究，因为有午睡的习惯，他跟亚尔维斯说了句他有点困了以后，没过多久就直接蜷缩身体侧躺在沙发上迷迷糊糊睡着了。

亚尔维斯在顾淮入睡后把他抱去床上，然后站在床边微低着头注视。

亚尔维斯的心脏像是有一个缺口，当看见顾淮的时候，心中的这个空洞才被填补上，像龙找到了丢失已久的珍贵宝物。

当顾淮出现在视线范围以内，烦躁感和破坏欲会从亚尔维斯的世界里消失。

在这片安静中听着床上青年的呼吸声，亚尔维斯没有挪动脚步，他就这么一直安静站着，沉默地守护在旁边。

第二天顾淮要陪艾伊一起去他前天不小心闹出事的学校，反正之前已经引得全校瞩目了，顾淮这次就允许虫族们跟着。

"莱文星有点冷。"顾淮边说着边往自己手心轻轻哈了口气。

来了这个星球几天，顾淮还是没完全适应这个星球的天气。

因为图瑟星已经是春天了，甚至马上快要进入夏天，他从图瑟来到这里，一下子又从春天回到冬天，温差略大。

看见顾淮搓手的举动，亚尔维斯一声不吭把自己的黑色手套摘了下来，然后拉过顾淮的手，把手套戴到顾淮手上。

这一次去学校，顾淮遇到了前天被他冒充的交换生。

今年的交换生是由联邦军事学院的校长亲自送过来的，他还是一名退休上将，之所以有这样的排面，是因为联邦校长有重要事情需要和菲尔兹帝国第一军事学院的校长面谈。

而一看到身处虫族阵营里的沈牧和哈默时，这名上将登时瞪大双眼。

"您好啊，伯父。"身在虫族阵营，哈默对这名上将露出尴尬又不失礼貌的微笑。

为什么喊伯父，主要是因为这名上将是沈牧的父亲。

沈上将都以为自己儿子已经死在星盗团手里了，连续几个月得不到任何消息，他连葬礼都给对方办好了，却没想到今天在虫族这边看见了儿子。

这突然的重逢让沈上将一时不知道是该为自己的独子仍存活

着而欣喜，还是为对方疑似被虫族俘虏而沉下心。

之所以说是"疑似"，是因为沈上将看见两人在虫族那边好像正受到友好待遇，这让他有点怀疑自己的眼睛。

由于出行人中有曾经的联邦军部高层，人类这边的出行队伍也是带护卫队的，他们和虫族的部队两两对上，紧张起来的就是菲尔兹人了。

菲尔兹人的校长生怕人类和虫族的部队就这么在学校里打起来，不过双方现在只是对立着，并没有发生实际冲突。

被沈上将用一种难以言说的表情望着，沈牧还没说什么，反而是哈默求生欲很强地说："您可别误会，我们俩绝对没有背叛人类。"

人类部队和虫族部队一见面，双方身上仿佛都有个自动按钮，一下子就各自戒备起来，尤其因为顾淮在这里，在场的虫族们瞬间都微微收缩他们的竖瞳。

这个场面最终是由顾淮打破的。

"你好。"顾淮摘下手套，向他面前的人类上将伸出他的右手。

饶是见过各种大场面，沈上将此时也明显一愣。

顾淮的样貌虽然没有流传在星网，但黑发黑眼的特征情报已经广为人知，看见顾淮被这么多虫族簇拥着，他的身份并不难猜想。

虫族的王要和他一个人类将领握手，这个场面太过不可思议。

由于顾淮的这一个举动，双方部队对立着的气氛骤然缓和，不像刚才那么紧张，沈上将马上也摘下手套，握住对面青年向他伸来的手。

在虫族都主动对外表现出友好的现在，人类又不是嫌自己种族发展得太好，非得和虫族敌对。

只不过人类和虫族之间有着由旧纪元遗留下来的旧恩怨和隔阂，这份隔阂的消除需要一定时间。

不可能不记挂着家中独子，握手之后，沈上将开口道："请问虫族释放这两个俘虏需要什么条件？"

顾淮闻言回以浅淡微笑："阁下大概误会了，他们是虫族重要的客人，并不是俘虏。"

"客人"这个词让沈上将有点措手不及，而他接下来又听见更令他愕然的话。

"我们虫族的舰队在星盗的战舰上发现了两位将领，他们当时是被囚禁在牢房里，而虫族将他们救到了图瑟星。"顾淮面不改色地叙述。

这句话一出来，不止沈上将惊讶，就连话语里的两位当事人也呆了呆。

这话他们听着怎么总觉得哪里不太对……

顾淮并没有说谎，整句话都是事实，以当时的场面来说，虫族确实能算是"救"了他们。

明明都是真话，可沈牧和哈默现在就是有种觉得哪不对但又憋着说不出来的复杂感觉。

而虫族的反应就简单多了，在场的虫族们经历了这么个思考过程——

问：他们当时是去救这两个人类的吗？

答：好像不是啊。

结论：王说是就是。

在场虫族全都面无表情，这样的阵势加上沈牧和哈默都像默认那样什么话也没说，沈上将顿时沉默了几秒。

"很抱歉误会了您，我无法代表地球联邦，但代表我个人，非常感谢虫族对他们的救援。"沈上将看了两人一眼，以作为一名父亲的心情，他的道谢十分诚恳。

顾淮点点头，一点也不心虚地接下这份致谢："不用客气。"

然后也不等对方开口讨人，顾淮先一步说："两位将领已经在虫族这边做客许久，我本来是打算从莱文星回图瑟之后就让一艘尤拉送他们回地球联邦，但既然这么巧遇见，那让你们顺路把他们带回去就好了。"

沈上将已经无话可说，只得再一次表达他的感谢。

虫族和人类的部队竟然能跟拉家常似的相处和睦，直接把菲尔兹人给看愣了。

沈牧和哈默现在要到人类的队伍里去，在他们两人过去之前，沈牧还收到了一份送别礼物。

"呃，这……这是无毒的吧？"眼看着一名叫丽莎的菲尔兹人把一条银白色的手巾递给沈牧，站在旁边的哈默不由得咽了咽口水，有点提心吊胆地询问。

不等丽莎回答，沈牧已经接过了这条丝质的手巾："谢谢。"

接过手巾，沈牧当然是什么事都没有，哈默在旁边等了好几秒，满心以为自己也有礼物，结果他眼睁睁看着丽莎就这么走开了。

哈默的期待表情一下子僵在脸上，他扭过头问："等等，这不公平啊，为什么只有你有礼物？"

待在虫族的这段时间，这种不公平待遇其实也不是哈默第一次感受了，但之前还是不太明显的……

比如说，他们两人一起在图瑟星的监狱里吃着牢饭的时候，沈牧的牢饭就像是总比他好那么一点。

而这次就太明显了，哈默觉得他幼小的心灵受到了伤害。

沈牧表情不变，冷静说出他认为的最有可能的原因："可能是因为长相。"

要不是因为熟悉对方，这话乍一听，哈默搞不好都要以为沈牧在埋汰他。

长相……

哈默看着沈牧这标准的东方人面孔，他注意到对方那和正被虫族簇拥着的青年相同的黑发黑眼，顿时陷入一阵沉默。

黑发黑眼，圆形瞳孔，这是虫族当前的最高审美。

符合这个最高审美标准的人，虫族的态度自然会不经意地稍微好一点。

这段插曲结束后，顾淮继续带着虫族们一起去艾伊今天要授课的地方。

为了让所有年级的学生都能参加，这次的授课地点被设置在了学校的大礼堂。

礼堂已经坐满了学生，顾淮走到校方给他们准备的位置坐下，然后望着台上。

担任今天授课导师的艾伊已经上了讲台，面对礼堂里的好几千名学生，艾伊的授课内容非常简洁："实战授课，你们在座任何一个人都可以到台上来，用异能跟我对战，每个人有三分钟对战时间。"

顾淮轻咳一声，这个结果其实有点意料之中吧，他也觉得自家虫族在关于战斗方面，是不可能会有理论课的。

礼堂里的菲尔兹学生们顿时都跃跃欲试，听说虫族的艾萨多族群跟他们菲尔兹人一样，也是天生拥有比别人优秀的精神力，擅长异能。

在他们眼前的是一名 α 阶级的艾萨多虫族，虫族的四名军团长之一，不知道对方到底会有多厉害。

这些菲尔兹学生都很年轻，他们对强大还只有好奇，还没怎么学会畏惧，因此敢于去尝试对战。

然而艾伊很快让他们体会到了差距，说是三分钟对战时间，但上台对战的学生们根本连一分钟都坚持不到，在艾伊并不动真格的情况下，平均五秒出局一个人。

艾伊就只是原地站着，预知能力让他提前看见几秒后的未来，然后以最简单快速的方式淘汰上台的学生。

和其他虫族不同，艾伊不喜欢用异能以外的攻击方式，他从来只用异能解决敌人，而唯一一次例外出现在今天。

在艾伊又简单淘汰一名学生之后，下一名学生起身的那一秒，艾伊忽然收缩竖瞳，瞬移到了正在台下坐着的顾淮旁边。

顾淮投去一个疑问眼神。

亚尔维斯和其他两名军团长却没有疑问，由于艾伊的行动，他们马上进入警戒状态，亚尔维斯用他的尾巴圈住顾淮的身体。

也是在顾淮被这条尾巴圈住的同一时刻，学校大礼堂的穹顶被轰然炸开。

"轰隆——"

震耳欲聋的爆破声一霎响起，被炸开的穹顶不断落下大大小小的石块，礼堂内马上变得一片混乱，学生们的惊叫声响成一片。

从被炸开的穹顶，礼堂内的学生和导师们都看见了天空中的战舰，这些战舰上都有着反叛军的标志。

由于菲尔兹人内部的不平等，在种族里遭受许多不公平待遇乃至是歧视的那些有着暗红色皮肤的菲尔兹人，部分联合起来组成了反叛军。

反叛军的队伍日益壮大，一直到今天，他们决定在莱文星上进行一次暴动，地点选择的是帝国学院。

这次突袭来得让所有人都措手不及，莱文星的星球防御系统被反叛军找到了漏洞，他们之中有一个菲尔兹人曾经在与防御系统相关的部门工作，但因为不公平待遇而愤然离职加入了反叛军，这个漏洞让莱文星此时没有发出任何的入侵警报。

莱文星的军队如果现在才赶过来，肯定是来不及救援学校了，反叛军决心以这次暴动来表示他们的不满，他们毫不犹豫把枪口对准了在场的无辜人们。

不只是大礼堂，学校的其他建筑也都遭到了相同的破坏，发现学生们都集中在礼堂，反叛军的士兵在降落地面后将礼堂包围。

在场的菲尔兹学生们万分恐惧，导师们和校长在想到虫族的一支部队正在他们学校里的时候燃起了一丝希望，可是停在天空中的战舰又让他们的希望熄灭。

虫族即使再怎么强大，也不可能以躯体的力量去对抗庞大的战舰。

破开的穹顶仍在不断掉落大大小小的石块，最开始往顾淮砸过来的大石板被亚尔维斯一尾巴抽碎成粉末，而后来那些小的石块都被离顾淮最近的那只塔克虫族用自己的身体挡着。

当发现有石头从天上掉下来，守卫在顾淮身边的塔克虫族们马上就发出了有点尖锐的嗞声，为首的那只塔克虫族用庞大躯体将顾淮掩护住，任由那些小石头不断砸落在他背部。

而不管这些碎小石块怎么砸，这只塔克虫族也依然一动不动。

只要这样挡着就好了，他不让这些石头砸到幼崽身上，他看护着的幼崽就不会受伤。

"卡鲁……"顾淮看着挡在他面前不断被小石头砸在背上的塔克虫族，他下意识把手向对方伸过去。

顾淮做出这个动作，这只塔克虫族却马上对他发出低低的嗞声。

这是在回应幼崽的呼唤，同时也是让幼崽不要乱动，不要把身体露在外边让石头砸到。

"卡鲁。"顾淮的眼睛微微睁大。

越多的小石头砸在这只塔克虫族的背部，顾淮就越是感受到一种对他而言不太熟悉也非常少有的情绪。

这种情绪不断累积。

反叛军包围礼堂之后开始推进，由于反叛军的士兵将武器指向礼堂内部，这个范围也包括了顾淮，在场所有虫族的竖瞳收缩成明显的细线，他们明显都进入了暴怒状态。

虫族很强大，可敌人驾驶着战舰啊，他们完全没有胜算……

礼堂内的菲尔兹人都绝望地想着，可就在下一秒，天空发生的景象让他们集体愣住。

在人群上方出现的一个巨大的扭曲旋涡将所有落石吸纳，然后离穹顶最近那一艘战舰忽然像是受到什么巨大的外力拉扯，整艘战舰发出咯吱的声音。

就像皮筋被拉扯到最大极限时会突然崩断，这艘战舰也在某种无形力量的猛力拉扯中，舰身的各个部件被骤然撕裂。

好好一艘战舰，转眼间四分五裂，这个场面无论是反叛军还是菲尔兹学生们都愣住了。

亚尔维斯拥有这样的能力，但这次事情并不是他做的。

循着异能波动，在场的菲尔兹人找到了异能的发动者，那是被亚尔维斯用尾巴圈护着的黑发青年。

顾淮注视着天空，他的眼睛此时变成了金色的竖瞳。

比 α 虫族浅金竖瞳的颜色要更鲜明热烈，像有着可比太阳的热度，也比星辰绚烂。

这是一双真正的黄金之瞳。

这双灿烂如日轮一般的金色眼睛让看见的菲尔兹人在视线触及的一刻有种不敢再继续直视的感觉，而在场虫族的反应则截然不同。

以种族天性来说，虫族的士兵在战斗时从来都是以绝对的理智冷酷执行他们的攻击，在将敌人彻底歼灭之前不可能有丝毫动摇，但此时的情况显然不是这样的。

即使是在战斗中，看见顾淮的眼睛变成了金色竖瞳的虫族士兵们视线也还是略微停顿了下来。

这双眼睛对他们具有很大的吸引力，原本就扎根于心底的臣服欲更加被凸显和激起，但真正让这些虫族士兵这样目不转睛的原因，是他们意识到了他们的王正在保护他们。

这个发现对在场所有虫族而言，在精神上都具备相当的刺激。

一方面是心脏好像被什么热烫东西碰到的炽烈感，另一方面，这些虫族士兵又觉得这个场面让他们不能接受。

应该是要由他们来保护王的。

在发生战斗的时候，该是由他们把任何可能的危险挡在外边，不让他们的王接触到。

这是他们本身想要做的事情，也是他们的存在意义。

他们的王还是幼崽，那怎么可以让对方去参与危险的战斗，如果王受伤了怎么办——

这个想法让这些虫族士兵彻底绷紧身体，他们会因为顾淮的保护而感受到类似于喜悦的情感，但同时又因此而被激发了更强烈的保护欲。

两者其实是存在着矛盾的想法，但这些虫族士兵现在的感受就是这样。

一艘战舰被陡然撕裂的情况打乱了反叛军的进攻步调，眼前这过分不符合常理的可怕情形让这些情绪激进的反叛军都不由得心生些许畏惧感。

亚尔维斯的尾巴始终圈护在顾淮身上，面对眼前这样的战斗场面，正常来说亚尔维斯会去寻找合适的对手，然后沉浸于战斗发泄。

战斗能够让亚尔维斯有一定的愉悦感，但亚尔维斯此时压下了他好战的性格，并不去找对手，而是守在了顾淮身边。

亚尔维斯先迅速将地面上用光束武器对准顾淮附近位置的反

派军解决，他的空间异能很轻易将这些反叛军手上的武器扭曲成了一堆废铁。

至于为什么不是直接将使用者的躯体扭曲，这是因为顾淮说尽量留下活口。

解决完地面上将武器指着顾淮的部分敌人之后，亚尔维斯才接着在天空撕开了一道空间裂缝，随着空间被撕裂的巨大轰鸣声响起，又一艘战舰的侧翼被从两侧彻底绞断。

地面上的菲尔兹学生们直接看愣了，现在甚至都不知道要不要继续恐慌了。

战舰是这么好拆的吗？

正常观念告诉这些菲尔兹学生，当然不是。

以正常观念，如果要对抗战舰，要么己方也派出至少同规格的战舰，要么就需要动用轨道炮这个量级的武器才能做到。

然而现在在他们眼前，虫族有两个人单以自身异能就撕裂了这样的庞然大物。

和反叛军的人数相比，在地面上被包围着的菲尔兹人和虫族部队并不占优，但彻底进入战斗状态的虫族士兵是非常棘手而可怕的，反叛军的地面部队占不到任何好处。

任何对王的攻击行为都将被视为对整个虫族的宣战。

在被进一步刺激起的强烈保护欲下，这些虫族士兵的作战能力几乎得到了一个层次的提升。

反叛军还没能接受己方的两艘战舰被击毁的事实，他们很快迎来了下一个猝不及防的变化。

在他们战舰的四周，一艘接一艘的尤拉战舰出现在了视野范围里。

这些尤拉战舰都并没有人员在控制室操控，接收到了顾淮的精神链接，这些原本乖乖待在航空港里的尤拉战舰直接转换为毁灭者级别的战舰，直奔菲尔兹人的帝国学院而来。

本来反叛军利用了星球防御系统的漏洞，在莱文星的军队来不及反应的情况下，被他们包围住的学校人员应该得不到任何支援。

问题是顾淮在这里，而虫族的尤拉战舰是完完全全的黑科技。

不到片刻时间，一大片极具压迫感的冷冰冰的黑色就包裹在了反叛军战舰的四周，这片黑色是虫族的尤拉战舰群。

"只要破坏掉动力系统就可以了。"建立起精神链接，顾淮将他的想法传递给这些尤拉战舰。

面对虫族的尤拉战舰，星际里没有任何一支舰队敢轻慢，这支反叛军舰队当然也不例外。

他们第一时间全神戒备，面对尤拉战舰开始蓄能的武器系统，反叛军准备躲避，然而情况发展却并不如他们所想的那么顺利。

"怎么回事，战舰动不了啊？！"控制室里的人员急得满头大汗。

尤拉战舰的武器蓄能非常迅速，一秒钟的拖延对他们来说都是致命的，可他们的战舰此时却仿佛凝固在了天空上一样，完全动弹不得。

尤拉战舰蓄能第二秒，反叛军战舰控制室里的人员在这束手无策的状况中已经克制不住开始用力捶打控制台，但战舰依然停在天空纹丝不动。

像是战舰的四周有什么无形的力量在不断挤压，将他们牢牢地钉在一个位置上。

顾淮的眼睛倒映着这些反叛军的战舰，这些战舰越是努力想移动，他眼睛的金色也仿佛越是鲜明几分。

此时如同灼烧的日轮。

动弹不了的反叛军战舰的动力系统被尤拉战舰瞄准，轻而易举地破坏了。

动力系统被破坏，这些钢铁战舰只能被迫直线下坠，直直砸落地表发出轰然巨响，地面都因为这样的撞击而产生剧烈震动。

　　不过战舰的防御系统是完好的，因此这样撞击到地面上也不至于使战舰损毁，只是彻底丧失行动能力而已。

　　顾淮是很不高兴反叛军伤害到保护他的虫族们，可即使生气，顾淮也还是想留下活口，因为他对这些反叛军发起暴动的原因有所了解。

　　天空中的反叛军战舰一艘艘相继坠落到地面，帝国学院上方的天空很快就空旷了不少，等天上所有的反叛军战舰都坠到地上，顾淮才终于轻轻眨了下眼。

　　持续性地使用力量，顾淮其实并不是真的那么轻松，他有点累，确切地说，是有点困倦。

　　这种程度的力量需要耗费的精神力只随便想想都是非常恐怖的一个数值，即使对顾淮而言也是不小的负担。

　　这场暴动应该能算是结束了，在场所有的菲尔兹学生和刚从附近赶来礼堂不久的人类部队都是这么认为，但就在这个时候，一艘原本已经坠到地面上丧失了行动能力的反叛军战舰又骤然启动。

　　这艘战舰从外观看应该是属于反叛军首领的，尤拉战舰的轨道炮确实已经破坏掉了这艘战舰的动力系统，但这是一艘非常规规格、有着双动力系统的战舰，它此时启用了副动力系统。

　　和人类的队伍一起赶过来，在不远处观望着这一幕的哈默反应过来："它是要进行迁跃！"

　　来不及拦截了。

　　迁跃的倒计时，3、2、1……

　　"咔——"

　　这是战舰部件崩坏的声音。

在数秒计时以后，这艘重新启动的反叛军战舰并没能成功迁跃，反而像是突然受到什么无形重压，舰身再蓦地向地面重重砸进去了一点。

这一砸，战舰的防御系统又受损了10%。

留下活口和生气是不冲突的，顾淮的留下活口是必须全部留下，一个也不能走，他静静看着这艘砸进地面三分之一的战舰，向这艘战舰伸出的手缓慢收拢。

在众人眼里，随着顾淮的这个动作，陷进地面的这艘战舰由于受到强力挤压，舰身在这份恐怖压力下开始战栗般地咯吱作响。

而这实际是战舰各处部件开始逐渐崩坏的声音。

当顾淮伸出的手彻底收拢，这艘由强度极高的合金材料所制造成的钢铁战舰就从内至外彻底被挤压变形，所有系统都崩掉了。

除里边还能容纳人以外，这艘战舰现在相当于一块无比巨大的废铁。

围观了这一幕画面的人们现在都哑然无声，他们望着那个被虫族士兵围在中心的黑发青年，内心涌动的震撼感难以言说。

这是虫族的王啊。

完成了对一艘钢铁战舰的碾轧，被一群虫族士兵围着的黑发青年却一脸仿佛什么事都没有的平静表情，对方看了那艘已经彻底报废的战舰一眼，然后一句话也不说。

青年有一头柔软的黑发，看起来很柔顺的样子。

这也是顾淮给周围众人的第一印象，性格柔和，放在天性冷酷的虫族里，就像在一群凶猛的猎食者中混进了一只小动物。

这只皮毛柔软的小动物被一群有着尖锐牙齿和利爪的可怕生物保护着，和群体显得有点格格不入。

可此时此刻，当顾淮收敛起表情，展示出他作为虫族的王的金色竖瞳与强大力量时，在场的人才骤然发现，被这些虫族保护着的其实是一个更为可怕的存在。

但虫族们显然都并不这么认为。

"陛下——"

战斗刚一结束，这些虫族士兵都争先恐后地迅速围到顾淮身边，然后紧张兮兮地把顾淮从头到脚扫描了好几遍。

虫族平时一般都是面无表情，罕见会有这样明显的情绪外露，把这些虫族的反应看在眼里，现场无论是获救的菲尔兹人还是反叛军都一阵无语。

明明顾淮连一根头发丝都没伤着，这群虫族却还是满脸担心的样子，这让在现场的其他人看着真想往自己头上插上一排问号。

这群虫族怎么回事——

本来虫族要关心自己种族的王当然是没什么问题的，问题是他们刚才亲眼看着顾淮两三下拆了一艘战舰，这让他们实在不能理解这些虫族此时的紧张情绪。

这群虫族的表现简直跟家长似的，像是还把他们的王当成需要保护的幼崽，而且还不管现实情况怎样都坚决不肯动摇。

假如他们和这群虫族发生对话，情况大概就会像这样——

他们："醒醒！你们王已经成年了！"

虫族（坚定）："我们王还是幼崽。"

他们："醒醒！你们王能手撕战舰！"

虫族（固执）："我们王还是幼崽。"

能拆战舰怎么了，就算能拆战舰，他们的王也是可能会受伤的啊。

而且一下子使用这么多精神力，这对他们的王来说可能消耗很大，那身体也有可能会不舒服。

即使身体没有不舒服，他们的王搞不好被这次暴动吓到了，他们怎么能够不担心。

面对来自自家虫族的紧张关心，顾淮这时才终于开口："我没有受伤，不用担心我。"

顾淮不想说话是因为他现在特别累，眨了眨眼把困倦赶走一点，顾淮转头去看在他身边的塔克虫族们："卡鲁有受伤吗？还有其他人，都没事吧？"

被顾淮呼唤名字的那只塔克虫族发出低低的唑声作为回应，猩红眼睛盯着顾淮。

只是被小石头砸在身上，这对塔克虫族来说根本不痛不痒，石头尖锐的话，最多也只是在被砸到的位置留下一点点痕迹，不会有什么实际的伤害。

但顾淮看见他面前这只塔克虫族身上被小石头砸出来的部分痕迹，视线还是在上边停了好几秒。

因为顾淮这样的表现，这只塔克虫族的猩红竖瞳微微收缩了。

尽管没拥有太高的智慧，这只身躯庞大的塔克虫族在这时依然本能地抬起前臂，避开锋利的一侧，特别小心地轻轻碰了碰顾淮的柔软黑发。

这个行为是对幼崽的安抚。

如果蛋壳还在就好了，这些塔克虫族用他们简单的思维想着。

要是蛋壳还在，幼崽不高兴和受惊的时候，他们就可以让幼崽待在蛋壳里边，然后摇晃蛋壳让幼崽入睡。

被这样碰碰头发，顾淮不自觉再轻眨了下眼。

就算因为星球的防御系统出了问题而没能第一时间反应，再怎么反应迟缓，星球上最重要的学校里出了这么大的事，莱文星的军队现在也该赶到了。

得知这是一次由反叛军发起的暴动，菲尔兹人的执政官立刻坐不住了，他跟随军队一起赶过来。

执政官的心情可以说是火急火燎，他在途中焦虑思考着如何能以不出现伤亡的方式来镇压这次暴动。

这几乎是完全不可能实现的事情，正因为知道，执政官的整颗心都沉了下去。

本来以为要面对反叛军的战舰包围着学校，甚至是已经开始攻击破坏的场面，但当到了暴动现场时，执政官看见地上因动力系统被破坏而无法运作的一地战舰，他整个人直接彻底失去了言语能力。

这是什么情况？

上一秒执政官还在为这次暴动耗尽心神，下一秒他就因为现场俨然已经结束战斗的场面而极度愕然。根本不需要他思考要怎么处理这次事件，事情就已经完美解决了。

为什么说是完美解决，这是因为现场的情况就像他所希望的那样，基本没有出现伤亡。

虽然战舰全都坠落到地面，但也都仅仅是坠落，不是坠毁，而反叛军的所有士兵现在都是只能束手就擒的状态。

没有了战舰也没有了其他武器，地面部队的武器除了被亚尔维斯用异能拧成麻花，顾淮也用他那近似于等价交换的能力，硬是把别人手里好端端的光束武器变成了一根铁棍。

面对这种情况，莱文星的军队到场，很容易把场面彻底控制起来。

很快通过他人口述了解了情况，菲尔兹人的执政官向顾淮当面表达他深切的感谢。

其实已经困倦得不行，昏昏欲睡，但顾淮此时还是勉强撑着精神解决正事。

因为是在极度想睡觉的情况下强打起精神，顾淮的表情虽然没有表现出睡意，但看起来还是和平常不太一样，让人有种平静冷淡的错觉。

顾淮语速平缓："这次暴动发生的原因，执政官阁下比我更加清楚，如果不解决根源问题，相同的事情以后会继续发生，下一次也许就不是没有伤亡的情况了。"

说完，顾淮看了看在自己旁边的塔克虫族，又道："我们种族的士兵根据能力有阶级之分，但低阶的虫族对我来说也非常重要。"

虫族虽然是典型的金字塔形社会，但种族内部并不存在任何阶级歧视。

"我明白，感谢您的帮助。"执政官并没有装作听不懂，而是应接下来了。

其实自从上任以来，执政官一直在为解决自身种族内部存在的问题而努力着，只是收效比较缓慢。

因为他们种族内部对拥有暗红皮肤的菲尔兹人的歧视根深蒂固，解决实在需要时间。

顾淮无意干涉其他种族的政治，只是这次事情他刚好撞上，也已经帮了他能帮忙的事。

现在口头上提一嘴就算了，别人家后续具体会是什么情况，那都是他们自身的选择。

正事一解决完，顾淮就不再勉强自己了，他顿时抬起手揉了揉自己的眼睛，困倦的表情很快浮现在脸上。

"困……"顾淮对站在他旁边的亚尔维斯声音低低地说着，尾音几乎低得听不清了。

亚尔维斯在看到顾淮揉眼睛的时候，尾巴就已经自觉圈到了顾淮身上。顾淮被稳妥地保护着，早就已经昏昏欲睡的他沉沉地睡了过去。

就……就这么睡了？

除虫族以外，在场众人一起呆愣住。面对这个画面，周围的虫族们此时都是一副理所当然的样子。他们的王还是幼崽，精神力消耗太多，很累了当然会想睡觉。幼崽困了要睡觉的时候，不允许有人在旁边吵，在场虫族此时面无表情，就仿佛在无声警告着周围的人不准出声吵闹。

顾淮睡着了什么都不知道，他被亚尔维斯抱回到住所的二楼房间里，在床上睡了有十几个小时。

而一觉醒来，顾淮的整个世界都变了。

在楼下等待着顾淮睡醒的虫族们突然又接收到一道带了惊慌情绪的精神链接，无论接收到多少次这样的精神链接，这些虫族的反应都不会有任何改变。

"王——"

这一次顾淮房间里可是什么人都没有，因为怕打扰到顾淮睡觉，所有虫族，包括亚尔维斯都待在一楼了。

即使明白不可能有敌人悄无声息去到二楼，接收到精神链接的虫族们也还是一瞬间就紧张了起来，马上动身往顾淮所在的房间赶过去。

亚尔维斯是直接空间转移过去的，他瞬移到房间里，而没过一两秒，其他虫族也迅速赶到，推开了房门。

"陛下？！"

进入到房间里，赶过来的虫族们在床上没有看见顾淮的身影，他们的视线迅速扫过了房间的每一个角落，结果依然相同。

王不见了！

这个认知让进入卧房里的所有虫族瞬间收缩竖瞳，身躯庞大的塔克虫族们开始发出有点尖锐的咝声，猩红竖瞳已经紧缩成细线。

关心则乱，对顾淮的过度紧张和关心让这些虫族丧失了本来该有的敏锐感知，而亚尔维斯微眯起眼片刻，他的视线忽然锁定在了床上。

其他虫族顺着亚尔维斯的视线，他们在床上铺着的那张纯白色被子那儿看见了一处鼓起。

然后他们看着亚尔维斯往床边走过去，伸手提起被角，把这张纯白色被子慢慢掀开。

于是在这房间里的所有虫族就都看见了被掩藏在这被子下边的珍贵宝物——

"啾。"

在床上缩成了一团像是不知道该怎么行动，面对着房间里这么多虫族，这只黑色毛茸茸的生物睁着金色竖瞳，对围观着自己的虫族们发出了一记啾声。

房间里顿时寂静得仿佛连呼吸声都能听见。

进入了这间卧房的虫族现在一个个都彻底绷紧了身体，他们的竖瞳极限收缩了起来，全部紧紧地盯着那只在床上缩成一团的黑色幼崽。

当他们和那金色眼睛对视几秒以后，整个房间里的场面就完全控制不住了。

不行了、不行了、不行了——

要死了、要死了、要死了——

假如能把内心想法投影成文字，大概现在这一整个房间都会被这两段文字以无限循环的方式塞满。

床上的黑色幼崽缩成了圆鼓鼓一团，此时正用金色竖瞳环顾进入房间里的虫族们。

一瞬间，房间里的虫族们脑子里一点也不清醒，并且在同一时间绷紧身体，纷纷表现出呼吸艰难的样子。

参谋长直直往后倒了下去。

"参……参谋长！"

眼看着他们站得比较靠前的图瑟二把手忽然屏住呼吸后仰身体，然后就这么径直倒下去了，同样处于紊乱状态中的其他虫族不由得跟着上前一步。

但虽然注意到二把手，这些虫族士兵的反应也就只是出声加上前一步，他们的眼睛都还像受到磁力吸引一样牢牢盯在床上的黑色毛团身上，完全移不开。

就连刚才因为以为看护的幼崽不见了而发出尖锐声音的塔克虫族们此时也顿住视线，庞大身躯定在原地一动不动，紧缩着的猩红竖瞳，发出了好几阵低低的咝声。

在床上缩成一团的幼崽一看参谋长倒下，马上发出声音并且动了起来。

"嗨啾！"

这是表达关心询问的叫声。

和叫声同步，这只看起来圆鼓鼓的虫族幼崽因为对参谋长的关心，终于不再继续团着身体不动，而是尝试着开始往前走。

但本来就是因为对眼前状况措手不及，还有换了个形态不太会走路才缩着身体不动的，这只圆睁着金色竖瞳的虫族幼崽刚往前走了没几步，忽然就因为没协调好肢体而歪倒在床上。

整个过程也就发生在短短几秒里。

王摔倒了。

这个认知一瞬出现在房间内所有虫族的脑子里，但下一秒又都不受克制地转换为——

可是王走路不小心摔倒的样子好可爱。

呼吸顿时变得更加艰难，房间里倒地的虫族马上从一个变成了好几个。

顾淮对这个场面无言以对。

幼崽形态的王……

本来除亚尔维斯以外，这些虫族就都对顾淮有着一种家长心态。

在这些虫族眼里，虽然他们明知道顾淮无论从外形还是从心理上来说，其实都已经是成年了的，但他们就是固执地要按顾淮破壳出生的时间来算，想把顾淮继续当成幼崽照顾。

没有见过顾淮真正的幼崽形态，这件事情一直让图瑟星上的虫族们觉得有点遗憾，现在这个遗憾弥补得太突然，在场所有虫族的眼睛都闪闪发亮，家长心态和保护欲双双攀升到了顶点。

而对顾淮来说，他对眼下这个状况还是蒙着的，他都不知道自己为什么一觉醒来会变成现在这个样子。

本来是盖着被子睡觉，在无意识中转变成幼崽形态以后，顾淮就被盖在了被子底下，然后当他睡醒察觉到自己的身体变化，因为实在太过惊讶才忽然建立起了精神链接。

现在把身体缩成一团开始思考原因，顾淮发现，这事可能还是他自己造成的。

在这次面对反叛军的战斗里，顾淮完成了他的第二次精神力进阶，也可以说是终于完成了力量上的觉醒。

战斗结束后望向亚尔维斯的时候，顾淮在亚尔维斯的眼睛里看见了拥有着相似颜色竖瞳的自己，他是在有点惊讶的心情里困倦入睡的。

之前由于身上没有任何作为虫族的种族特征，顾淮不止一次被人误认为是人类。

现在好不容易至少有了竖瞳这个共有特征，顾淮在睡得迷迷糊糊的时候就忍不住多想想，他身上还有没有别的种族特征？

别的虫都是有的，比如在四名军团长里，亚尔维斯保留下了他的银灰色尾巴，卡帕莉娅保留了尖刀形态的左手和骨翼，艾伊是面纹和犄角，悉摩多保留了能起防护作用的护甲。

成年形态还只能看见保留特征，如果是幼崽形态的话，就所有特征都能一目了然了，因此顾淮想着想着又想到了亚尔维斯的回溯能力。

如果他也能利用回溯能力，就能回到幼崽形态去看看自己的其他种族特征了。

可顾淮也就这么一想，他怎么也没想到，他随随便便的一个想法真就变成了现实。

还不小心发动精神链接引来了自家一群虫族的围观……

顾淮在当前这个幼崽形态下不太会走路，而他现在试图专心想着变回成年期形态却毫无反应，于是顾淮整个人都像鸵鸟一样把脑袋埋了起来。

不知道自家王为什么缩起身体不动了，进入到房间里的这群虫族现在一个个小心翼翼地屏着呼吸，他们争先恐后靠近到床边的位置，然后心有灵犀般地一起在床边以半跪姿势蹲下身体，眼睛一眼不眨地注视在床上的那只幼崽。

顾淮本来就正为自己刚才走路摔倒还被围观的事情而难堪，现在被自家靠近过来的虫族们亮着眼睛继续近距离围观，没忍住再发出了点声音。

"啾。"

虽然回溯到了幼崽形态，但顾淮还是能动用精神链接的，他的能力并没有因为形态回溯而减退，只是他现在因为鸵鸟心态没有这么做。

实在是有一点尴尬和羞耻感。

听见床上的幼崽这样对他们叫了一声，在这房间里的虫族们顿时就都不好了。

幼崽的声音听起来非常柔软，因为这一声，没能挤进房间里边的虫族差点就要把这栋屋子给拆了。

卧房的空间不可能容纳下整个部队的所有虫族士兵，因此在房间位置占满了以后，后边来的只能挤在门外边，现在门口也早就已经彻底堵住了。

不知道的人可能还以为虫族是不是要集结部队做什么事情，但事实是他们都只是在围观自家变回了幼崽形态的王而已。

"啾……"

被自家虫族围观着，他要是走路再摔一次，岂不是之后都没脸见人了？

顾淮顾虑着这件事情而迟迟不动，而在这个时候，从掀开被子后就一直站在床边没说话的亚尔维斯忽然也动用他的回溯能力，把自己回溯到了幼崽时期的模样。

于是下一秒，在房间里的所有虫族眼前，床上就又多了一只有着一条银灰色小尾巴的虫族幼崽。

一黑一白，两只毛茸茸、圆鼓鼓的幼崽待在一起，并且有着相似的金色竖瞳，这个画面看起来实在太和谐了。

"啾。"

"啾、啾——！"

两只幼崽一起啾啾叫着，像是在做着什么只有彼此才懂的沟通交流，在场"啾语"未达四级的虫族们虽然听不懂，但这不妨碍他们亮着眼睛继续注视观察。

等这么交流完以后，房间里的虫族们看见，刚才一直在床上缩着身体不动的黑色幼崽终于动了。

因为看出顾淮不适应在这个形态下的走路方式，亚尔维斯才让自己也回溯到幼崽形态，在旁边开始手把手教学。

其实学走路是不难的，顾淮只是一下子没适应自己现在这个陌生形态，只要多尝试几次就可以了。

每当旁边那只正在跟着学习走路的幼崽快要歪倒身体的时候，亚尔维斯都用他的银灰色尾巴给对方调整下平衡。

被亚尔维斯的尾巴护着，顾淮在床头和床尾来来回回学走了几趟，总算差不多适应了这种要用前爪加后腿一起行走的走路方式。

床上这只有着一对小犄角和小尾巴的虫族幼崽学走路学得很认真，等学会之后，这只幼崽睁着玻璃球似的金色竖瞳一抬头，对上的就是无数道标准的家长视线。

眼睛发亮，充满了清晰可见的爱护关切，还有非常明显的喜悦情绪。

正处在幼崽形态下的顾淮忽然陷入一阵沉默，他想到了自家这些虫族出现喜悦情绪的原因。

对于在场的虫族来说，他们此时此刻的想法都是这样的——王学会走路了啊！

自家王学走路这么重要的事情，怎么可以不记录下来？！

参谋长虽然刚才倒下去了，但在顾淮被亚尔维斯护着学习走路的时候，他用坚强的意志让旁边的虫族士兵把他给扶了起来。

不行，他说什么也不能错过看自家王学走路的这个过程，他还必须得全程录下来才行——

勉强站起身之后，参谋长全程注视着床上那只黑色幼崽学走路的样子，不放过任何一个细节。

自从第一次给顾淮拍记录影像，参谋长就特地给他的这副眼镜增加了个录像功能，随时都能够开启。

要记录的东西实在是太多了，参谋长想着。

自家王在幼崽时期的整个成长过程对虫族来说都是非常有意义的，这个成长过程只有一次，错过就再也看不到了，无论是学走路还是别的事情……

参谋长冷静地推了推他的眼镜，为了这个光荣的任务，他绝对不能倒下！

　　顾淮在亚尔维斯的护航下努力学走路，当他以一团黑色毛茸茸的幼崽形态在床头和床尾之间用前爪加后腿走来走去或者说爬来爬去的时候，他还完全不知道自己学走路的过程已经被完整记录了下来。

　　他们的王这么快就学会走路了。

　　当床上那只睁着金瞳的虫族幼崽能够靠自己平稳走路，不需要旁边的另一只幼崽用银灰色尾巴给他调整身体平衡的时候，围在床边的虫族们的眼睛只能用闪闪发亮来形容了。

　　其实放在虫族里，幼崽学会走路本来该是理所当然的，完全不是什么特别的事情。

　　虫族的幼崽相对于其他种族的幼崽来说，一出生就已经具备一定攻击能力了。

　　假如是普通人类在不装备任何武器的情况下对上一只虫族幼崽，逃跑也是正常的事，毕竟虫族幼崽一出生的锋利牙齿和咬合力就已经能够咬穿合金与钢铁。

　　对一只一出生就会战斗的幼崽，走路这事当然不需要关注了。

　　可是王不一样。

　　幼崽形态的王看起来不会战斗，而且和成年期一样，身体都没有什么防御能力。

　　而且生物在幼崽期远比成年期要脆弱得多，因此现在围在房间里的虫族们一个个都是打起了十二万分小心翼翼的看护心态。

　　"陛下，属下能不能把关于您的影像直播发送给正待在图瑟星和其他星球的士兵？"参谋长在床边半跪下身体，让自己的视线至少能够跟床上的那只黑色幼崽平行，"这主要是为了公平起见。"

　　虽然做不到绝对的公平，但参谋长还是尽量为其他没能跟着顾淮来到莱文星的虫族们考虑。

听见参谋长的话，床上刚刚学会走路的那只黑色幼崽像是愣了愣，本来就已经圆溜溜的金色竖瞳仿佛更加圆了点。

直播什么的，这未免太难为情了吧……

但在周围虫族集体热切的眼神注视下，顾淮想到在他离开图瑟星的时候，被留下来的虫族们眼巴巴望着他的样子，最后还是选择了同意。

"啾。"反正也不是复杂的表达，在床上安分蹲着的那只黑色幼崽没建立起精神链接，而是直接对参谋长叫了一声，表达了同意。

参谋长一瞬间再也绷不住自己脸上的表情，他转过头去努力呼吸了几下才又迅速把视线转回来。

得到顾淮的同意，参谋长开始给在其他星球上的虫族士兵群体发送影像链接。

接收到由参谋长发送到个人终端的影像链接，正待在其他星球的虫族士兵们原本是照常表情冰冷的状态，但当他们接受链接，一眼看见那只出现在影像里的虫族幼崽以后，这些虫族士兵就一个个都走不动路了。

除了直播影像，他们的终端上接收到的还有一份记录影像，这份记录影像包括了幼崽形态下的顾淮在床上向前走时不小心歪倒身体的画面，以及这只黑色幼崽被一条银灰色尾巴护着身体，开始学习走路的画面。

"嗨啾！"

当听到这个叫声时，许多正在观看记录影像的虫族士兵和参谋长一样，受不了地直直往后倒了下去。

灰塔的士兵们也同样接收到了这两份影像，心情什么的别问，问就是高兴得想去给星盟炸个陨星。

当然陨星是不可能炸的，炸炸烟花倒是可以。

看着顾淮在幼崽形态的模样，生活在艾维星上的灰塔士兵们决定开始制作一个新的烟花，炸开来的烟花形状就是顾淮幼崽形态的样子。

星盟要是知道这些灰塔士兵想干什么，现在大概就只有一个想法——你们虫族的基因是有毒吧?!

第四章

喂奶

由于在这次帝国学院被反叛军袭击的事件里，虫族帮了菲尔兹人很大的忙，菲尔兹人的执政官在将事情妥善处理后的第二天准备亲自向虫族郑重地道谢，再有就是他们该商议一下双方种族建交的事情了。

　　说实话，虫族现在是根本不想理人的状态，他们的心情整体可以概括为：别找我们，没空，没兴趣，忙着养幼崽。

　　眼看着自家王变回了幼崽形态，这个形态还不知道能维持多久，搞不好随时就变回去了，他们看一眼少一眼，哪儿有空管别的事情。

　　当顾淮跟他们表示自己暂时找不到方法变回去的时候，在场虫族们虽然表面上还是一副冷着脸的表情，但实际心里都在暗暗高兴。

　　顾淮其实不是看不出来，自家这些虫族很明显是特别喜欢看他现在的样子，所以他也逐渐从鸵鸟心态走出来了。

　　其实仔细想想，也不是那么丢人……

　　不就是刚才走路摔倒，重新学走路吗？只是有点尴尬。

　　这么说服了自己，顾淮开始正常看待自己现在的幼崽形态。

　　以顾淮现在的形态，他没办法直接和菲尔兹人的执政官谈话，再说虫族们现在说什么也不肯离开他身边，于是执政官一过来就面对着虫族极大的阵仗。

　　执政官的内心有点忐忑，他用视线搜索着应该被虫族们簇拥的黑发青年的身影，但始终没搜索到，不过他发现在场所有虫族的目光都投向同一处。

顺着这些虫族的目光看过去，执政官看见在为首那只身躯庞大的塔克虫族肩上，有两只一黑一白，看起来毛茸茸又圆鼓鼓的幼小生物待在上边，并且似乎是蹭靠在一起。

左边那只幼崽还把他的银灰色尾巴护在右边的黑色幼崽身上，像是防止这只黑色幼崽从塔克虫族的肩上不小心掉下去一样。

事实确实也是这样，避免顾淮控制不好身体的平衡掉下去，亚尔维斯用尾巴把旁边的幼崽尽量往自己身边裹，于是两只幼崽亲密无间地蹭在了一起。

复杂的想法就不方便用啾声传达了，顾淮还是用上了精神链接。

于是接下来是这样的场面——

三名军团长和参谋长一起坐在菲尔兹人执政官的对面，在他们中间隔着的桌上，一黑一白的两只幼崽蹲在靠近虫族一方的位置。

执政官看见这两只虫族幼崽深浅不一的金色竖瞳，顿时愣了。

"陛下现在不方便和您直接对谈，不过我可以作为中间人给您传递陛下的话。"参谋长坐在对面说。

本来该是很郑重严肃的场面，执政官现在实在有点反应不过来，他顿住了好几秒才开口说："首先我代表菲尔兹人向虫族表达我们的谢意，非常感谢你们在这次暴动事件里对我们种族的帮助……"

"啾。"桌上的黑色幼崽叫了一声。

在执政官对面的所有虫族先是齐齐眼神飘忽一秒，然后参谋长勉强恢复表情，推了推眼镜说："陛下接受了您的致谢。"

实在是没面对过这种外交场面，菲尔兹的执政官又说："那么关于我们双方之前谈论过的，虫族和菲尔兹人建交的事情……"

对方话没说完，顾淮觉得他现在这个状态也不适合进行什么官方谈话，于是干脆快一点给出了回应。

"啾啾。"桌上的黑色幼崽再次发出啾声。

在场虫族们的眼神顿时一片明亮，难为参谋长这时还得绷住表情，用冷静口吻回复："陛下同意您的说法，我们两个种族应该建立起友好交往。"

"我们双方尽快拟定好友好盟约，请问执政官阁下您还有别的事情吗？"参谋长不动声色地问。

执政官不至于看不出眼前这些虫族现在压根不想理外人的态度，这也不是在针对他，他基本是看出来了，这群虫族现在完全是"宇宙毁灭了也别来找我"的心态，满心满眼只有他们的王。

于是执政官走得很爽快，他不留下来讨人嫌。

一觉睡了这么久时间，加上在之前的战斗里巨大的精神力消耗，顾淮现在觉得有点饿了。

不等顾淮开口，参谋长在菲尔兹人的执政官离开以后马上说："属下已经为您准备好了食物。"

说这句话时，参谋长被挡在眼镜下的眼睛高度亮起，包括屋子里的其他虫族也是同样的反应，但顾淮却没有注意到。

"啾。"幼崽发出了软软的叫声，很安分地继续窝在桌上。

顾淮很安分，直到他看见自家参谋长拿过来一个小奶瓶……

桌上的黑色幼崽瞬间睁圆了玻璃球似的金眸，下意识把身体往后缩了缩，躲到亚尔维斯后边："啾，啾啾——"

谁来告诉他，为什么这里会有奶瓶这种东西？！

顾淮都往后缩起身体躲到亚尔维斯后边去了，这个行为已经充分表达了他的拒绝。

"啾啾。"顾淮啾的这两声是在呼唤亚尔维斯。

"啾。"听见呼唤，挡在黑色幼崽前面的亚尔维斯回应了一声，虽然没有变回成年期的类人形态，但亚尔维斯依然很好地把顾淮保护在他身后。

画面看起来就是一只毛茸茸且有着一对小翅膀的白色虫族幼崽把另一只黑色幼崽用自己的身体掩护了起来，身后银灰色的小尾巴甩动了下。

亚尔维斯只听顾淮一个人的话，至于其他虫族有什么想法，他是不理会的。

不过在场的虫族们并不轻易放弃。

虽然这个想法有点不太好，但顾淮一直以来对待他们的态度和多次让步的做法已经让他们发现了一件事情……

王其实是很容易对他们心软的。

就是因为顾淮对他们总是很温柔，许多时候甚至让他们感觉到纵容，所以他们才会像现在这样，试图让顾淮改变决定。

除了亚尔维斯什么都听顾淮的，其他所有虫族，包括另外三名军团长现在都算是同一阵线。

参谋长拿着装了温热鲜奶的小奶瓶，搬出他一早就想好的理由说："陛下，用奶瓶进食对现在的您来说比较方便，不容易弄脏身体。"

参谋长这么说完，在场其他虫族也用更加明亮的眼睛望着正缩起身体躲在亚尔维斯身后的那只黑色幼崽，无声对顾淮表现出他们的期待。

"嗨啾！"

不行，这次不管自家这些虫族怎么看他，他都不会同意的。顾淮觉得他做人要有底线，不能喝奶瓶。

但是眼前这些虫族的眼睛简直闪亮亮得不像话，当顾淮表示不同意的时候，这些明亮眼神还纷纷变成了眼巴巴。

这种眼神就仿佛在很直接地说，他们希望顾淮能够改变想法。

"陛下……"甚至有虫族发出声音。

缩在亚尔维斯后边的黑色幼崽微动了动身体，顾淮有点动摇。

在拒绝态度下，一旦有一点动摇就是致命的，而顾淮的态度不知不觉已经有些软化。

在场虫族的眼神攻势还在继续，顾淮最后还是落败了："啾。"

那……做虫底线可以稍微低一点，反正他也不做人了。

这么一想，顾淮顿时感觉好了许多。

其实参谋长刚才说的也有道理，如果不用奶瓶，以他现在的形态就只能自己探身去舔杯子里的鲜奶，这一样有点羞耻。

努力说服自己，顾淮终于从亚尔维斯后出来了。

"啾。"睁着圆溜金眸的黑色幼崽对面前的虫族们轻轻叫了一声，声音小得几乎听不见，但听见的虫族们都一瞬间高兴起来了。

他们知道这是顾淮对他们表示同意的意思。

但虫族们这边还有一个问题，他们之中由谁来给自家王喂奶？

就算是按阶级顺序，α 阶级的虫族都有四位，亚尔维斯不参与，那也还有三位。难道现在出去打一架，谁赢了谁喂吗？

事情当然不至于这么进展，顾淮看出了自家这些虫族在纠结什么，于是他随口提议了一个他觉得十分公平的方法。

"你们猜拳吧。"

让他们猜一会儿，顾淮也能有时间再缓缓，让自己接受这个现实。

估计自家这些虫族不知道猜拳是什么，顾淮再建立一道精神链接解释。

"就是一种双人游戏，有石头、剪刀、布这三种手势，两个人在同一时间用手做出其中一种手势，然后石头赢剪刀、剪刀赢布、布赢石头这样，很简单的。"

顾淮通过精神链接把他的想法传达给屋子里的每一个虫族，

听见顾淮这么说，在除亚尔维斯以外的三名军团长中，卡帕莉娅轻微皱眉，悉摩多挠了挠头，而艾伊在清冷表情下弯起嘴角，露出一个柔和微笑。

这个决定人选的方法在大多数情况下确实还算公平，就算他们是利用上极敏锐的动态视力去观察对手会不会出布和剪刀，然后再决定自己出什么，但在战斗能力差不多的情况下，这也能算是一种公平。

但艾伊在这里，那就一点也不公平了。

艾伊的预知能力能让他提前几秒知道猜拳的结果，他只需要依据结果做出相应的改变就可以了。

顾淮说让大家猜拳的时候没考虑到这一点，在场的虫族们虽然都有想到，但对于顾淮说的话，他们不想反对。

于是结果就毫无悬念了。

"唔……你作弊。"悉摩多望着自己出的剪刀和艾伊出的石头，顶着一张看起来凶凶的脸却说不出更多指责的话。

艾伊对他微微笑了一下，神态自若。

卡帕莉娅在悉摩多之前就输了，她刚才冷冷地用自己尖刀形态的左手在地面扎穿了个坑，冷哼了一声。

小奶瓶到了艾伊手上。

虽然不能由自己拿着小奶瓶给王喂奶是很可惜，但对看自家王并且是幼崽形态的王喝奶这件事情，屋子里的虫族们依然有十二万分的热情。

该来的总是要来。

眼看着自家虫族们已经猜出个结果了，顾淮知道他躲不过了。

桌子上的黑色幼崽下意识往旁边另一只幼崽身上靠近。

这是一种潜移默化的改变，因为知道亚尔维斯只会听他的话，顾淮在不知不觉间也放任自己对亚尔维斯产生了某种可以算作是依赖的习惯。

"啾。"亚尔维斯回应地蹭了蹭，身后的银灰色小尾巴也护卫般地围在旁边的黑色幼崽身上。

因为两者现在贴靠得很近，亚尔维斯只需要随便动动身体就能完成这个轻蹭的动作了。

而无由来的，顾淮在幼崽形态下被对方这么亲近地轻蹭了蹭，再看看那条护卫在他身上的银灰色小尾巴，忽然感觉有点害羞。

可能是因为从亚尔维斯的这番举动里，顾淮格外清楚地感觉到了亚尔维斯对他的在乎。

还好他现在浑身都是黑色且毛茸茸的，就算脸红也看不出来。

想了想，顾淮给亚尔维斯回应了相同的动作。

"啾。"同样发出啾声，在桌上睁着一双圆溜眼睛的黑色幼崽也动了动身体，往旁边与他有着相似金眸的幼崽身上蹭了一下。

相互蹭在一起的两只圆鼓鼓幼崽让屋子里的所有虫族看得移不开眼，一个个都目不转睛地盯着看。

但喂奶这事也不能耽搁啊。

等两只圆鼓鼓的幼崽在那蹭来蹭去好一会儿以后，艾伊拿着小奶瓶走上前去。

其实用小奶瓶喂奶这事到底是谁教给这些虫族的呢？

答案是在一个小时前，来虫族这边探望的两名人类将领，他们就这么坑了顾淮一把。

首先把幼崽抱到腿上。

桌上的黑色幼崽被艾伊抱到他的腿上，然后调整姿势。

据说还是半躺着的姿势会比较好，于是在艾伊腿上的黑色幼崽被动歪倒了身体，然后小奶瓶的奶嘴被放进了幼崽的嘴巴里。

进展到这一步，屋子里所有虫族的眼神完全可以用炽热来形容。

顾淮大脑放空，当然表现在幼崽形态下，也就只是圆鼓鼓的黑色幼崽睁圆了他玻璃球似的金色竖瞳。

既然事情都已经这样了，顾淮便放弃了挣扎。

为了让家里的虫族们高兴，他太难了，真的是太难了。

顾淮两眼一闭，忍辱负重地吸了一口奶嘴。

咕咚。

歪倒身体躺在艾伊腿上的黑色幼崽喝下了小奶瓶里的第一口奶。

幼崽在用小奶瓶喝奶，在场虫族的竖瞳都是呈现着收缩状态，眼睛全部亮起。

那两名人类教他们的东西确实挺有用，而且奶瓶这种东西听说就是人类发明的……

此时此刻，虫族们忽然在他们旧纪元时代的敌人身上看见了优点，在养幼崽方面，人类有不少值得他们参考的地方。

在用奶瓶喝下了第一口奶以后，顾淮觉得他已经没有底线了。

既然都已经忍辱负重喝下了第一口，那要喝就得全部喝完，不然这忍辱负重就没有意义了。

顾淮给自己做了一番心理建设，此时歪倒在艾伊腿上的黑色幼崽嘴巴里含着小奶瓶的奶嘴，圆溜溜的金色眼睛就看着这个奶瓶，很努力地开始"咕咚咕咚"地喝奶，企图能快点把这奶瓶里装着的奶喝完。

众所周知，幼崽吸奶瓶的时候是会发出声音的，每吸一下都会发出一点声音，这个声音其实很轻，但对听觉能力优秀的虫族士兵们来说，这个吸奶瓶的声音可以说非常清晰。

每当这个声音出现一次，屋子里就有虫族做出因为呼吸艰难而稍微后仰身体的动作，但没有任何一名虫族士兵向后倒下。

不是因为遭受的冲击不够大，而是他们觉得自己不能错过自家王用奶瓶喝奶的画面，所以用坚强的意志坚持了下来。

而作为当事人的顾淮再次两眼一闭当作自己没听见，好在小奶瓶能装的奶不多，顾淮咕咚咕咚喝了一会儿，很快就全部喝完了。

小奶瓶空了。

自家王完成了第一次用奶瓶喝奶这件事情，屋子里的虫族们现在都特别激动喜悦，这可是特别有纪念意义的事情。

生无可恋地做完这件事情，顾淮感觉他整个人都升华了。

艾伊把已经空了的小奶瓶从腿上幼崽的嘴里拿开，然后他想了想下一步该做什么。

那两个人类说，等幼崽用奶瓶喝完奶以后，要把幼崽抱起来拍一拍。艾伊照着去做，他小心地把腿上的黑色幼崽抱起来一些，用最轻的力度顺着拍了拍幼崽的背脊。

被拍完背，顾淮被放回了之前的位置。

在桌上的黑色幼崽本来就已经很圆鼓鼓了，喝完一整瓶奶以后，腹部还鼓起来了点，于是身体看起来就更圆了。

王真的好可爱。

虫族们什么都不想做，如果让他们就这么看着自家的幼崽形态的王，他们能这么欢欢喜喜地看上一整天。

经历完了虫生中的一件艰难事情，顾淮看着屋子里明显全部特别高兴的虫族们，他安慰自己这么做是有意义的。

这个时候，同样在幼崽形态下的亚尔维斯又把他的银灰色小尾巴护到旁边的黑色幼崽身上，并且明显地用尾巴将这只黑色幼崽往自己身边揽了揽。

因为顾淮的本意是不想用奶瓶，所以亚尔维斯对争夺喂食的任务并没有兴趣，但本能中的独占欲会让他做出现在这个举动。

顾淮已经大致能摸准亚尔维斯的各种反应了，知道这只大猫只要顺着撸就会很好哄，于是刚喝完奶的黑色幼崽由着旁边另一只幼崽用尾巴把他揽过去，两只圆鼓鼓的幼崽再次贴靠在了一起。

顾淮接受邀请来到莱文星是为了与菲尔兹人建立外交，现在这个任务已经完成，那他们也可以回图瑟了。

就算顾淮不说要回图瑟，跟随他一起来到这个星球的虫族们现在也归心似箭。

如今的图瑟星是虫族守备力量最为强大的星球，堪称一座钢铁堡垒，他们的王现在变回了幼崽形态，他们必须把自家王保护在最安全的地方才行。

在虫族的舰队准备从莱文星离开的时候，还得跟着人类部队在莱文星待几天才回地球联邦的沈牧和哈默两人特地去航空港送别。

怎么说他们也在虫族这边做客了好一段时间，其实在这段时间里，他们受到的待遇还是挺好的，也跟一些虫族在相处的过程中有了些交情。

虽然不知道这交情是不是他们单方面认为的。

虫族总是表现得冷冰冰，这让外人很难窥探他们的情感，这些虫族最鲜明的情感就是对他们王的喜爱了。

不过沈牧之前还收到了离别小礼物，他们和虫族之间应该确实是有那么点交情了吧。

这次一分别，以他们双方的种族身份，沈牧和哈默觉得他们以后可能很难再跟这些虫族像这样见面了。

这么一想，两人还真有一点真情实感的不舍。

"啾。"

面对来给虫族送别的两个人类，正安分待在一只塔克虫族肩上的黑色幼崽对两人叫了一声，圆溜溜的金色竖瞳望着他们。

参谋长这边同时接收到精神链接，他稳住表情，神色冷肃地上前一步对两名人类说："陛下说欢迎你们再来图瑟星做客，希望以后能有机会再见面。"

　　沈牧和哈默两人顿时就有点儿感动了，他们刚才还在想交情什么的可能只是他们单方面认为，现在却得到了确切的回应。

　　这一感动，哈默就觉得他们该回馈点什么。

　　记得这些虫族很早之前就问他们要怎么宠幼崽，哈默等为首那只塔克虫族把顾准带进去了，他咳了一声，开始给这些虫族开小课堂："其实呢，宠幼崽的方法很简单的，精髓就一个，就是幼崽想要什么都给他，哪怕是摘星星摘月亮。"

　　摘星星摘月亮？

　　听见这句话，在场的虫族们若有所思。

　　说出这话的哈默显然忘记了两个种族之间存在着文化差异，他所说的"摘星星摘月亮"只是一种形容，但听在虫族们的耳朵里就不是那么回事了。

　　"谢谢你的告知。"参谋长对哈默点点头。

　　没意识到这件事情的严重性，哈默脸上还带着笑容，他对准备离开的虫族们挥了挥手："没事，以后你们在这方面还有什么想问的问题，也可以发送通信来问我们啊。"

　　参谋长应下了："好的。"

　　双方就此分别。

　　载着幼崽形态的王，这艘被选中的尤拉战舰在整个航行过程中，舰身上的天蓝色舰灯一直有规律地闪个不停。

　　舰身上有了会一闪一闪的灯，就算是毁灭者级别的尤拉战舰，看起来也仿佛忽然没那么可怕了。

　　部队回到图瑟星，图瑟星的航空港早就挤满了一群正眼巴巴等待着自家王回来的虫族士兵。

　　他们想要亲眼看见自家王的幼崽形态，简直一秒钟都不想多等，恨不得自己有空间转移的能力，现在、马上、立刻就传送到自家王身边。

王变成了真正的幼崽模样，他们却没能第一时间看见，想想就有点心情低落。

顾淮一抵达图瑟星的航空港就不得不面对这个场面，看着周围因为看见他而陡然亮起眼睛的虫族们，顾淮学会了利用他现在的幼崽形态。

"啾。"待在塔克虫族肩上的黑色幼崽对在航空港迎接他回来的虫族们叫了一声，圆溜金眸也注视着他们。

听见这软软的啾声，等待在图瑟星的这些虫族士兵顿时什么低落心情都没了，而是马上感受到呼吸艰难的感觉，因为他们不自觉屏住了呼吸。

待在塔克虫族肩上的并不只有一只幼崽，在黑色幼崽旁边，另一只并不怎么发出声音的幼崽始终将尾巴护在对方身上，避免这只黑色幼崽掉下去。

因为肩上载着两只幼崽，这只塔克虫族的行动变得格外小心，尽管外形可怕，这只塔克虫族此时表现出的毫无疑问是爱护着幼崽的家长姿态。

亚尔维斯私人府邸里的几乎所有区域现在都被铺上了好几层绒毯，这是虫族们为了避免自家王在幼崽形态下走路的时候不小心摔着了而准备的。

他们的王在这个形态下还不太会走路，万一又像之前那样走不稳歪倒了，那摔在地上也是会疼的啊。

别说什么他们的王能三两下拆掉一艘战舰，能拆战舰又不代表走路摔了不会疼，这两件事情能一样吗！

等回到府邸，一路上小心翼翼地行动的塔克虫族就俯下身把肩上两只贴靠在一起的圆鼓鼓幼崽放到铺了柔软绒毯的地上。

放下以后，这只塔克虫族用猩红眼睛盯着在绒毯上的那只黑色幼崽，像是有些不舍地从喉咙里发出了点低低的咝声。

"陛下，这是送给您的玻璃球。"参谋长把一颗玻璃球放在地上那只黑色幼崽的面前。

给自家王放下一颗玩具球，然后屋子里的所有虫族都满眼期待。

顾淮："……"

自家这些虫族的心思明显到让顾淮一眼就能看出，他看了一眼那颗摆在他面前的玻璃球，沉默了两秒。

但用奶瓶喝奶都接受了，玩一下玩具球实在算不了什么。

满足周围虫族的期待，窝在柔软绒毯上的黑色幼崽睁着跟这颗玻璃球一样圆溜的金眸，几秒后伸出一只前爪，轻轻地碰了碰在他面前的那颗玻璃球。

看见这个画面，在场许多虫族顿时呼吸一滞，不得不整齐地背过身去努力呼吸几口。

参谋长勉强能绷住表情，他还有一件需要询问的事。

"陛下，您想要多少颗星星？"参谋长在地上那只黑色幼崽面前半跪下身体，"月亮可能需要一点时间才能摘下来，因为月亮……就那颗叫月球的星球是人类首都星地球的卫星。"

参谋长这么一提，在场虫族们马上也想起来这事。

那两个人类教他们说，宠幼崽就要给幼崽摘星星摘月亮，月亮只有一个，那他们一定要给自家王摘很多星星才行。

"啾？"顾淮有点迷惑，不知道这个话题从何而来。

"人类说，宠爱幼崽的家长都会给幼崽摘星星摘月亮，我们马上就可以给您摘很多星星，您想要多少都可以。"参谋长认真说道。

摘的意思就是占领吧，在场虫族们都是这么理解的。

顾淮闻言一呆，摘星星就算了，避免自家虫族真的跑去"摘月亮"，顾淮赶紧建立起精神链接。

——摘星星摘月亮不是这个意思……

很难跟虫族解释清楚这话所表达的意义，顾淮开始头疼。

远在莱文星的两名人类不知道自己又坑了顾淮一次，甚至差一点，他们人生的光辉事迹就又能添上浓墨重彩的一笔——

被新纪元史记录为，引发虫族与人类争夺月球的始作俑者。

第五章

尾巴

顾淮这边好不容易给自家的虫族们解释清楚了"摘星星摘月亮"是什么意思，他用精神链接跟虫族们说这只是一个抽象的比喻句，并不是真的要去把星星和月亮给摘下来。

当顾淮刚这么解释的时候，在他周围的虫族们还像是没马上被说服的样子。

"陛下，您不想要星星和月亮吗？"参谋长确认般地再问一次。

"啾。"绒毯上的黑色幼崽抬起脑袋回应了一声，那双圆溜溜的金色眼睛让参谋长终于没能绷住表情，情不自禁后退了一步。

稳住身体后，参谋长扶了扶自己的眼镜："属下明白了。"

既然自家王说摘星星摘月亮不是他们以为的那个意思，而且也不想要，那他们就不摘了吧。

而在莱文星这边，终于回到了人类一方的沈牧和哈默也被沈上将叫到书房里进行了一番详细的盘问。

鉴于两人之前回归得毫无预兆，后边又刚好遇上反叛军暴动的事，沈上将一直没时间好好问问两人这段时间的经历。

明天他们就要启程回地球联邦了，在回去之前，该问的事情还是得问清楚。

把两人喊进书房以后，沈上将看着这俩都可以说是由他看着长大的年轻将领像根铁杵似的杵着不动，他指了指对面的两张椅子说："都杵着干吗？坐。"

不太敢坐……

沈牧和哈默对视一眼，各自从对方眼里看见了心虚，身体僵硬地坐下。

知道肯定迟早要被问话，问话就是死期，两人一直试图乐观，但现在这事儿是跑不掉了。

等两人在对面坐下，已经颇为年迈的沈上将敲了敲桌子问："你们两个到底怎么回事，舰队在遇到星盗以后还发生了什么，为什么会在虫族的星球做客？"

沈牧和哈默双双闭了闭眼，一时间两个人都没敢说话，最后哈默吞吞吐吐说："那个……伯父，这件事情说来话长，过程十分复杂，非常复杂……"

沈上将眉头一皱，打断道："那你们就挑重点说。你们俩在军部也待这么久了，报告怎么打不会吗？还需要我教你们？"

这不是怕说了会当场去世吗？

哈默在心里痛苦地想着，静默半响后，他艰难地开口说："我们舰队遇上了星盗，然后我们俩就被星盗抓了嘛，再然后这群星盗撞上了虫族的尤拉战舰群，那结果当然是被虫族歼灭……虫族把我们两人带回图瑟星，关在屋子里，但也确实算是救了我们。"

"然后呢？"沈上将追问。

"然后……"哈默咽了咽口水，抖着一颗心脏继续讲，"然后发生点小误会，我跟沈牧越狱逃跑，想着找机会逃回地球联邦，不过在那次越狱逃跑的过程中，我们偶然遇上了虫族的那位陛下……"

沈上将表情微变，心里忽然有种不好的预感："继续说。"

哈默想了想他们两人那光辉事迹，实在是说不下去了，这时在旁边一直静默着的沈牧接过了话茬："由于外貌误导，我们把虫族的那位陛下误认为是人类同胞，所以我们带着他从图瑟星逃跑到了别的星球。"

沈牧话音刚落，书房里"砰"的一声，横在他们两人和沈上将之间的那张桌子直接被后者一拳砸碎。

想当年，沈上将年轻的时候，在军部里的一个外号就叫"铁拳"，因为脾气暴得很。

哈默看了看眼前这张粉碎的桌子，身体不由得跟着抖了抖，感觉沈上将这一拳仿佛就砸在了他们两人身上。

哈默战战兢兢："伯……伯父您冷静，您千万冷静——"

"我冷静个屁！"人老了本来都已经修身养性很多年了，沈上将现在硬生生被激起了当年的暴脾气，他用手指着对面两个年轻人，"你们知不知道自己做了什么?！越狱把虫族的王拐到别的星球，怪不得之前虫族突然大军压境跑来地球让我们还人，原来就是你们两个惹的事！"

"那天虫族跟我们差点就打起来了，要是真打起来，你们两个人就是引发这场战争的罪人，以后那是要被写进历史教科书里批判的！"沈上将越说越生气，额头青筋都蹦起来了，突突直跳。

自从进入新纪元，他们人类和虫族之间虽然小有摩擦，但大的战争已经不发生了。

现在生活在和平时代的人们不会希望再经历战争，而这个来之不易的安稳局面险些被他眼前的两人轻易打破，这让沈上将怎么能不怒火直冲脑门。

"要不是你们在这星球遇上的是我，要不是你们一个是我亲儿子，一个是我世交好友的儿子……等回地球以后，你们就要被我亲手送上联邦军事法庭。"沈上将瞪着两人，"你们两个兔崽子知道吗?！"

哈默快速地连连点头："知道知道，您消消气，别气坏了身体。"

沈上将问："你们俩还干了什么，赶紧的，都给我一五一十说出来！"

"没……没有了，真没有了。"哈默一脸认真诚恳。

沈上将正平复自己的怒气，本来这事差不多也就这样了，可好巧不巧，就在这个时候，哈默接收到了来自图瑟星的一道通信。

　　这道通信是顾淮发送过去的。

　　"呃……"看了沈上将一眼，哈默忽然有点不太敢在对方面前接这通信。

　　沈上将沉声道："接，你就在这儿接。"

　　长辈都发话了，哈默哪能不从，只好在现场接受了通信。

　　在图瑟星，顾淮是以困了想睡觉为由回到房间，避开了自家的大部分虫族才向哈默发送的这道通信。

　　通信接通后，顾淮向对面发送了这一段文字——

　　"我现在的状态不方便说话，只能用文字传达了。"

　　窝在床上的那只黑色毛茸茸的幼崽用他的金色竖瞳注视着通信影像，利用异能进行文字输入。

　　"好的。"哈默看见发送过来的信息，很快点点头。

　　"其实也没什么事，就是想提醒一下你们，如果以后有虫族再向你们问什么问题，你们回答的时候最好直白一些，不要用太多修饰形容……特别是如果你们用比喻句的话，他们很可能会误会的。"

　　"啊？"哈默还有点没反应过来，不知道顾淮为什么要突然对他说这个。

　　"像你们这次跟他们说的'摘星星摘月亮'，他们就误会了，以为这是要让他们去占领星球，还跟我说摘月亮需要一点时间。我这么说，你们应该能理解我的意思？"

　　顾淮发送这道通信的目的就是想提醒两人关于他们种族之间的文化差异，避免之后真不小心整出什么事儿来，那就乌龙大了。

　　看到最后这段文字，哈默身体僵硬，他不敢转过头去看沈上将现在的表情。

哦……他们还差点让虫族过来攻占月球，差一点他们地球的这颗卫星就要成为虫族的目标了。

结束通信以后，沈牧和哈默站在原地动也不敢动，他们已经感受到从对面射过来的死亡视线了。

这视线几乎能把他俩的身体都射出一个洞，刚好两人能串在一起。

"你们两个人，现在都给我滚出去绕着莱文星跑十圈，跑不完你们别想回地球！"沈上将怒吼一声。

沈牧跟哈默哪里还敢留，赶紧先出去跑着，连一个字都不敢反驳。

绕星球跑十圈，这压根不是正常人能完成的事，可现在哪是他们顶嘴的时候。

被连坑几次以后，顾淮这次终于也在无意间反坑了两名人类将领一回。

在顾淮没能变回类人形态的这段时间里，虫族们的幸福指数可谓是达到了一个高峰。

即使不是居住在图瑟星，而是生活在别的星球上，这些虫族士兵每天接收到由参谋长发送给他们的直播影像，都非常开心。

关于自家王幼崽形态的记录影像都太宝贵了，他们之前有多遗憾没能看见自家王真正的幼崽模样，现在就有多高兴。

王是在一个废弃的星球上出生的，这件事情一直让虫族们耿耿于怀。

废弃星球的条件那么艰苦，星球上还有那么多的危险，他们的王根本不应该待在这样的地方。

对虫族们来说，他们觉得在顾淮还是一颗幼崽蛋的时候，他们就应该将这颗幼崽蛋保护在他们种族守备力量最强大的星球。

然后他们可以每天守护着这颗幼崽蛋，一直到他们的王从这颗蛋里破壳出生。

为什么顾淮一出生就是成年期的形态，虽然在虫族里谁也没有去讨论过这个问题，但虫族们有时候总是忍不住猜想，会不会是因为幼崽蛋曾经受到什么伤害，才会出现这种异常情况。

而一想到幼崽蛋可能受到过伤害，他们就会感受到一种陌生的难过情绪。

现在他们亲眼看见了顾淮的幼崽形态，虽然不是看着顾淮以这个形态从幼崽蛋里破壳出生，但他们莫名地终于放心下来一点了。

他们的王很健康，以后也会在他们的保护下很好地长大。

顾淮对自家虫族们最近的心情不是一无所知，他的感知能力并没有因为回溯到幼崽形态而丢失，而且就算不动用感知能力，他光是看周围虫族望着他时亮起的眼神也能知道他们是什么心情了。

就因为之前一个心软导致了底线降低，顾淮在最近这段时间里，可以说是没什么底线了。

比如说，不知道谁叫他家的虫族们去买了战舰模型，放到绒毯上给他拆着玩。

睁着圆溜金眸待在绒毯上的黑色幼崽没办法，也不想拒绝自家虫族的一番心意，只好意思意思地玩一玩。

然后有一天，顾淮在这幼崽形态下还穿上了小恐龙衣服，当然只穿了一下下，满足周围虫族的记录愿望以后，顾淮就挣脱了这件衣服。

要问这些虫族在这段时间每天最想做的事情是什么，那一定是拿小梳子给自家幼崽形态的王梳毛毛。

家长为幼崽梳理绒毛是表达宠爱，所以每一名对顾淮有着家长心态的虫族都想这么做。

今天是轮到卡帕莉娅。

顶着冷若冰霜的表情，卡帕莉娅尖刀形态的左手此时静静垂放着，而右手拿着一把木质的半圆形小梳子，一只圆鼓鼓的黑色幼崽正趴伏在旁边沙发上。

卡帕莉娅看似非常冷静，但在她正准备开始给幼崽梳毛的时候，她右手拿着的小梳子被她"咔嚓"一声捏断了。

面无表情地换了另一把梳子，卡帕莉娅给这只黑色幼崽梳毛的动作完全是小心翼翼的，等仔细地全部梳完一遍以后，卡帕莉娅才稍微放松了神情。

这两个多月时间，图瑟星发生了不小的变化，在与许多种族开展贸易以后，图瑟星上引进了不少商铺，好些个与虫族签订了友好盟约的种族也在图瑟星进行了各类投资，图瑟星的商业圈正在逐渐建立。

图瑟星的旅游业发展也提上了日程，在虫族对外形象已经有所改变的现在，虫族的首都星不出意外会成为一个极大的噱头。

然而顾淮最近都没法出门去好好看看图瑟星的变化，幼崽形态还是有很多不方便的地方。

午觉的习惯让顾淮在午后又回到了自己的卧房，亚尔维斯最近一直都陪着顾淮睡觉，也包括午觉时间。

回溯到幼崽形态两个多月时间了，顾淮还是没找到让自己变回去的方法，这让他不免有点纠结。

在这段时间，顾淮都还没仔细观察过自己幼崽形态的样子，于是此时，他在趴伏于被褥上的姿态下扭过头，先看见了自己的尾巴。

是一条毛茸茸的尾巴，和旁边亚尔维斯的尾巴就很不一样。

亚尔维斯的尾巴已经褪去了绒毛，银灰色的尾巴看起来有着冷冰冰的金属质感。

顾淮在想，他的尾巴在接近下一个成长阶段的时候，应该也会变成亚尔维斯这样吧。不过他在类人形态的时候并没有保留这个特征。

他现在头上其实还有两个小犄角，但因为身上毛茸茸的，这两个犄角又很小，不仔细看的话就很难发现。

同样的，他的类人形态也没保留这个特征。

顾淮盯着自己的尾巴看了一会儿，他感觉这条尾巴总是不太听他的话，不像亚尔维斯那样能够很好地掌控自己的尾巴。

这么想着，顾淮就觉得自己是不是该多练习练习，他在这时尝试着动了动自己这条还毛茸茸的黑色尾巴。

而在刚动一下的时候，顾淮看见另一条银灰色尾巴靠近了过来。

这条质感冰冷的银灰色尾巴一开始只是靠近一点点，在确定了他并不移开尾巴之后，就又更加靠近一些，直到贴在他的尾巴旁边。

等到最后，这条银灰色尾巴像是非常郑重地在他的尾巴上打了个圈。

"啾？"顾淮没太看懂亚尔维斯这个动作所表达的意思。

但刚啾一声，顾淮就又被动接受了亚尔维斯对他身上绒毛的梳理，他不由得又反射性把自己缩成了一团。

金色竖瞳是圆溜溜的，缩成一团的身体看起来也更加圆，又一次被梳理绒毛，顾淮不由得思考起一个问题——他是不是该礼尚往来一下？

但顾淮在旁边幼崽身上观察了一圈，发现对方身上的绒毛都很听话。

顾淮找了好一会儿才勉强在亚尔维斯身上找到一撮算是翘起

了点弧度的绒毛，回想了下对方是怎么做的，顾淮凑近过去，模仿着把这一小撮绒毛给轻轻舔舐梳顺了。

"啾。"银灰色尾巴因为圈着很重要的事物，所以不能乱动翘起来，但这只幼崽在这时很明显收缩了下浅金竖瞳。

只是被梳理头上的绒毛的话，顾淮还只是感觉一点点痒，但如果是被舔舐背脊上的绒毛，顾淮就有点受不了了。

很痒……

痒痒的感觉越来越难以经受，等到达某个忍耐点时，这只黑色幼崽倏忽变换了形态。

变回来了？

顾淮都有点没反应过来，他微愣着躺在床上望着天花板。

第二天，会议室。

"之前说要招募的土壤学专家已经招募到好几个人了，他们组成研究团队，今天就会开始对图瑟星的土壤进行研究。"亚尔维斯微垂双眸，此时对顾淮表现出一种格外温顺听话的姿态，说这句话也有着讨取欢心的意思。

顾淮脸上疲倦还没完全消退，但他这时也不自觉眨了下眼，亚尔维斯执着于在图瑟星给他种花这件事情，每次提起都总是让顾淮觉得这只大猫很可爱。

花是一种漂亮美好但非常脆弱的东西，这是亚尔维斯最开始对花这种事物的认知。

在亚尔维斯的心上有一朵"花"，他本来只要守护这朵"花"就足够了，但是这朵"花"对他说希望这个星球上有更多的花。

因为是心上的这朵花的愿望，亚尔维斯才会这么想要达成。

他想为顾淮创造一个繁花似锦的星球。

第六章

蝉联

好不容易变回类人形态，顾淮本来该去视察图瑟星这两个多月的变化，但他昨天实在被某只大猫折腾得很累。不只是身体上，精神上也几乎到达极限了，这么睡了一觉也没能缓过来。

　　顾淮能够感知到其他虫族的情绪，但之前也说了，这不一定是主动的，当某个虫族情绪过于强烈的时候，他也可能会被动接收到。

　　最开始在废弃星球上的时候，顾淮就是因为被动接收到亚尔维斯传递给他的一种尖锐的、几乎要将理智割裂的疯狂，他才在睡梦里下意识去安抚。

　　而昨天，顾淮同样从亚尔维斯身上被动接收到了另一种过分刺激强烈的感受。

　　自身的感觉都已经让顾淮很受不了了，何况还要从亚尔维斯身上再多感受一份，顾淮觉得他的眼睛当时不受控制地掉眼泪也是情有可原的。

　　这事也导致顾淮对亚尔维斯建立起了精神链接，至于亚尔维斯通过精神链接发现了什么，顾淮就拒绝去思考了。

　　顾淮还在床上睡着，因为他此时的不动也不说话的状态，亚尔维斯又用手指轻轻摸了摸他的眼角，动作小心翼翼。

　　"阿淮。"亚尔维斯声音低低的，顾淮不动，他就也在床边站着不动。他的淡金竖瞳微垂着注视在顾淮脸上，就像一只危险的野兽在守护自己的心爱事物。

　　亚尔维斯的这一表现让顾淮想起来，他眼前这只大猫好像还是以为自己做错事情，虽然顾淮已经解释过了他不是因为觉得痛才掉眼泪的。

顾淮说不出口，这时只好装作低咳一声，伸手扯扯亚尔维斯让对方弯腰把头低下来点。然后顾淮伸手胡乱摸摸亚尔维斯的头发，把对方那原本柔顺得很的银发给摸乱了点。

顾淮还是尽量装出了若无其事的镇定样子，对亚尔维斯说："我想出去看看图瑟星最近的变化，但是我现在不想走路。"

顾淮相当于是变相在对亚尔维斯提出要求，亚尔维斯微偏着头思考了下，没出声回应，直接把自己的尾巴移到前边来，让顾淮坐上他的尾巴，然后准备出门。

"等一下，先让我刷牙洗脸还有照个镜子……"最重要的是照镜子，顾淮心想着。

闻言，亚尔维斯一声不吭地带着顾淮往洗漱间走。顾淮说不想走路，那即使是在室内，亚尔维斯也没让顾淮的双脚碰到地板。

亚尔维斯走到盥洗池前边站定不动，顾淮伸手去拿台上的刷牙杯和牙刷，开始刷牙。

顾淮边刷着牙，边坐在亚尔维斯的尾巴上无意识晃了晃腿。

对于顾淮的这个行为，亚尔维斯无声看着，尾巴保持在一个高度上一动不动。

不管顾淮怎么乱动，他也不会有从亚尔维斯的尾巴上摔下去的机会，因为亚尔维斯的注意力始终在他身上。

图瑟星的夏天就在顾淮无意回溯到幼崽形态的两个多月里过去了，现在图瑟星迎来了秋季。

图瑟星本来就是温暖季节比较短，寒冷季节比较长的星球，不像地球那样四季等分。

图瑟星每年的春夏加起来大概只有四个多月，而秋冬季节占据了剩下的所有时间。

等顾淮说可以出门了，亚尔维斯就这么在尾巴载着一个人的情况下走出房门。

当看见亚尔维斯用尾巴载着的黑发青年时，虫族们的第一反应都是有些失望，明显一点的就直接表现在了脸上。

王的幼崽形态没有了。

发现这一点时，这些虫族马上进一步联想到一件事情——那他们以后就不能每天给自家王梳毛毛了。

认为给幼崽梳毛是表达宠爱的方式，所以家长心态下的虫族们对给在幼崽形态的顾淮梳毛都有一种执着。

虽然每一名虫族都有意无意地在掩饰，但顾淮依然早就发现了，虫族们对他回溯到幼崽形态这件事情无比喜闻乐见。

自家这些虫族很喜欢看见他的幼崽形态，因此现在发现他变回来了才会有这样的反应。

顾淮现在面对这个情况，一时间不知道该不该心情无奈。

虽然只是短短两个多月时间，图瑟星中心城市的变化却不小，最鲜明的一个改变大概是商圈的逐渐成形，其他种族的商人在图瑟星的投资也正在不断增加。

图瑟星能够覆盖整个星球的空轨已经开始动工了，目前中心城市的部分已竣工，图瑟星明确表示出对外开放的态度，这件事情在星网上引起了超高热度的议论。

×××（亚扎星系）：我们星球的航空港多了能去图瑟星的航班，我都差点以为是我自己看错了，还特地反复确认了好几遍。

×××（盖伦星系）：能去吗？我这儿的航空港也有能去图瑟星的航班，我其实有点感兴趣……

×××（希瓦星系）：听说虫族把图瑟星对外开放了，那去那里只要遵纪守法，我想应该不会有什么问题。

×××（诺尔兹星系）：哪有人敢在虫族的星球上捣乱，又不是嫌命长。我买了后天上午的航票，有人跟我一起去吗？

顾淮坐在亚尔维斯的尾巴上被带着去看图瑟星最近的变化，同时也打开个人终端浏览星网上的舆论，可以看出，虫族现在的对外形象较之从前已经有了很大的改变。

就在最近这段时间，虫族还收到了菲尔兹人领袖公开表示的感谢，说虫族为他们挽回了一次后果惨痛的悲剧，及时阻止了这场惨烈事件的发生，也让他们种族有机会解决内部矛盾。

假如他们这次对反叛军的镇压是暴力形式，以流血方式解决，那菲尔兹人的执政官认为他们种族内部的矛盾将不可调和。

顾淮的解决方式给了他们一个本来几乎不可能拥有的转机，因此现任的菲尔兹人执政官对虫族的这份感谢是真心实意的。

关上个人终端，顾淮在想，图瑟星应该马上要迎来很多不同种族的客人了吧。

顾淮的这个想法并没有错，但他没想到的是，在这些客人里，竟然会出现一个挺特殊的人。

对方是一名年轻的科研人员，名字是亚伦·菲尼克斯。

也不是默默无闻的那种，亚伦在整个星际的科研领域里被认为是怪才，并且在加文从星盟总部叛逃以后，他就成了星盟的现任科研组组长。

但这些都不是亚伦让顾淮觉得特殊的地方，真正特殊的事情是，顾淮刚刚得知，亚伦是卡帕莉娅的追求者，而且已经追求五年了，今年是第六年。

在顾淮仅仅是知道这点信息，具体详情都还不清楚的时候，亚伦就以星盟现任科研组组长的身份，打着请求交流的借口跟顾淮会面了。

"卡帕莉娅不在吗？"环顾大厅一圈没看见想见到的人，亚伦明显表现失望。

一般来说是会在的，顾淮想了想卡帕莉娅似乎有意避开对方的举动，诚实地回答说："她可能不想见你。"

但亚伦的回答出乎顾淮预料，他没了刚才的失望表情，点点头："我觉得也是。"

"那您能不能让我见她一面，如果是陛下您的话，应该可以做到的吧？"亚伦打算曲线救国。

但顾淮回应说："这得看卡帕莉娅自己的意愿。"

亚伦挠了挠头，思考自己有什么能拿出手的筹码，最后他说："这样吧……星盟总部科研组的所有资料，包括机密文件，我都可以拷贝一份给您，我自己也可以跳槽过来您这边，您觉得怎么样？"

这就是他能拿出手的全部最有价值的东西了。

顾淮闻言眨了下眼，他先是大致了解了亚伦对卡帕莉娅的追求努力程度，然后又不得不怀疑起一件事情——

星盟找科研组组长的眼光是不是有什么问题？

一个捅了大娄子叛逃，一个现在当场跟他说可以跳槽。他要是星盟高层，那他都得当场气死。

说到在科研领域里的名声，亚伦和从星盟叛逃的前任科研组组长加文是截然不同的类型。

加文是被称作天才，至叛逃前的名声都很正派，而亚伦虽然有不输于对方的能力，风评却一直说他是怪才。

这不只是因为亚伦的研究思维总是异于常人，思想跳脱程度也让人难以想象，还有很大一部分的原因是他性格乖僻。

对大多数人来说，亚伦极其难以相处，毒舌就算了，还各种要求多，最折磨他人的一点是强迫症。比如说在研究室里不能忍受任何一点不整齐，就连别的研究人员衣服少扣一个扣子都不行。

不过亚伦在追着卡帕莉娅跑的时候就不是这个性格了，大概是像小狗一样，逮着了目标就一直追一直追。

虽然追了许多年都没追上，但亚伦看起来也并不气馁的样子。

"星盟科研部门的研究资料和机密文件，你如果把它们交给别人，你知道会有什么后果？"顾淮没回答好或不好，而是这么反问了一句。

亚伦点点头，客观道："被发现的话，不出意外会被星盟追究责任。"

说完后微顿了顿，亚伦又说："但前提是星盟能找到证据证明事情是我做的。"

这是违反规则的事，但亚伦的性格本来就不会乖乖遵守既定的规则，只要能达到自己的目的，违反一些规则只会被他视作理所当然。

但在这方面，亚伦觉得他还是比加文要好很多，至少他不是反社会人格，他有自己的底线，涉及底线的事情不会去碰。

顾淮闻言，对亚伦的价值有了大概的衡量，不过他这时还是摇了摇头，拒绝道："不用了。"

顾淮对星盟科研部门的研究资料和机密文件没有太大兴趣，而且就算有兴趣也不打算以这样的方式获取。

这条路不通，亚伦换了一个话题："您之前接收了灰塔的士兵是吗？灰塔士兵都被迫接受了基因融合，也许您不知道，基因融合虽然很大提升了这些灰塔士兵的战斗能力，但并不是完全没有负面影响。"

这个话题马上引起了顾淮的重视，想到正在艾维星建设着家园的灰塔士兵们，顾淮即刻抬眼望向对方："什么样的负面影响？"

亚伦回答："他们的寿命会很短，接受了基因改造以后的灰塔士兵应该最多活十年。"

基因的融合改造本来就不是一件正常事情，这是违反常理的禁忌，当然需要付出代价。

"我分析过了加文的这项实验，得出的结论是在身体极限到来之前，这些灰塔士兵看起来不会有任何异状，但到最后会突发生命衰竭的症状，在极短时间内死亡。如果您不相信的话，我现在可以把我的研究分析报告发送一份给您，您亲自过目或者找其他人鉴定都可以。"

十年。

顾淮听见这个数字时有片刻愣怔，他记得加文从星盟总部叛逃已经是好几年前的事情了，灰塔士兵不到十年的寿命再减去这几年，剩余的时间不多了。

在几天前，顾淮才刚收到在艾维星上生活着的灰塔士兵们给他发送的通信，准确地说是由科林发出，然后一圈的灰塔士兵围在通信影像前边。

这些灰塔士兵很高兴地给顾淮汇报他们的星球建设进度，然后还提到给他放烟花的事。

"我们做了新的烟花，您想看看吗？"科林在通信的另一头态度小心地询问。

这些灰塔士兵还记着顾淮之前说觉得烟花好看，在顾淮回溯到幼崽形态的那段时间，在艾维星建设着星球的灰塔士兵们就一边建设家园，一边制作新的烟花。

这个新烟花绽放成形的时候，形状近似于顾淮幼崽形态，但灰塔士兵们之前一直对这个绽放形状还不太满意，所以他们在修改了好几次以后才来跟顾淮说。

自从被顾淮接纳以后，原本对所有事情，包括对自身都不在意的灰塔士兵才找到了他们继续生活的意义。

他们拥有了自己的家园，一切都开始往好的方向发展，顾淮也以为是这样的，但现在他的以为被亚伦打破了。

"有什么解决的办法吗？"顾淮紧皱着眉，态度认真地望向亚伦。

既然亚伦主动对他提及这件事情，他认为对方应该是有所准备。对和灰塔士兵相关的事，顾淮就不能像刚才那样不在意了。

"有。"亚伦马上回以肯定，"可以通过特制的药剂来维持他们融合基因的稳定性，每天坚持注射的话，身体极限不会那么轻易到来，这些灰塔士兵的寿命能延长到和普通人差不多的水平。这种药剂我已经研究出来了，不过在药剂注射后的十几分钟内，他们可能会感受到比较剧烈的疼痛感。"

顾淮闻言一顿，语声平缓地说："我还是坚持我之前的说法，关于卡帕莉娅的事要看她自己的意愿。但你所说的药剂对我来说也确实很重要，你可以提出其他任何的条件，只要不是没办法做到的那种，我都可以答应你。"

顾淮这样说，坐在他面前的亚伦却对他笑了一下，然后说："不需要条件。我刚才把跳槽作为筹码，但其实我是自己想跳槽过来，非要说条件的话，您接受我的跳槽就算是条件了吧。"

亚伦不是人类，他是奈辛特人，种族的标志特征是头上有俩像蝴蝶那样的触角，但他曾经因为研究需要而在地球上生活过挺长一段时间。

近水楼台先得月这个道理，他在地球住的时候学到了，除此以外还从人类那儿学了不少杂七杂八的东西。

顾淮听到这里也清楚亚伦的意图了，他提前为星盟抹去一把辛酸泪，然后毫不犹豫地接受了这个主动把自己撬过来给他的墙脚："可以。"

等把事情都确定下来，顾淮犹豫着他要怎么跟生活在艾维星的灰塔士兵们说这件事情，尽管有解决方法，但这事从整体来说毕竟不是一件什么好事。

最终还是只能实话实说，然后顾淮在影像通信里看见了这些灰塔士兵的反应。

"就算是真的只剩几年生命，我们其实也已经很满足了。"科林看了周围的灰塔士兵们一眼，通过通信对顾淮说出他们的一致想法，"因为我们现在有您，还有您给我们的家。"

这两样事物就是对这些灰塔士兵来说最重要的东西。

"而且注射药剂就能活得跟普通人一样长的话，那这算不了什么，对我们来说是值得高兴的事情。"科林补充道。

高兴点在于，这样他们就还能有更多的机会看见顾淮。

至于说注射药剂后的十几分钟内会有比较明显剧烈的疼痛感这点，对灰塔士兵们来说几乎不是事，他们在这之前，早就忍受过了比这强烈百倍的痛苦。

那是精神上的痛苦折磨，在被顾淮接纳以前，在他们拥有一个容身之地以前，这些灰塔士兵每分每秒都觉得自己身处地狱。

和灰塔这边对话完，顾淮去见了卡帕莉娅，他把亚伦从星盟跳槽来图瑟星的事告诉了对方。

"就是这样，他之后会待在图瑟星，以后你们可能避免不了见面。"顾淮对卡帕莉娅眨了下眼。

卡帕莉娅脸上仍是冷若冰霜的表情，尖刀形态的左手微动了动，让人看不出情绪。

作为虫族的第二军团长，且还是出身于塔克虫族，卡帕莉娅光是冷着脸就已经能让其他人感受到畏惧，整个星际里都没有人会因为她是一名女性而轻视她的战斗能力。

面对顾淮时，卡帕莉娅的面部表情会柔和一点。

虽然卡帕莉娅没有表态，但顾淮从他所了解到的事情里，对卡帕莉娅的态度隐约明白一点。

说到亚伦和卡帕莉娅这两人之间的事，顾淮了解了个大概，大约就是五年前的时候，亚伦不知怎么的被卡帕莉娅间接救过一次，从那以后就追着卡帕莉娅跑。

"露娜应该不讨厌他吧。"顾淮称呼了他之前给卡帕莉娅取的小名，说这句话时更接近于陈述语气。

主要是顾淮觉得，卡帕莉娅要是不喜欢亚伦追着她跑，五年过去了，以卡帕莉娅的性格，亚伦应该早就被卡帕莉娅用左手尖刀削掉了脑袋……

"不知道。"卡帕莉娅冷着脸，她不会对顾淮说谎，就是单纯的不清楚。

亚伦从星盟总部跳槽到虫族这边的这件事情，让星盟的高层们一口气憋在胸口差点昏过去。

他们找个人当科研组组长容易吗？上一任科研组组长给他们捅的娄子差点把星盟总部都给搞没了。这一任也很绝，据他们所知，都不是虫族来挖墙脚，而是亚伦自己非要过去，他们拉都拉不住。

一说原因就只有四个字，因为爱情。

这件事情不知道被哪个星盟人员传到星网上，一下子还传得挺广，顾淮用他的个人终端浏览星网时无意看到，第一反应是看笑了。

亚伦对虫族来说，真的算是一个白给的人才资源。星盟倒是不想放人，但亚伦人都已经在图瑟星了，还是自愿过来的，星盟没办法在这种情况下跟虫族抢人。

稳定融合基因的药剂，在亚伦正式入职图瑟的第一个星期就制造出了一批。这批药剂由一艘尤拉战舰运送到艾维星，确认送达以后，顾淮也总算稍微放下了些他对灰塔士兵的担心。

有亚伦的加入，虫族这边科技的发展速度也有了不小的提升，图瑟星原本的科研团队现在以亚伦为首，致力于图瑟星科技的进一步提升。

之前从其他种族招揽到的土壤学专家也组成了一支研究队伍，开始了图瑟星土壤的研究工作。

虫族们都知道顾淮喜欢花，所以图瑟星上的所有虫族对图瑟星的土壤改良计划都抱有着高度的热情，为此不少虫族自主学习了土壤学，也加入了这支研究队伍。

图瑟星现在是虫族的首都星，他们的王喜欢花，那他们一定让图瑟星要遍布鲜花才行。

当亚尔维斯交代参谋长把星球的土壤改良计划对内公开的时候，虫族们看着这个计划的内容，忽然想起来他们还欠着顾淮一份礼物。

一份迟来的诞生礼物。

虫族的起源星球是一个冰冷黑暗的地方，星球上只有寒冬，没有其他的季节，也看不见光。

这个星球上大约没有任何美好的事物，比废弃行星都更加贫瘠荒芜。对这种冰冷黑暗的认知传承于每一名虫族的本能意识里，虫族缺乏感情的天性也与此有一定关系。

而顾淮对虫族们来说，就像把自身的光芒分享照耀到这个黑暗星球上的一颗美丽恒星。

人类把照耀地球的那颗恒星称作"太阳"，而在所有虫族眼里，顾淮比太阳还要更加耀眼温暖得多。

王是他们珍贵的宝物，所以虫族们觉得，对顾淮的诞生，他们应该要准备一件能够充分表达他们心意的礼物。

在顾淮诞生以前，在缺乏感情的虫族身上总是有着一种无法具体描述的空缺感，他们就像是缺乏了某样东西，但又不知道这个东西是什么。

强烈的空缺感造就了掠夺的天性，但掠夺无法填补空缺，直到顾淮诞生，他们在看见顾淮的时候，这种空缺感消失了。

亚尔维斯在这方面的感受和一般虫族相似但又不同，他内心的缺口要比其他虫族大得多，得有倍数大小的差距。

这种程度的内心缺口让亚尔维斯每时每刻都感受到难以忍受的烦躁感，对任何有形的事物都有破坏欲，为此他甚至需要以舍弃视觉的方式来压制这种会令他丧失理性的暴戾。

只有顾淮出现在视线范围里，亚尔维斯才能够平静地看这个世界，不再需要用黑色眼带蒙住他的眼睛。

要准备这份诞生礼物实在很有难度，图瑟星的土壤问题就算放在整个星际里也是非常突出的，只有生命力最顽强的塔穆树在图瑟星上才能存活，想要将图瑟星的土壤改良成能到种花的程度显然并不容易。

但图瑟星上的虫族们对此依然非常有热情。

也由于这份诞生礼物不是那么快能准备好，他们在今年先给顾淮送了另一件礼物。

在图瑟星稳定发展的这段时间，秋去冬来，星球终于又迎来了冬季，顾淮在这个季节收到了自家虫族送给他的礼物。

图瑟星的虫族们难得主动说带顾淮出门，顾淮在听见参谋长对他说这事的时候都惊讶了一下。

要知道，图瑟星上的虫族每次在他出门的时候都会表现出眼巴巴的样子，一点也不想他出远门。

"要去什么地方？"顾淮好奇地询问。

刚来跟顾淮提起这事的参谋长没说话，只是推了推眼镜。

对顾淮的一切询问，虫族原本都会照实回答的，但顾淮这次没有听见答案。

而顾淮对此倒很配合，他想了想说："是现在不能让我知道吗？"

不等参谋长回答，他抬眼问道："我们什么时候出门？"

"明天。"参谋长这次回应得很快。

虫族一如既往是效率派。

顾淮没再多问什么，点点头："好。"

在第二天，顾淮就坐在亚尔维斯的尾巴上，被亚尔维斯载着带上了一艘尤拉战舰。

自从点亮了亚尔维斯用尾巴载人的技能，顾淮感觉他越来越懒了，去哪都不想自己走。

而除了有亚尔维斯的尾巴，看护顾淮的塔克虫族们也喜欢在出门的时候让顾淮坐在他们肩上，于是顾淮自己走路的机会就更少了。

经过了几天时间，这艘尤拉战舰以及其他作为护卫舰同行的尤拉战舰群停下航行，他们登陆了一个星球。

顾淮不知道目的地是在哪里，从打开的战舰舱门往外看出去，顾淮看见了一片陌生的景象。

这个星球看起来还比较落后的样子，因为连航空港都没有，顾淮一眼望出去看见了远处许多像是刚建好没多久的建筑。

但是在这片陌生景象中，顾淮看着看着，忽然又对这里产生一丝熟悉感。

"这里是……我以前待过的那个废弃星球？"这个发现让顾淮下意识眨了下眼。

走在旁边的亚尔维斯很快给了他回应："嗯。"

听见肯定回答，顾淮不由得把眼睛微微睁大，脸上多了明显的惊讶表情。

这个星球的变化太大了，让顾淮在看第一眼的时候都没认出来。

本来该是满是沙石的地面有了正常的道路，路边有了许多绿植，而星球上还建起了不少顾淮没见过的陌生建筑，看起来有了城镇的雏形。

这个星球现在看起来完全不像是一个废弃星球，最多是稍落后一点的正常星球，并且这种落后还在以飞快的速度发展。

"这是我们送给您的生日礼物，不知道您喜不喜欢……"代表着全体虫族，参谋长说完这句话以后，态度小心地注视着顾淮。

这个生日礼物其实有他们的一份私心在里面，虫族们一直不能接受顾淮是在一个废弃星球上破壳出生的，所以在亚尔维斯把顾淮接回图瑟星不久之后，图瑟的高层们经过商议，拟出了一份关于这个废弃星球的改造计划并在不久后便开始实施。

废弃的星球并没有开发的价值，但虫族们希望他们的王诞生的星球是一个漂亮美好的地方，这就是他们改造这个星球的最大价值所在。

听见参谋长的询问，顾淮一秒不到就给出肯定回应："喜欢的。"

当然是喜欢的。

知道改造一个废弃星球很不容易，顾淮在发现的一瞬间内心就受到了触动。

一听顾淮这么说，在周围偷偷竖起了耳朵等待他回答的虫族士兵们就一下子都高兴起来了。

因为这个废弃星球的改造进度有限，目前看起来还不是很好看，在要把这份礼物送给顾淮之前，这些虫族士兵一直很忐忑，他们担心顾淮会不喜欢这份礼物。

现在听见顾淮说喜欢，他们才终于放下心来。

亚尔维斯先是扫了周围一眼，然后用惯常的冷淡声音对顾淮说："这个星球现在的改造进度还不是很好，等再过些时间会弄得比现在好看。"

"现在这样也很好了。"顾淮认真地说。

比起这颗星球好不好看，顾淮更看重他从这份礼物里感受到的虫族们对他表达的心意。

"我很喜欢这里。"顾淮对周围虫族重复强调一遍他对这份礼物的喜欢。

于是在场虫族们的眼睛亮了起来。

听见说是生日礼物，顾淮才恍然发觉他在图瑟星上已经度过了一个四季。

图瑟星漫长的冬季又来了，比起上一个冬天，顾淮在这个冬天里基本没有了感受寒冷的机会。

因为某只大猫实在是太黏他了，会将他身体周围的寒冷驱赶走。

而当顾淮感觉手冷的时候，亚尔维斯还能回溯到毛茸茸的幼崽形态来给他当暖手宝，贴心得不行了。

一个四季过去，一件对所有虫族来说都非常重要的事情又要来临——

第十一届星际最可爱生物评选马上就要开始了。

在评选开始的前一周，图瑟星与其他星球上的虫族们就都已经严阵以待。

上一届评选的第一名是他们的王，今年的第一名也必须是他们王的，这个结果绝不允许有任何失误。

自家王就是星际里最可爱的生物，不可能有比他们王更可爱的了，所有虫族都坚信着这一点。

而同样的，上一年因为觉得随便都能拿到第一名，结果却翻车了的帕奇爱好者们在今年的评选来临前也铆足了劲，准备把去年不小心丢掉的第一名拿回来。

这一次和上次不一样了，上次他们是无组织地投票，并不是所有的帕奇爱好者都会关注这个评选活动，所以投票基本就靠部分爱好者和路人，但这次他们是有备而来的。

说到星际最可爱生物，那肯定是帕奇啊，他们总不能因为虫族很强大就承认他们的王是第一名吧。

上一次虫族四个军团一起投票，他们是由于实在没想到虫族会参与这个评选，毫无准备才会输，这次他们准备充分，不会再错过这个第一名了。

说起来，上次虫族在把他们的王弄成投票选项的时候，连他们王的全息影像或者照片都没有上传，硬生生靠一个名字就投上第一名了。

今年为了让评选更加公平，拉到路人的票数，帕奇爱好者们认为他们得去向协会提议，所有参与评选的生物必须要有一份全息影像或者照片才能录入选项。

这个提议在众多帕奇爱好者的联名要求下被协会通过了，虫族们也很快得知了这件事情。

影像。

自家王那么多的影像，每一个都这么可爱，这让他们怎么选——

在顾淮不知情的情况下，图瑟星的高层们又在军部会议室里开了个会，会议内容就是和这次评选的影像选择有关。

"啾。"

"嗯啾！"

在会议室长桌上展开的全息影像正在播放着，而坐在这张长桌两侧的虫族高层们在影像播放到现在这段的时候都纷纷背过身去努力呼吸。

不行了……幼崽形态的王太可爱了……

他们感觉自己都要昏过去了。

"就这段，剪辑十秒上传。"参谋长勉强撑着桌子说。

顾淮对这件事情一无所知，直到这个评选真正开始的那天。

评选开始，由于这次评选的规则改动，必须上传影像或照片，星际里许多人就在想虫族今年还会不会把他们的王设成选项参加。

如果虫族今年也参加，那他们就能看见虫族的王到底长什么样了。

即使是帕奇爱好者们也有同样的好奇，他们想知道去年从帕奇这里抢走了第一名的虫族的王是什么长相。

怀着同样的想法，路人与帕奇爱好者们相继点开在"顾淮"这个选项名字旁边的影像链接。

全息影像一打开，他们就看见一只有着玻璃球般圆溜金眸的黑色幼崽，这只幼崽身上毛茸茸的，头上有着一对极小巧的犄角，身后还有一条毛尾巴。

然后这只黑色幼崽睁着圆溜溜的金色竖瞳向他们走过来，越靠越近。

"唔啾。"

幼崽发出了柔软叫声。

路人、帕奇爱好者集体愣住。

虫族在整个星际里可以说是凶名在外，种族的冷酷与凶残程度一直深深烙印于广大星际人民的记忆里。

而由于虫族在此之前一直是完全不与其他种族交流的封闭状态，对星际各种族的人们来说，他们之中的绝大多数人都不知道虫族在幼崽时期是什么形态。

并且就算他们想破脑袋也不可能想到，虫族在幼崽时期竟然会是浑身毛茸茸的小动物的样子。

首先这个反差实在是太过强烈，其次在一眼看见全息影像里那只黑色幼崽的圆溜金眸和头上的小犄角，点开这个影像链接的人们都忍不住把眼睛睁大了点。

而当这只圆鼓鼓的黑色幼崽发出一记啾声的时候，他们顿时整个人都不好了。

尤其是一部分帕奇爱好者们，在看完这短短十秒的全息影像之后，他们在短时间内出现了跟虫族类似的反应——

突然之间呼吸困难，大脑仿佛在一瞬间缺氧，简直觉得像是要昏过去那样。

他们怎么感觉，虫族的王好像比帕奇还要可爱一点……

这个想法一下子不可控制地在其中一部分帕奇爱好者的心底生出，让他们一个激灵，使劲晃了晃脑袋。

不行，他们不能动摇，他们可是坚定不移的帕奇爱好者。

可即使这样想，在这份全息影像播放结束以后，一部分帕奇爱好者盯着网页上那个影像链接，手在这时却忍不住再去把链接点开。

随着影像播放，圆鼓鼓的黑色幼崽再次出现，依然是睁着玻璃球似的圆溜金眸，然后声音过不久也跟着出现。

"唔啾。"

中间停顿了一会儿。

"唔啾。"

重复点开一次就停不下来，不知不觉再去点了好几次影像链接，这一部分帕奇爱好者俨然已经进入了沉迷刷这份全息影像状态。

为期两周的"第十一届星际最可爱生物"评选才刚刚开始，负责将星际里分散的帕奇爱好者们组织起来的领头人正在给各个小组下发着投票任务，却不知道他们这个爱好者组织内部正在出现一个非常严重的问题。

反观虫族这边，虽然虫族们只是第二次面对这个评选，第一次就全靠人多，谈不上什么投票打榜的经验，但四个军团的虫族们在这一届评选活动中依然把投票这事进行得井井有条。

要论军队纪律性，虫族的军队放眼整个星际都无人能比，而目前四个军团的虫族们就正在以这样级别的纪律性进行着投票。

星际里的帕奇爱好者分散在各个种族，在往届评选里都是没有组织的，只靠自发投票。

他们在这一次评选中展开了有组织的行动，这使得虫族这边在投票上不再拥有人数优势。

四个军团的虫族加在一起确实数量恐怖，但毕竟也只是一个种族，和星际里这么多种族中的帕奇爱好者的人数相比，还是会成为劣势的一方。

不过虫族今年投票也并不是只靠他们自己，在评选正式开始之前，他们通知了所有的同盟种族。

根据之前签订的友好盟友里最后特别附加的一条，虫族的同盟种族在评选里都必须给他们的王投票，加上这么多同盟种族，虫族在投票人数上的差距一下子又拉回来了。

评选开始的第一天，前一、二名的票数就迅速和其他参赛者拉开差距。

在其他参赛者的平均得票都还只有几百万的时候，顾淮和帕奇的各自得票早已经突破了亿的单位。

并且目前的排名是这样——

第一名：顾淮

第二名：帕奇

……

此时在帕奇爱好者那边，自认为他们这次组织成熟，准备也相当充分的组织领头人都对这个结果表示不太相信。

这不可能。

虫族四个军团的人员数量加起来也不可能投出这样的得票数据，就算加一部分随便投票的路人的票数，要有现在这个结果也非常困难。

而且，不只是虫族的得票数据不太对，他们这边的得票数据也不太对。

这次动员的帕奇爱好者人数，负责组织的领头人有清楚的记录，以他组织起的人员数量，他们现在的得票数据显然是比预期少了很多。

这少了的部分去哪了，领头人怎么也想不明白，只得打开组织内部的群聊通信，发送信息问各个小组的负责人。

"你们确认一下组员是不是都有投票，还没开始投票的让他们快点跟上。"

可他的这条讯息发出去后却几乎是石沉大海，回复他的小组数量不足一半，这让领头人满头问号。

他们组织内部出现了问题，领头人终于意识到了这一点。

之前不自觉沉迷于重复刷那份全息影像的帕奇爱好者在面对投票时陷入了深深的犹豫。

他们是帕奇爱好者。

这么想着，他们心里却忽然冒出另一道声音：可是虫族的王好可爱啊。

不行，他们是坚定不移的帕奇爱好者。

——可是虫族的王真的好可爱啊。

极度挣扎着，在这挣扎情绪中，这部分帕奇爱好者忍不住又点开那份全息影像再看一眼。

"啾。"

"嗨啾。"

不行了——

艰难地从这全息影像里移开视线，这些帕奇爱好者以一副做贼般的姿态打开投票页面，然后偷偷摸摸地在"顾淮"这个选项上勾了一下，再以迅雷不及掩耳的速度点下确认投票的按钮。

做完这件事情，这些帕奇爱好者看着他们组织内部的群聊顿时不由得一阵心虚。

可一旦做了一次这件事情，这些帕奇爱好者就完全停不下来了。

顶着"帕奇爱好者"这个名头，他们却每天卡着票数刷新的时间在偷偷给顾淮投票，一开始他们还心虚，后来上头了就从精神上完全加入虫族阵营了。

领头人看这票数差距不算大，认为他们还有翻盘的机会，虽然现在这个情况和他预想的有点差别，但等后边路人上场一定就好了。

但在路人们真的开始投票的时候，顾淮那边突然暴涨的票数让没主动去看过全息影像的帕奇爱好者一脸惊讶。

这怎么回事啊，虫族的王的路人缘还能比帕奇好？

就在今天早上，那份全息影像被人传到了星网上。

×××（埃索星系）：啊啊啊，一分钟之内我要知道这只小可爱的所有信息！

×××（瓦坎星系）：这是新物种吗，叫什么啊，也太可爱了吧……

×××（诺尔兹星系）：太可爱了，叫一声我心都化了。

×××（加亚星系）：明人不说暗话，我想养一只。

以上是不明真相的纯路人的发言，而了解到真实情况的人在星网上发了这样一条动态。

×××（菲南星系）：我觉得……你们养不起的，第十一届星际最可爱生物评选了解一下？

有人这么一说，路人们很快被引导去看评选，然后他们在评选的第一名看见了熟悉的名字。

——那是虫族的王的名字。

再结合影像链接看看，星际里各个种族的人们此时都愣住说不出话。

这只看起来圆鼓鼓的黑色幼崽，叫声还这么软和的，难不成是虫族的王的幼崽形态？

有点难以消化这个事实，可被全息影像里那只黑色幼崽用圆溜溜的金眸望着，还听见这只幼崽对他们发出的叫声，路人们顿时情不自禁去投了一票。

那确实是比帕奇还可爱啊……

这小犄角，这小尾巴，这金色眼睛，还有这啾啾叫声，太可爱了吧。

一下子被可爱到了，路人们决定投出他们神圣的一票。

第一名和第二名的票数差距在几天里越拉越大，不只是因为路人投票，还因为帕奇爱好者内部有越来越多的人偷偷叛变。

顾淮几乎全程都不知道发生了什么事，直到评选即将结束的那天，他打开星网，无意间看见与这次评选活动相关的消息。

顾淮眼皮一跳，忽然有种不好的预感，他打开活动页面的官网，果然又在投票页面上看见了自己的名字。

而且是高高挂在第一名的位置上。

顾淮捂了下眼睛，他还看见那个视频链接，点进去看了十秒，便没脸再看这个评选活动了。

这不是"公开处刑"，还有什么是"公开处刑"？

一想到自己在幼崽形态啾来啾去的影像已经在全星际传阅了，顾淮就一阵生无可恋。

这次评选的结果很快尘埃落定，结果出来，顾淮毫无疑问是第一名，也是成功蝉联两届"星际最可爱生物评选"的冠军。

并且顾淮这次的第一名没有水分，他是硬生生以十倍差距的票比碾轧了在第二名的帕奇，以压倒性的票数拿的第一。

顾淮：但我怎么一点也不高兴。

跟顾淮捂着眼极度无奈的心情相比，虫族们显然就非常高兴了。

自家王是全星际最可爱的生物，虫族们对此非常执着。

顾淮虽然很无奈，但他不会在自家虫族高兴着的时候表现出来，这时看见正神情冷淡站在他旁边的亚尔维斯，顾淮忽然就想向这只大猫寻求安慰。

第七章

金瞳

和上一届的评比一样，在今年的星际最可爱生物评比结束以后，周边商家又战战兢兢地来跟虫族们商量关于出新周边的事情。

这一次的周边设计也很好确定，商家那边提议出的是顾淮幼崽形态的等身玩偶。

等身玩偶，那就是1:1的比例了。

那他们抱着这个玩偶的时候，岂不就是像抱着自家的幼崽王那样……

想到这里，周围听见这事的所有虫族都在一瞬间唰唰亮起他们的眼睛，而正冷着脸接收通信的参谋长在做出他习惯性的推眼镜动作时，抬起的手极不明显地微微抖了一下。

然后顾淮不可避免又经历了一番来自虫族们的眼神攻势，这一次顾淮从一开始就放弃了抵抗，一听自家虫族来跟他说新周边的事，他很快就在周围虫族期待的眼神下木着脸点头同意。

经历这么多次"公开处刑"，顾淮觉得他的心态受到了足够的锻炼，现在已经颇为坚强了。

在这次评选过后，差不多全星际都知道了顾淮在幼崽形态是什么样子的。而顾淮想不到的是，虫族在星际里的整体形象竟然会因为这件事情轻易地得到进一步扭转。

×××（桑艾星系）：虫族在幼崽时期竟然这么可爱，本"毛茸茸事物爱好者"哭了。

×××（洛瑟玛星系）：好想撸虫族的幼崽啊，我膨胀了，我突然都觉得我不怕虫族了，快来个人打醒我。

×××（奇奥星系）：想一想虫族在幼崽时期像毛球小动物的样子，在面对成年期虫族的时候都觉得没这么可怕了。

×××（那达沃尔星系）：其实仔细想想，自从进入新纪元之后，虫族也没主动对哪个种族的星球发起过进攻吧，就只是不跟其他种族交流而已……但这段时间他们不是也跟好些个种族建立外交了吗？而且还援助了星盟。

对外形象的扭转比外交和援助其他种族都要来得不费力气，顾淮面对这个结果，一时间无语了好半晌。

那看来他被"公开处刑"也不是没有意义的，顾淮用这个想法安慰自己。

尽管出了两次周边，但星际里的各族人还是不知道顾淮的具体长相，因为这两次周边一次是Q版小人，一次是幼崽形态的玩偶，他们最多只能知道顾淮是黑发黑眼的样子。

其实在最开始得知虫族诞生了王的时候，全星际每个种族的人就都对虫族的王充满探知欲，他们难以想象在四名已经如此可怕的α虫族之上，竟然还会有一名位于金字塔顶端的王。

那能够掌控整个虫族的王，能力得是有多么恐怖。

虫族最近这一年在星际里很活跃，各族人们在虫族的活跃期间就听见了两种传闻。

一种是说虫族的王很像人类，并不拥有战斗能力，因此虫族对他的保护非常小心，不允许任何有威胁的生物靠近他们的王。

但另一种传闻却又说，虫族的王强得过分，只用精神力都能破坏一艘战舰，这个传闻是从菲尔兹人那边流传出来的。

两种传闻都还没得到证实，在虫族对外形象逐渐往友好方向趋近的现在，终于也有媒体向虫族这边发出试探的请求。

邀请方是全星际的三大媒体之一，请求内容是对顾淮进行一次采访。

如果顾淮接受这个采访，那这代表着，他真实的个人形象会就此被公布于整个星际。

　　"你们觉得怎么样？"顾淮先询问自家虫族的意见，又在末尾补一句自己的想法，"我比较想接受这个采访。"

　　反正他的形象公开也是迟早的事，星际里势力强大的种族，每一个领袖的形象肯定都是公开的。

　　顾淮是想着，既然他的形象好像对改善虫族身上冷酷暴戾的标签有所作用，那就干脆利用得彻底一点。

　　此时在顾淮周围的四名军团长的反应是这样——

　　卡帕莉娅缓声回答："属下没有意见。"

　　悉摩多依然是完全遵从顾淮的意志，顾淮说什么都好："嗯，陛下您想怎么做就怎么做。"

　　艾伊似乎是想到什么，表情沉静地说："这样也好。"

　　亚尔维斯比三人都更直接，他将尾巴圈到顾淮身上，冷淡应了一声。

　　尾巴圈住代表的是保护，而顾淮现在并不只是被亚尔维斯保护着，他身处于整个虫族的核心保护圈。

　　对于虫族来说，他们并不认为将重要的宝物藏起来是最好的保护方式，他们要将宝物光明正大地展示出来，同时也让其他人不敢乱碰。

　　星际里没有哪个种族会想承受虫族的疯狂报复。

　　因此虫族很乐意让整个星际都知道顾淮的存在，以及让所有人明白，顾淮代表着整个虫族的意志。

　　听见一致同意，顾淮很快让参谋长替他向这家媒体回复，答应了这个采访。

　　采访不需要顾淮挪动脚步去别的地方，顾淮肯接受采访，对这家媒体公司来说就已经是特大惊喜了，他们当即搬出一整个团队风风火火前往图瑟星。

虽然只经历了一年多的时间，但是在顾淮和虫族们的共同努力下，现在的图瑟星已经和之前大不相同了。

目前星球上不止有冷冰冰的灰白黑这三种颜色的建筑，还多了其他温和一些的色彩，商圈的建设在以发展水平高的星球为目标靠拢。

来往图瑟星的其他种族旅客的数量日益增加，现在在图瑟星中心城市的贸易区内见到其他种族的人不是什么稀奇的事。

也是因为这样，媒体公司的采访人员才敢说来就来。

如果是以前的虫族和图瑟星，贸然接近虫族的核心领地就等于找死，他们还没有这么大的勇气。

采访以直播形式进行，作为星际里的三大媒体之一，新罗公司也拥有全星际最热门的直播平台。

而由于他们把将要去图瑟星采访顾淮的这一消息放了出去，新罗直播平台的历史最高在线人数在采访这天直接暴涨了近百倍，并且人数还在不断攀升。

虽然是对顾淮一个人的采访，但确实像星际里的其中一个传闻所说的那样，虫族对他的保护非常小心，即使是采访也不会放着他一个人。

新罗公司的采访人员来到约定的采访地点，即亚尔维斯的府邸时，他们顺利见到了顾淮。

顾淮对他们的态度很温和，可这也架不住有一群面无表情的虫族以冷冰冰的态度站在周围，一双双竖瞳盯着他们，给他们带来极大的压迫感。

毫无疑问，别说他们对顾淮表现出一点威胁的意图，就算只是表现出一点无礼，这些虫族都可能会直接攻击他们。

这时采访人员也忽然明确意识到一点，虫族在王的统御下对外显得不那么具有攻击性只是相对的。

顾淮就是这些虫族的禁忌，一旦有人敢去碰，因安抚而稍微温顺下来的可怕野兽就会瞬间展露出他们的利爪和锋利的牙齿，为了保护顾淮会对任何的入侵者都毫不留情。

顾淮注意到这些采访人员被一圈虫族盯着像是有点紧张的样子，他低头看一眼那条圈在他身上似乎不肯移开的银灰色尾巴，想了想说："那让亚尔维斯坐在旁边，你们应该能放心一些了。"

顾淮这么说，周围虫族当然能领会他表达的意思，他们把视线转回来眼巴巴望了顾淮一会儿以后，才勉强接受离得远得一些。

这些虫族纷纷走出门，依然是守在随时能赶过来的地方。

专业的采访团队很快把一切都布置好，定下的时间一到，这次的采访直播也就正式开始了。

此时闻讯一早守在直播平台星际各族人们看见他们眼前的全息屏幕一晃，一名有着黑发黑眼的青年出现在他们眼前。

从长相上来说，青年的样貌十分清隽好看，黑色的眼睛眸光温和，还有一头看起来颇为蓬松柔软的黑发，发梢有几处不听话微微弯着的部分，但这样也使得对方从外表看着更加柔软无害。

可这是虫族的王啊。

即使看过了顾淮的 Q 版小人和幼崽形态，对广大星际人民来说，他们依然没有想到，顾淮在成年期的类人形态下，看起来也没有一点冷酷感觉。

星际数亿正在观看直播的各种族人们都愣了一下，他们有点怀疑自己的眼睛，但在他们怀疑着的时候，出现在全息屏幕上的黑发青年甚至对着镜头浅浅微笑了下。

星网上瞬间就炸开了。

×××（赛诺星系）：我简直不敢相信……

×××（伊索星系）：我也不敢信，虫族不都是冷冰冰吗，怎么他们的王看起来这么……这么温柔的样子？

×××（加诺尔星系）：这是虫族的那位陛下？为什么看起来更像是人类……

×××（瓦坎星系）：是真的像，我敢保证，就算是地球联邦的人类过来看，他们也会认错。

在顾淮身上看不见任何的虫族特征，要不是顾淮身上正圈着一条格外标志性的银灰色尾巴，且尾巴的主人就坐在他旁边，观看直播的星际人民差点都要怀疑新罗公司是不是为了赚平台人气，连欺诈这种手段都使出来了。

这次采访事先说好不会是一次话题严肃的采访，新罗那边是希望能以近似聊天对话的形式进行，顾淮同意了。

在天性冷酷的虫族之中，虫族的王竟然不是更加冷酷无情，而是这么易于接近的温柔性格，实在让发现这一点的星际人民感到不可思议。

这怎么想都不符合常理，理论上来说，虫族的王应该只会比一般虫族更为冰冷。

因为王同样会受到种族天性的影响，并且要统御整个种族，王拥有比其他虫族更强大的能力与更冷漠的性格才符合常理。

关于这次采访的聊天内容，新罗的采访人员会适当根据在直播平台上的观众言论来决定话题，所以坐在顾淮对面的采访人员这时候说："这是您第一次对外公布形象，大概由于您的形象与外界一直以来所以为的有很大差别，大家现在的反应都很大。"

"什么反应？"顾淮随意地问一句。

"大部分人都觉得您不像……喀喀……"察觉到这句话可能有点冒犯，采访员顿时一个刹车没把话说下去。

说是说聊天形式的采访，可采访人员到底是不敢放太开的。

虽然周围没有一圈虫族在围着，但在顾淮身边还有一个亚尔维斯，对方圈在顾淮身上的尾巴充满了对他的警告。

"不像吗？"顾淮闻言很容易反应过来对方所说的"不像"是指什么，这很容易联想。

采访人员一时间没接话。

顾淮倒是没有任何生气反应，反而微笑一下表示他并不介意这个话题。

然后在采访人员接话之前，顾淮把眼睛闭起极短暂的时间，然后平静睁开："这样是不是会像一点？"

猝不及防间，坐在对面的采访人员对上一双和刚才截然不同的眼睛。

似烈日融金那样热烈，如同黄金般的金色竖瞳。

对上这双眼睛的人，不只是采访人员陷入哑然，就连此时正在观看着采访直播的数亿星际人民也因为看见这双眼睛而愣住。

如果说在黑眸状态下的顾淮是温和无害的，那将这双金色竖瞳展现出来的顾淮就忽然在整体气质上有了极大的改变。

虽说并不给人冷酷的感觉，但这双金色竖瞳仿佛有着一种无形的威压，眼神是难以窥见情绪的极端平静，让人不敢与之对视。

这是一种上位者的目光，眼睛的主人仿佛是从很高的地方俯视着他们，被这双金色竖瞳审视的人甚至会不敢动弹。

在这双眼睛的注视下，新罗的采访人员都不知道自己是怎么完成这次采访的，直到他们离开了图瑟星，这双灼如日轮的金色竖瞳都还在他们的脑海里挥之不去。

这一点对观看了采访直播的星际人民来说也是一样的。

即使顾淮在这次采访中并没有展示他的恐怖精神力，可通过全息影像看见这双金色竖瞳的人们都无由来感受到一阵轻微的战栗感。

他们这还只是隔着影像看见，生命最原始的本能告诉他们——

虫族的王非常强大，他生来就位于虫族的金字塔顶端。

等采访的人走了，顾淮还保持着金眸状态暂时没换回去，这时他忽然感觉到圈在他身上的那条银灰色尾巴似乎收得更紧些。

顾淮侧过头看见亚尔维斯的表情和平常似乎有点不一样，对方这样的表情，好像在他第一次出现金色竖瞳这个特征的时候也短暂有过。

"怎么了吗，亚尔维斯？"顾淮询问。

亚尔维斯的侧脸不自觉略略紧绷着，他对顾淮摇了摇头。

不是不想说，只是突然在脑海里闪现的东西，亚尔维斯自身也难以捕捉。

每次在顾淮把金眸展现出来的时候，亚尔维斯心里就会多出一种模糊不清的意识，这种感觉令他烦躁不已。

就像是他忘记了什么非常重要的东西，但亚尔维斯搜索完自己的所有记忆也找不到。

顾淮被亚尔维斯一眨不眨地盯着，这种牢牢盯住的目光简直像是怕他会消失不见那样，于是顾淮伸手去乱揉这只大猫的银色头发，直到让对方恢复到和平时一样的冷淡状态。

亚尔维斯的表情正常了，顾淮准备把自己的眼睛换回平时的状态。

顾淮能够任意切换他的眼睛形态，在金色竖瞳的状态下，他对自身力量的运用会更加得心应手一些，但顾淮现在其实还不能完全熟练地掌握这个状态。

不熟练最多只是影响状态维持的时间，理论上不会有任何的副作用，但就在顾淮把他的眼睛换回黑色的时候，一阵忽然而来且直达大脑的钝痛感让他的脸色蓦地苍白。

呼吸也陡然急促，顾淮在这阵钝痛感中暂时失去意识，他倒进了亚尔维斯的怀里。

顾淮的突然倒下让亚尔维斯的竖瞳即时呈现出紧缩状态，他的异能威压几乎在一瞬间就笼罩了整个府邸，并且极限地继续向外扩散开，重重压在这一整片区域。

以这座私人府邸为中心往外的近千米区域顿时都像被一阵可怕的无形重压持续压迫着，感受到这阵异能威压的所有虫族脑子里都只剩下唯一的一个字。

王——

这阵异能威压属于亚尔维斯，但是什么样的原因才会使得正陪伴在顾淮身边的亚尔维斯在本该是绝对安全区域的图瑟星做出这种反应？

答案只有一个，顾淮受伤了或者是出现了什么别的问题。

感受到这阵威压的虫族们甚至都不需要进行思考。对王最初始的保护本能告诉他们，他们必须马上赶到他们王的身边。

最先赶到大厅的无疑是另外三名军团长，他们一眼就看见正面色略显苍白倒在亚尔维斯怀里的顾淮，竖瞳立即呈现出同样的收缩反应。

"陛下。"卡帕莉娅最先想要靠近，但在她将要靠近到一米距离的时候，一条银灰色的尾巴忽然一下甩动，速度快得难以用视觉捕捉，重重砸落在双方之间。

双方中间的那块地板顿时被"砰"一声砸出一个大深坑。

比起刚才只是侧脸略略紧绷，很快被顾淮安抚下来的状态，这时的亚尔维斯可以说是每一根神经都在紧绷着——

像被最大限度拉扯开的弦，完全处于一个临界状态，再多扯动一丝都会绷断。

亚尔维斯表情冰冷，身后的银灰色尾巴抬高到了一定的高度，但这并不是心情高兴时的那种反应，而是一种表现出攻击性的姿态。

毫无疑问，此时的亚尔维斯拒绝任何人的靠近。

放出异能威压是亚尔维斯为了保护顾淮所做出的一种本能反应，但他很清楚从刚才到现在为止，周围不可能有任何敌人侵入。

因为他一直在顾淮身边，没有人能够无知无觉越过他的防线去伤害顾淮。

顾淮现在失去意识倒在他怀里是自己身体的问题。

同样是 α 阶级的虫族，卡帕莉娅与艾伊还有悉摩多不至于在亚尔维斯的异能威压下受到太大影响，但压迫感同样是在那里的。

"控制一下你的力量，亚尔维斯。"卡帕莉娅的神情同样是冷若冰霜，"陛下需要马上接受身体检查。"

因为对顾淮的担忧，卡帕莉娅尖刀形态的左手一直僵直着。

塔克虫族在战斗中经常会进入狂暴状态，容易被激怒，但卡帕莉娅一直以来仿佛都不受这个族群特性的影响，她会将怒火压制在冷静之下，因为某种过分强烈的情绪而僵直身体这种事情从来不可能发生。

本来就守在附近地方的其他虫族也相继赶到，他们在亚尔维斯充满攻击性的异能威压下会有点难受，但他们对顾淮的担忧更胜于此百倍。

亚尔维斯并不回应，但他面无表情地把放出的异能威压收回了，代表他并不是对卡帕莉娅的话毫无反应。

参谋长急忙启动他的个人终端："属下马上让医疗团队过来。"

亚尔维斯将他刚才展现出攻击姿态的尾巴圈到顾淮身上，然后缓慢收紧至刚好圈住的程度："不用了，已经在路上了。"

早在第一时间传呼了医疗团队，亚尔维斯依然维持着相对的理性。

亚尔维斯把顾淮抱到床上，医疗团队很快到达，在一众虫族迫切的目光注视下对顾淮进行了非常详细的身体检查。

但结果并不那么顺利。

"陛下的身体状况很正常，各项指标都是健康数值……"负责做检查的虫族同样因担忧而绷着脸，"突然晕倒的原因我们检查不出来。"

身体检查的结果让原本就已经足够着急的虫族们更加忧虑，他们一个个都紧绷着身体，注视着床上青年的视线满是担心。

当看见顾淮的脸色有些苍白，像是正在经受着某种疼痛，周围虫族的内心就更加如同受到炙烤。

"那要怎么办？"悉摩多声音沉闷地说。

艾伊原本就颜色极浅的金色竖瞳仿佛有一瞬变得更加虚幻，他大概是所有虫族里情绪最为平静的一个："陛下不会有什么事，我们只要守着陛下醒来就好了。"

在他所看见的更遥远的未来里，顾淮都是好好的，所以艾伊能够保持冷静。

但这并不是说他不担心顾淮，他同样是担忧着的，只是比其他虫族更多一份确信。

悉摩多马上急切追问："你看见了？但是艾伊你的预知能力不是只能预见几秒后的未来……"

这也是虫族里，乃至整个星际中都众所周知的事情。

艾伊安静不语，几秒后，他开口说："很早的时候……在真正见到陛下之前，我做过一个预知梦。"

这件事情艾伊从来没跟任何人说过，因此周围听见的几名军团长，包括亚尔维斯在内都表情微动。

"跟陛下有关，那是遥远的未来，所以我认为陛下这次不会有什么事。"艾伊并不详说预知梦的内容是什么，只是直接说出他的结论。

听见艾伊这么说，周围虫族顿时都定了定神，把心稍微放下来了一点。

艾伊偶尔会做预知梦这事，位于高层的部分虫族也是知道的。

和平时使用的预知能力不一样，艾伊通过梦境能看见的是更为遥远的未来，而这个未来是确定的。

只要预知了这个未来的艾伊自身不去主动做出任何改变未来的事，他所预见的未来就一定会发生。

那是必然会到来的场景。

在顾淮失去意识的昏迷期间，虫族们每分每秒都在细心看护，而看护得最紧密的是一直收缩着猩红眼睛围在床边的塔克虫族们。

这些身躯庞大的塔克虫族守在床边寸步不移，他们听不懂预知梦什么的，只知道他们看护的幼崽生病了，需要他们的照顾。

顾淮昏迷过去这件事情对这些塔克虫族的刺激很大，他们是处于临近战斗状态的边缘，也是随时能够狂暴的状态，因为要保护生病着的幼崽，所以这些塔克虫族本能地对外显示出一种威胁态度。

亚尔维斯安静守在旁边，将银灰色尾巴轻轻搭在顾淮身上。

整个虫族都因为顾淮突然昏迷的这件事而躁动不已，外界的人不知道这件事，要是知道了，大多数人可能还只是议论，但新罗公司的人一定会受到惊吓，然后开始惴惴不安。

虫族的王在刚接受完他们的采访以后就突然昏倒，万一虫族认定这事儿是跟他们公司的采访人员有关系，那他们不就完了！

以虫族对王的那份保护欲的强烈程度，在这种情况下，虫族可不一定会跟采访人员讲道理。

还好是不知道，新罗公司的全体职员在这一天才能够正常地继续工作。

顾淮昏迷了接近一天时间，在这失去意识的过程中，他就像第一次接收到传承记忆时那样，被动地接触到了某种信息——

关于世界意志与规则。

这是属于更高维度的东西，本来顾淮不会接触，但偶然事件造成了他的特殊性，因此他受到了这两者的"关注"。

不过只是非常模糊的接触，顾淮了解不到更多东西，被世界意志和规则共同关注会有什么影响，顾淮暂时也不知道。

要不是考虑到顾淮需要比较安静的休息环境，可能每一个虫族都会想二十四小时守在顾淮的房间里不走。

顾淮的意识在一段时间以后逐渐恢复，意识回笼的一刻，顾淮极缓慢地睁开眼，第一眼就看见了守在他床边的亚尔维斯和塔克虫族们。

"咝咝……"

一双双看起来相当凶戾可怕的猩红竖瞳都像是泛起了微弱的光亮，看护在顾淮床边的塔克虫族们在看见顾淮醒来的时候马上从喉咙里发出低低的咝声。

幼崽睡了这么久才醒来，一定很饿了。

这个想法让一只塔克虫族马上快速移动到小餐车旁边，伸出他锋利前臂钳住一份盛着食物的碟盘，然后把这份食物小心翼翼递到顾淮面前。

小餐车上的食物是每隔一定时间就会重新准备，这是为了让顾淮在任何时候醒来都能吃到营养丰富的食物。

顾淮先把这个碟盘接过来，他的脸色还是有一点苍白，不过已经比之前好了很多。

做完这个举动以后，顾淮安抚地对在周围紧紧盯着他的塔克虫族们说："我没事了。"

听见顾淮声音的这些塔克虫族再发出比刚才要更长一些的低哑咝声，即使并不拥有语言能力，这些塔克虫族的咝声其实也会表达他们的情感。

要安抚的对象很多，最难安抚的恐怕是旁边这只银色大猫。

顾淮醒来就发现他的身上正轻轻搭着一条银灰色尾巴，这条尾巴在他睁开眼睛坐起身来的时候圈住了他的身体，但这些都不是重点，重点是顾淮发现守在他床边的亚尔维斯又用黑色的绑带将眼睛蒙起来了。

已经许久没看见亚尔维斯再使用这条黑色绑带，顾淮意识到了他这次昏倒对亚尔维斯心情的影响程度。

不知道是不是昏迷前的那阵钝痛感太过强烈，顾淮不动也觉得还有一点点疼，动了就更疼了，但他此时还是伸手去轻轻碰到亚尔维斯眼睛上蒙着的那条黑色绑带。

和第一次不太一样，顾淮第一次去解亚尔维斯蒙在眼睛上的这条黑色绑带的时候是先轻碰着不动，在得到亚尔维斯的默许以后，顾淮才真的开始动手去解开。

但这一次，顾淮碰到了以后，直接就顺着再伸出另一只手，很快把亚尔维斯的这黑色绑带解开并摘下来。

顾淮把这条黑色的绑带收在手心里，对上亚尔维斯那双浅金色竖瞳。

这双眼睛在注视着他，顾淮可以很容易在亚尔维斯的眼睛里看见自己的倒影，而顾淮发现，对方眼睛里似乎除了他以外没有任何其他事物。

顾淮其实从最开始的时候就觉得，亚尔维斯的这双淡金色竖瞳非常漂亮，即使眸光冷冽也不影响这双眼睛的好看程度。

而在只认真地注视着一个人的时候，这双浅金色竖瞳的目光会让人很难以拒绝。

"别担心。"

亚尔维斯没有应声，他把坐起身来的顾淮轻按回到床上："不要动。"

亚尔维斯的注意力一直在顾淮身上，即使顾淮在忍耐掩饰，他也发现顾淮的身体现在依然不太舒服。

顾淮本来想说自己没事，但接收到旁边亚尔维斯抿起嘴唇的无声注视，他只好安分躺着。

亚尔维斯把在府邸待命着的医疗团队叫到房间里，其他虫族收到顾淮醒来的消息也即刻迅速赶到。

在顾淮昏迷的这一天时间，图瑟星上的虫族们根本没有一点工作状态，就算他们待在各自岗位，心思也早都飘到了对顾淮身体状况的担忧上。

事实上不只是图瑟星上的虫族，生活在其他星球的所有虫族也都是相同的反应，都像蔫了一样，星球上什么贸易单都不想接。

在这一天来找虫族问黑契石贸易的公司全部都碰壁而返，并且是一句话把他们堵死的那种。

各家公司试图接通与虫族的黑契石贸易："关于星球上黑契石的出口……"

满心担忧着自家王的虫族想也不想："不卖。"

医疗团队进到顾淮的房间，顾淮在一群虫族写满担心的目光下又再接受了一次身体检查。

"和上次的检查结果一样，陛下的身体状况是健康的……"但看着顾淮明显仍有不适的样子，负责医疗的虫族怎么也没办法用确定语气说出这句话。

是不是他们的检查不够详细，还有没检查到的部分，所以才没找到自家王身体不适的原因……

医疗团队里的虫族们纷纷自责了起来，顾淮看见他们都绷着脸，于是温声说："不是你们的问题。"

顾淮觉得他这次突然昏倒并不是身体上的原因，所以医疗团队检查不出来也是正常的。

“我休息几天应该就好了。”顾淮安抚道。

虽然顾淮这么说，但一天没看到他全好起来，虫族们就一天还是紧张兮兮的。

顾淮接下来好好静养了几天，但在这几天里，他发现自己身体上的疼痛感还是隐约存在。不想让自家这么多虫族一直担心，顾淮说服了在屋子里一直看护他的虫族们去各自休息。

等房间空了，顾淮下床去对着镜子看了看自己的脸，确定脸色还挺正常的，他轻呼出了口气。

这个脸色看起来没什么事，要说觉得身体有多疼那也不是，顾淮觉得这么轻微的不适感他还是可以忽略的。

但就在顾淮刚稍微放松下来的这一刻，他忽地看见镜子里自己的眼睛变成了金色的竖瞳。

这不是他主动切换的。

眼睛变成金色竖瞳以后，顾淮看见镜子里的自己表情仿佛有些冷漠，是接近于面无表情的状态。

顾淮觉得镜子里的自己有点陌生。

在之前显露出金色眼睛的时候，顾淮也会感觉到一点自己的心境变化，像是受到了什么影响，心情会变得格外平静。

这是虫族基因所带来的冷漠天性的影响。

顾淮彻底完成了精神力的进阶以后，身上的虫族基因会在他与这份力量的融合期里越发凸显。

顾淮与这份力量的融合并不是那么容易的，毕竟这份力量实在太过庞大。融合过程中也会有遇到不顺的时候，这也是顾淮昨天突然昏倒的原因。

顾淮看着镜子里的金色竖瞳，眨了眨眼想要把眼睛颜色切换回原来的状态，但并没有成功。

变不回来。

顾淮尝试了几次还是同样的结果，最后只能暂时放弃。

可放任自己处于这个情况，顾淮的表情就不自觉愈加冷漠，眼神也逐渐变得不带情绪，变成了和其他虫族相似的状态。

在外人看来，他们或许不会觉得顾淮的这个情况是异常状况，反而会觉得是正常状况。

本来在星际各族人民的想象中，虫族整体都是冷冰冰的，而顾淮作为虫族的王就应该是比一般虫族更加冷酷，顾淮现在的状态就符合了他们的想象。

但对于虫族们来说就完全不同了。

听从了顾淮的话去各自休息的这些虫族实际只是意思意思地装作休息了一下，更多的是在顾淮看不见的外头打转。

他们不想拒绝顾淮的要求，但又实在不能放心，所以就有了这个结果。

等觉得时间差不多了，他们又迫不及待进了房间。

自家王的身体不舒服，他们一定要在旁边看护着才行。

在顾淮身体不适的这几天，虫族们对他的照顾已经不能用无微不至来形容了，就连进食这种事，要不是顾淮再三坚持说他自己可以，估计他就要接受喂食服务了。

参谋长和其他几名图瑟高层一进房间就看见顾淮站在窗边，他们顿时着急上前。

"陛下！"参谋长急忙走过去，"您怎么站在这里，窗户还开着……外边天气对您来说有点冷，您的身体还不舒服，不应该吹冷风的。"

参谋长本来以为他这么说，顾淮会很快回床上，因为按过往经验都是这样的。

顾淮很难拒绝虫族们对他的关心，参谋长对这点有所认识。

他们的王对他们很温柔，这一点无论是从顾淮会回应他们的关心或者是经常对他们的期望妥协都能看出来。

但这一次把关心的话说出口以后，参谋长接收到顾淮的冷漠目光："别管我。"

顾淮的回答让参谋长愣了一下，这时参谋长也看见了顾淮那双眸光冷冷的金色竖瞳。

这双眼睛显得非常漠然，清晰可见的冷淡正充斥其中，完全没有了原本的柔和。

这个共同的发现使得周围虫族都纷纷怔住，忽然不知道该怎么办好。

"我没有允许你们直视我。"没有移过视线去看在参谋长旁边的虫族们，顾淮只面无表情补充一句。

听见顾淮的这句话，周围的虫族们一下子没能反应过来，直到在意识里真正理解了顾淮这句话的意思，这些虫族才反应慢半拍地缓缓低下他们的视线。

王以前……明明是允许他们看着的……

不知道为什么突然不许了，但房间里的虫族们还是按照顾淮的要求去做。

"陛下，您还是先回床上休息吧，外面的风景等您身体好了以后随时都能看……"参谋长低声提议道。

顾淮不为所动："出去。"

听见更加冷漠的两个字，周围虫族的视线一下子抬起，他们眼巴巴望着顾淮。

这样的目光让顾淮的身体忽然微微一顿，这份动摇非常细微，最终也不能左右顾淮的决定。

"出去。"顾淮把话重复了一遍。

金色的竖瞳显得平静无波，房间里的虫族们看着青年显得冷漠的侧脸，见眼神攻势也没有作用，只好顺从地离开房间。

态度冷酷的顾淮让这些虫族感到无措。

在最开始发现顾淮对他们态度温柔的时候，虫族们对这份在他们种族里非常罕见的温柔感到陌生，但同时也觉得非常喜悦和幸福。

这种喜悦和幸福感持续了很长时间，他们已经习惯了温柔的顾淮，以至于现在面对顾淮冷漠的一面，这些虫族都感到低落和难过。

等关门声响起，顾淮的眸光才微微晃动，即使被凸显的基因影响着，他对他所感知到的这些虫族的低落和难过情绪也没有办法完全无动于衷。

他不应该这么做，不应该说这些话。

顾淮听见他心里有另一个声音对他这样说着。

第八章

冷酷

离开房间的虫族们的表情几乎比任何时候都要紧绷，透着一种低沉的情绪。

王不允许他们进房间，不肯让他们在旁边看护了，要他们离开。

王还不允许他们看他……

顾淮的冷漠态度让这些虫族感受到一种从没有过的情绪，就像他们得知顾淮是在一个废弃星球出生时的心情那样，整颗心都沉甸甸的，像心上有什么重物在压着，让他们很难过。

离开了房间也不知道要去哪里，到了房间门外的虫族们头脑都忽然空白了几秒，直到参谋长说："先去给陛下准备晚上的食物。"

参谋长这么一说，周围几名图瑟高层回过神来。

是了，自家王今天晚上的营养餐还没准备好……王身体不舒服，他们在食物上要多花点心思才行。

王应该是因为身体不舒服才会对他们说话冷漠，那他们准备好营养丰富的食物，让自家王的身体快点好起来，王就会像以前一样对他们笑了吧。

同样被说服去休息的亚尔维斯在过了一个多小时以后也回到府邸，目标明确地走向顾淮的房间。

在房间里，顾淮依然是保持着站在窗边的状态，虽然是望向窗外，但在他的眼睛里却似乎并没有真正映出窗外的景象。

金色竖瞳原本是鲜艳热烈得像太阳一样，给人一种过分明丽的感觉，但现在眸光像潭水那样平静无波，明明是鲜艳的颜色，却有种冷冽感。

亚尔维斯在远看时已经注意到顾淮转变为金眸的眼睛，但他依然按着一开始的想法和步调靠近。

"花。"亚尔维斯小心地把手里拿着的花递给顾淮。

因为发现摆放在顾淮房间窗台上的花又快要枯萎了，亚尔维斯被说服离开房间之后就去隔壁星系的诺姆星摘了新的花回来。

相同的举动，亚尔维斯在这之前已经做过很多次了，这可以算是他和顾淮之间默认的约定。

一般来说，亚尔维斯摘回来的都是埃莉诺花，当顾淮对花有特别指定的时候除外。

"你说要黄色的，我在诺姆星只看见这种。"亚尔维斯注视着顾淮，等待顾淮把花接过去。

在亚尔维斯手里的这朵花很小巧，花的形态看起来有点像蝴蝶，这是一种名叫斐拉的花朵。

但在亚尔维斯把花这样递向顾淮的好几秒里，顾淮虽然把视线移到这朵花上，但没有表现出任何要接过这朵花的意思。

顾淮看了片刻就把视线收回，亚尔维斯能感觉到顾淮对他的冷漠态度，身后的银灰色尾巴在这时无意识稍稍垂落。

亚尔维斯一动不动地继续维持了一会儿递花的姿势，确定顾淮不要他送的花，亚尔维斯垂了垂眸。

亚尔维斯看了一眼窗台上那正插着一朵花的玻璃杯，一声不吭地走上前。

学着顾淮以前的做法，亚尔维斯把快要枯萎的旧花从这个玻璃杯里取出，清洁杯子并换好水以后，将新摘回来的花插进了这个玻璃杯里。

完成这一系列动作以后，亚尔维斯又恢复到注视顾淮的状态，不知道顾淮为什么忽然对他冷漠，本能让亚尔维斯在这时选择把他的尾巴伸向顾淮。

亚尔维斯想用尾巴把顾淮圈住。

"别碰我。"在察觉那条银灰色尾巴的意图时，顾淮皱起眉冷声开口。

只是言语阻止也够了，顾淮这样明确表示出拒绝，他的声音和语气足够令亚尔维斯停下动作。

当这么一说完，顾淮能够看见那条银灰色尾巴停止了靠近，但同时也看见亚尔维斯对他抿起嘴唇。

被拒绝的那条银灰色尾巴像受到什么打击那样低低垂放了下去，顾淮被亚尔维斯这样无声注视，忽然就像看见一只受了委屈的银色大猫。

顾淮情绪冷漠的金眸忽闪了一下，选择移开视线。

顾淮所表现出的是完全的冷漠姿态，这个姿态是所有虫族都从未见过的，包括亚尔维斯。

"出去。"顾淮说出和之前一样的话，说完以后又补充一句，"以后没有特别重要的事情，不要进我的房间。"

如果是其他虫族，听见顾淮这么说，大概就会眼巴巴的，心情低落得不行，然后还是会顺从地离开。

亚尔维斯在这个时候也站定不走，他注视着顾淮说："送花，很重要。"

顾淮不应声，眼前这只大猫忽地靠近。

"啾。"亚尔维斯对顾淮低低发出这个单音。

在成年形态下用质感冷淡的声音发出幼崽时期的叫声是怎样一种犯规行为，亚尔维斯是不知道的，本能让他懂得怎样更容易接近顾淮。

即使是在这样冷漠状态下的顾淮，听见这个单音时也不可避免受到一点冲击。

在力量的融合期，此时顾淮身上的虫族基因强烈凸显着，被动进入的冷漠状态让他拒绝所有人的靠近。

但记忆和原来的感情同样会影响顾淮，所以他会动摇。

既然顾淮不让碰，亚尔维斯就改成在旁边守着，本来顾淮是守也不让守，可他没办法一下子拒绝对方两件事情。

拒绝了第一件事情以后，看到亚尔维斯这只大猫一副已经受了委屈的样子时，顾淮就没有办法再拒绝他第二次了。

于是顾淮就没管留下的亚尔维斯，但他也并不跟对方多说话，之后没有再理会亚尔维斯的注视。

亚尔维斯身后的银灰色尾巴全程都垂得很低，顾淮无来由地就莫名有一种他正在欺负这只大猫的感觉，金色竖瞳里冷然的眸光也再次有一秒微晃。

顾淮下意识不想面对这个情况，于是他打算去别的地方，但亚尔维斯跟在了他身边。

"不要跟着我。"顾淮停下脚步说。

亚尔维斯不说话，顾淮以前对他说的是，让他一直跟在自己身边。

亚尔维斯本身也想要这么做，此时听见顾淮的话，他罕见地并不听从顾淮的要求。

可以看出亚尔维斯这时抿着嘴唇的表情更明显了些，顾淮扫过对方的这个表情和身后垂落的那条银灰色尾巴，过几秒后打消了去别的地方的想法。

反正他去别的地方也会被对方跟着，和继续待在房间里没有什么区别。

看顾淮又不打算走了，亚尔维斯低垂的尾巴在这时稍微抬了抬。

顾淮不理会亚尔维斯的注视，却不知怎么的，他在这时注意了下这条尾巴的反应。

看见这条尾巴稍稍抬高，顾淮面无表情地收回注意力。

身体确实还有点不舒服，顾淮终于躺回床上休息，亚尔维斯走过来守在床边。

这个时候，在外边找了许久东西的塔克虫族们也回来了，这些塔克虫族去专门给顾淮放玻璃球的小房间里挑了很久，到现在终于带着几颗他们觉得最好看的玻璃球回来了。

幼崽生病了，他们要给幼崽带漂亮的玩具球，让幼崽觉得高兴。

为首的那只塔克虫族来到床边，把玻璃球举给顾淮看，同时从喉咙里发出一阵低低呸声。

但并没有得到什么回应。

幼崽不喜欢这颗玻璃球吗？

他们还带了好几颗不一样的玻璃球，钳着不同玻璃球的塔克虫族们轮流把这些玩具球摆在顾淮面前，但顾淮还是看都不看一眼。

发现挑选的玻璃球幼崽全都不喜欢，这些塔克虫族微微收缩了下他们的猩红眼睛。

还是想让幼崽有更多的玩具，这些塔克虫族把带过来的玻璃球放在顾淮触手可及的床头位置。

可这种小巧的球体实在很难放稳，这些塔克虫族没考虑这一点，放在床头柜上的玻璃球不知不觉滚落到了地面上不知哪个地方。

玻璃球太小，而这些塔克虫族的身体又太庞大，他们难以在这个房间内寻找。

顾淮始终是不为所动的样子，由于不具备太多思考能力，这些塔克虫族很迟才察觉顾淮的冷漠态度，他们在这时无意识发出比刚才更低的呸声。

顾淮听见声音并没有去安抚，但也没开口要这些塔克虫族离开，他躺在床上闭上了眼睛。

直到接近晚上进食的时间，房间里没其他人的时候，顾淮在这个空当里从床上坐起身。

金色竖瞳的眸光仍是冷漠的，顾淮面无表情地望着地面，然后起身走向房间里的某个地方。

走到目标位置，顾淮先是在这个位置站了一会儿，过几秒后还是弯下身，从地面捡起了一颗之前从床头柜滚落下去的玻璃球。

顾淮把捡起来的玻璃球放到床上，看着这颗玻璃球，不自觉地抿了抿嘴唇。

顾淮的情绪有点紊乱，就像是内心有两种对比鲜明的色彩互相想要淹没对方，但又没有办法做到，只能对峙着不断产生摩擦。

基因在力量的融合期里忽然凸显，这不只是导致刻印在虫族基因里的冷漠天性呈现在顾淮身上，这份天性还因为情况特殊被放大了数倍。

冷漠的天性会压制情感，所以顾淮对待虫族的态度发生了极大改变。

但以这样的冷漠态度对待喜爱着自己的虫族们并不是顾淮的本意，当看见周围虫族因为他的态度而表现出低落的时候，压制着顾淮内心情感的那层屏障就会被敲击一下，发出清脆响声。

放完那颗玻璃球，顾淮又不自觉抬眼去看摆放在他房间窗台上的那朵花。

看了一眼，顾淮收回他的目光。

面对突然冷漠的王，虫族内部进入一片低气压状态。

"王是不是讨厌我们了？"一名虫族士兵在沉默氛围里忽然开口道。

另一名虫族士兵也说："会不会是我们最近有哪里做得不好，让王不高兴了，所以王才不理我们……"

"陛下这几天本来就身体不舒服，我们照顾得不够仔细，陛下不高兴也很正常。"

虫族们都在找自身的原因，不管是不是，他们先假设出了各种各样的情况。

有原因的话，他们至少能够改正，希望等他们全部改好了，顾淮能够像以前一样对待他们。

其实在最开始被顾淮温柔对待的时候，虫族们都是觉得这种感觉很陌生。

他们也觉得意外，王竟然会是这么温柔，而不是冷酷的样子。

这本身就是一件不可思议的事情。

在体会过了这份温柔以后，再让他们面对顾淮的冷酷，他们会受不了。

虫族们遭遇种族大难题，对自家王忽然对他们冷漠这一点，参谋长等人甚至去咨询了还跟他们有联系的两名人类。

猝不及防被抓着问问题的沈牧和哈默很蒙，可眼看着在通信影像另一头的虫族们都是想从他们的回答里找到答案的样子，两名人类将领顿时感觉压力很大。

虫族的问题在他们这边转换一下，听起来就像是在问：家里小孩突然不亲近家长了是什么原因？

对于这个问题，作为人类的沈牧和哈默第一反应是：叛……叛逆期？

虫族在成长过程中也会有叛逆期吗？两名人类很怀疑这一点。

"应该不会持续太久，首先陛下不可能讨厌你们。"哈默肯定道。

说实话哈默挺难想象虫族们现在对他说的，顾淮变得冷漠，这跟他印象里的形象完全不同。

而说讨厌虫族就更不可能了。

"你们只要一个劲凑过去，陛下肯定拿你们没办法。"哈默开始给在通信另一头的虫族们出主意，"陛下要是不理你们，你们还可以演一演，表现得伤心难过，伤心有十分就表现出一百分，越夸张越好。"

虫族们若有所思，他们觉得自己不用演，因为他们确实难过。

人类的回答没能给虫族们太多安慰，不过他们还是表达了谢意。

晚餐期间，顾淮也是冷淡地进食，对周围虫族眼巴巴的注视模样不予理会。

"陛下，今晚的食物您还喜欢吗？"参谋长站在旁边小心地问。

顾淮本来不想说话，但在这时，周围虫族眼巴巴的模样忽然变得更加强烈，顾淮在经历许久不出声以后，最终轻不可闻地"嗯"了一声。

顾淮的这一声回应给了周围虫族很大鼓舞，王还是肯理他们的，就算应声很冷淡也让他们觉得高兴。

想起来顾淮之前说不让他们看他，这些虫族很快又把视线往下低一低。

但刚把视线一低，这些虫族又想到两名人类在通信里跟他们说的，要一个劲地凑上去，于是在顾淮周围的虫族们又鼓起勇气望向顾淮。

虽然顾淮之前才说不给看，但现在周围的虫族又盯着他看，他冷着脸却并没有说什么。

顾淮的冷漠状态有着变动，在刚开始的时候是最高峰，随着时间推移则慢慢有所递减，这是发生在融合期里的一个自然过程。

"最近几天，在我们最偏远的领星上偶尔会有星盗经过。这些星盗大概是看这个星球的所处位置很偏僻，认为我们对这个领星的管辖力度有限，所以才敢这么做，属下已经调遣了部队前往，不出意外很快就能解决这个问题。"参谋长向顾淮汇报着政务。

最偏远的领星。

顾淮听见这个词，眼神顿时冷下三分："在这个星球上应该只生活着一些低阶虫族。"

虫族占有着太多的星球，并不是所有星球都能得到高度开发，像偏远的领星开发程度就比较低。

"是的。"参谋长低头回应。

顾淮面无表情，停下进食，在精神领域里轻易锁定了代表着在最偏远领星上的低阶虫族们的光点。

确认这个领星的位置，然后通过在这星球上的某一只低阶虫族的精神意识，顾淮"看见"了恰好出现在这星球上空的星盗战舰。

这个星盗团并不算是什么规模强大的团伙，之所以敢碰虫族的星球完全是因为这个星球足够偏远。

"老大，我觉得我们还是换个星球吧，别招惹虫族……我们都来这星球几次了，真的该换了。"一名身体矮小的星盗说。

"怕什么。"作为头领的星盗睨他一眼，"这个星球上只有一些低阶虫族，我们有战舰根本不需要怕，再说这个星球这么偏远，在虫族其他星球的部队赶过来之前，我们跑不就完了。"

"再说虫族的部队哪能这么快赶……"星盗头领还没能说完这句话，在他眼前突然强制接通的通信屏幕让他声音卡在喉咙里，戛然而止。

出现在通信影像里的是一名黑发青年，看向他们的金色竖瞳一片冰冷。

"现在马上撤离这个星球，或者之后接受虫族对你们的清算。"顾淮的眼睛望向这群星盗的头领，"洛芬星盗团是吗？"

影像里的黑发青年并没有使用什么威胁语气，但星盗头领从那双金色竖瞳的冰冷注视里感受到一阵犹如实质的压迫感。

被这双眼睛看着，星盗头领的身体不自觉僵住，后背逐渐冒出冷汗。

顾淮继续说："你们有一分钟的撤离时间。"

即使只是隔着通信影像的对话也让人完全不敢与之对抗，星盗头领咽了咽口水，在笼罩着他的那阵强烈畏惧感中对下属下令撤离。

确认完结果以后，顾淮终止了通信。

顾淮的这番举动让在他周围的虫族们忽然微微亮起眼睛。

王这么做，是为了保护在偏远领星的那些低阶虫族啊……

王真正冷酷的态度是像刚才对那些星盗的那种，相比之下，对他们就不算冷酷了。

王对他们还是比较温柔的。

得到这个结论，在顾淮周围的虫族士兵们心情顿时好了一些。

但如果能像以前那样温柔，时常对他们微笑，那就更好了……

对虫族们来说，无论顾淮发生什么样的变化，他们还是会像之前一样喜爱着顾淮。

但因为顾淮曾经给予了他们更多，他们对此非常珍惜，所以不想失去。

在融合期里使用力量，顾淮一开始没觉得有怎么，但当天晚上他就出现了发烧症状。

"陛下！"虫族们着急地在房间里打转，自家王这些天的身体就没好过，这让所有虫族都心焦不已。

发烧这种病症在虫族里就没出现过，一般疾病根本侵扰不了虫族的身体，但顾淮是例外。

顾淮烧得没什么力气，亚尔维斯现在用尾巴圈着他的身体喂他吃药，顾淮都只能在晕乎乎的状态中乖乖接受了。

事实证明真正生起病来，冷漠的天性也敌不过病症影响。

顾淮的身体很热，而虫族的体温是凉的，因此在亚尔维斯抱着他的时候，他在不太清醒的状态中开始主动往亚尔维斯身上靠。

吃了药以后，顾淮没过多久就迷迷糊糊睡着了，药效在他睡眠期间发挥，他身上过高的体温逐渐降低，在他醒来之前恢复到正常程度。

顾淮睡醒时睁开眼，眼睛是黑色的，此时正映着天花板。

在醒来的这一刻，顾淮有一瞬间的表情是呆愣的，然后他情不自禁伸手捂了下自己的眼睛。

眼睛恢复成普通状态的黑色，这是因为融合期结束了，顾淮此时不再受到过分强烈的种族天性影响。

发烧是融合期最后引起的身体异状，度过以后就是完成力量的融合，但这些现在都不是重点。

重点是，顾淮记得自己在受种族天性影响的期间，他对周围的虫族们说了什么伤人的话，以及这些虫族对他表现出的低落难过的表情。

怎么办？怎么办？怎么办？

在心里刷屏循环着这个问题，此时顾淮身上还轻轻搭着一条银灰色的尾巴，顾淮侧过头对上亚尔维斯垂眸注视他的那双眼睛，脑子一片空白。

他好像，也对这只大猫说了很过分的话……

"我不是、我没有，那些事情不是我做的。"顾淮卡壳着，内心反复循环这一句话。

讲道理，受种族天性影响状态下的他做的事，跟正常状态的他有什么关系？！

顾淮梗着脖子这么想，可对视上亚尔维斯的眼睛，不禁还是心虚了几分。

那好吧……就算是有一点关系好了。

毕竟那些举动是他的身体做的，话也是从他嘴巴里说出去的，硬要算的话……

硬要算的话这事儿的的确确就是他做的。

连自己都说服不了自己了，顾淮闭了闭眼，恨不得自己能再睡久一点。

你说他什么时候醒不好，为什么偏要在亚尔维斯就守在他旁边的时候醒来？

顾淮觉得他还没准备好面对这个情况。

不行……

要不他再装一装，装成自己还没恢复，这样好争取时间思考自己该怎么办。

顾淮觉得这方法不错，但他正准备实施的时候，忽然卡壳在了开头。

冷酷无情的表情要怎么摆？

没有故意给人摆冷脸的经验，顾淮的脸微僵了僵，不知道表情该怎么调整。

顾淮的内心戏正上演着，发现他醒来的亚尔维斯却是不会给他那么多思考时间的。

亚尔维斯先是用手探了探顾淮的额头，确认体温恢复正常了以后，他把手收回，安静地注视着顾淮。

亚尔维斯没有主动说话，在注视着顾淮的时候，他把自己那条在顾淮入睡时轻搭在对方身上的银灰色尾巴稍微抬起，准备移回自己身后。

因为顾淮之前说别碰他。

顾淮看见搭在他身上的这条尾巴要移走，再顺着看见亚尔维斯微抿嘴唇的表情，顿时心里咯噔了一下。

要知道以前亚尔维斯是不会一见他醒来就移开尾巴的，而是会一直搭着等他坐起来，然后圈住他的身体。

这次有点过分了。

顾淮嘴角一抽，来不及思考太多，下意识抱住了搭在他身上这条明显准备移开的尾巴。

顾淮这么一抱，亚尔维斯盯在他脸上的竖瞳顿时微微收缩，唤了一声："阿淮。"

被低唤名字的顾淮也没马上去和亚尔维斯对视，眼睛由于某种心虚情绪而偏向另一个地方，他用手先摸了摸被他抱住的这条银灰色尾巴，哄人的意思相当明显了。

但该面对的还是得面对。

顾淮从床上坐起身，望着亚尔维斯："昨天……我对你说的那些话不是有意的。"

话一说完，都不等亚尔维斯有什么反应，顾淮先觉得自己这一句话不妥。

等等——

他说不是有意的，可假如他在无意中能说出那么冷漠伤人的话，那不就说明他并不在意亚尔维斯吗？

"我没有想对你那么说，我是因为……"顾淮组织着语言解释，"因为被影响了。"

关于融合期和种族天性对他的影响不太容易说清楚，顾淮打量着他眼前这只大猫的反应，亚尔维斯垂下眸，就是不说话。

为什么不说话，这倒不是因为亚尔维斯真的不高兴，只是因为他觉得，不说话能换取顾淮的主动。

这是在与顾淮的相处过程中，亚尔维斯本能学会的一件事情。

这只大猫就一副等人来哄的样子。

顾淮见状，好好地抚摸了一遍正被他抱着的那条银灰色尾巴，然后主动把这条尾巴圈在自己身上。

这样行不行？

顾淮做完这一步就去观察一下亚尔维斯的反应，他发现这只大猫的尾巴末端在被他抚摸以后动了动，不过脸上还是一副冷淡表情，让人很难看出对方真实的反应。

好像还不太行……

顾淮对视上亚尔维斯的眼睛，对望两秒后，别过脸去低咳一声。

"所以我昨天对你说的那些话，你……"

顾淮还是放心不下这事，觉得得有一个准确回应，没等他把话说完，亚尔维斯开口说："没有不高兴。"

这样总应该是哄好了。

顾淮在心里想着，然后他看见亚尔维斯主动远离他半个身体的距离，就连圈着他的尾巴也移开了。

对亚尔维斯来说，他身体感知最为敏锐的部位，除了银翼就是尾巴了，因为这两者都是作为战斗武器而存在的。

要让身体反应消下去，他的尾巴不能让顾淮碰触。

顾淮愣了一秒以后也反应过来了，知道了亚尔维斯现在不接触他的原因以后，他不自觉眨了下眼。

两个人待在房间里这么互相看着，顾淮在这种气氛里，看着亚尔维斯正以一副冷淡表情压抑着某种冲动。亚尔维斯现在盯着他看，顾淮万分艰难地迎接这只大猫的目光。

哄好了这只大猫，值得高兴吗？

那当然值得。

可再想想外边还有一群需要道歉安抚的家长呢！

顾淮眼神一呆，为自己的处境感到悲伤，实在没想好要怎么面对。

虽然昨天做的事情，顾淮都有记忆，可因为是受种族天性影响才做出来的事，顾淮恢复成正常状态以后总有种不真实感。

他怎么会对自家虫族说出那种话，如果是正常状态的他，是绝对不会说的。

就因为这种不真实感，明明确实是自己做的事，顾淮却有一种一觉醒了突然背锅的感觉。

忐忑着，顾淮决定先用他的精神力去感知一下自家虫族们的情绪，好做个心理准备。

此时在这座府邸的一楼大厅。

"陛下醒了吗，医疗团队的人说陛下吃了药，睡一晚就能退烧了，不知道今天是不是就能病好了……"

"我想上去看看，但我们再进房间的话，王是不是会不高兴啊？"

"那我们站在门外边听一下房间里的动静行吗？不进去，就听一下，这样王应该不会不高兴。"

大厅里的虫族们都踌躇着不敢上楼，他们都很想去看顾淮，如果可以的话，最好是二十四小时都陪护在旁边。

王生病了，无论是工作还是别的任何事情，都不能成为他们不陪在自家王身边的理由，但现在是王不允许他们待在旁边……

一想想这事，府邸里虫族们的心情就又低落得不行了。

顾淮扩大范围去感知到的情绪也就是一片低落。

顾淮心想：这锅他背也得背，不背也得背。

要怎么样才能挽回这个局面，顾淮费劲思考了良久，最终找到了一个方法。

不知道这个方法行不行，总之试一试吧——

在一层大厅里踌躇着的虫族们最终还是决定，无论怎么样，他们一定要上去看一看自家王的身体好点了没。

想法一经决定，聚集在大厅里的虫族们就以参谋长为首，准备往楼上走。

但就在这个时候，从楼梯上一格格下来的一团黑色生物吸引了大厅所有虫族的注意力。

这只毛茸茸的黑色生物目标明确地往虫族们的方向靠近，靠近得差不多以后，这只黑色幼崽抬起脑袋，对这些虫族展示出他那像玻璃球一样圆溜溜的金色眼睛。

“啾……啁啾！”

注视着虫族们，这只黑色幼崽对他们发出了几记幼软啾声。

发出了啾声以后，来到虫族面前的这只幼崽就团起身体，保持着抬起脑袋用金眸注视着前方虫族的样子。

看见正趴伏在绒毯上的这只黑色幼崽，屋子里的虫族们的低落心情在一瞬间被强行打断，他们目不转睛地把视线锁定在这只幼崽身上。

王是愿意理他们了吗？

这个想法在第一时间冒出来，紧接着又被另一个更强烈的想法覆盖——

王的身体好了吗？！

“陛下。”原本独自待在另一边的卡帕莉娅和艾伊还有悉摩多这三名军团长都半跪下来，有些紧张地观察这只黑色幼崽的身体状况。

艾伊有着两道浅灰色面纹的脸上满是不赞同的神色：“您病刚好，还需要多休息，不应该下楼的。”

即使因为清楚未来而知道顾淮这次生病不会有什么事，但在顾淮生病时，他同样也会担心。

“陛下……”参谋长和其他虫族既担心又忐忑，不知道他们这样靠近会不会引起顾淮不高兴。

感知到了周围虫族的忐忑情绪，原本团起身体的这只黑色幼崽动了动，他往正对他半跪下来的参谋长面前再靠近一点，然后亲近地蹭了一下对方。

"啾。"

参谋长顿时保持不住严肃的表情了，眼神出现了剧烈震动。

周围虫族也都从这只黑色幼崽的举动里接收到传递的同一个重要讯息——王又和以前一样，愿意亲近他们了。

这个发现让这些虫族内心低落难过的情绪被一下子清空，他们重新感受到了喜悦，竖瞳也在顷刻间就微亮起来了。

虫族是天性缺乏感情的种族，冷静乃至于冷酷都只是每名虫族士兵的一种本能表现，他们的精神不会轻易发生动摇。

但顾淮对他们来说却是不一样的，顾淮的心情好坏与对待他们的态度都能影响这些虫族的情绪。

强烈的喜悦感冲击着屋子里所有虫族的内心，他们迫不及待地想要靠近顾淮。

"陛下，属下能给您梳毛吗？"参谋长小心翼翼地询问。

待在绒毯上的黑色幼崽微动了下身后的毛尾巴："啾。"

于是参谋长迅速在屋子里找了把小梳子，然后更加小心翼翼地开始给幼崽梳毛。

这只黑色幼崽睁着圆溜金眸，在被梳毛的过程中安安分分地团着身体不动。

图瑟星今天清晨下起了小雪，但现在雪已经停了，室外温煦的日光从窗外照进屋内，日光洒落的地方看起来是一片暖融融的感觉。

希望王能够一直健康，也希望王能够一直以像现在这样的亲近态度对待他们，这样他们就会觉得非常幸福了。

对生活在这星际里任何一个星球的虫族来说，令他们感到目眩的幸福感也只是来源于这么简单的事情而已。

这一天，顾淮都是保持着幼崽形态，等到第二天的时候，他才恢复类人形态的样子，然后跟周围虫族好好解释了他之前的状态是怎么回事。

"以后不会再这样了。"顾淮端正坐着，态度很认真，"之前对你们说的那些话，我很抱歉。"

在原来世界里，顾淮是没有家人的，从小时候到长大，他一直独自一人。

成长经历让顾淮对他人的关心善意更加敏感，因此对在这个世界里拥有的"家人"，顾淮很重视和珍惜。

作为王，感知虫族情感的这份能力让顾淮更加清楚明白虫族们对他的关切和喜爱，这些感情是纯粹强烈的，顾淮接收到了，他自然而然地会想要回应。

"您没有任何需要道歉的事情。"卡帕莉娅注视着顾淮说。

在这名向来冷若冰霜的女性虫族脸上，此时嘴角出现非常微小的弧度，这可能很难以算作是笑的表情，但这已经是卡帕莉娅努力后的结果了。

顾淮面对这极不容易察觉的微笑，不自觉眨了下眼。

"是……属下做出这个表情很难看吗？"卡帕莉娅难得有些拘谨，"是亚伦说，对重视的人，用这个表情会比较好。"

其他种族都比虫族更了解感情方面的事，所以卡帕莉娅就把亚伦的话听进去了些。

"没有，露娜笑起来很好看。"顾淮很快摇摇头。

听见顾淮这么说，卡帕莉娅的表情绷了绷。

像这样面对直接的赞美，尽管虫族里的女性比其他种族的女性要冷酷太多，但也不是完全没有类似羞赧的情绪。

这时在顾淮旁边，一只塔克虫族正在尝试用他前臂的延伸部件去钳起桌上的那把小圆梳。

过程并不顺利，在尝试中，这把圆梳"啪嗒"一声掉到了地上。

但这只塔克虫族并没有放弃，他低下头颅，然后继续做出下一次尝试。

这样小心地控制着力度尝试了一会儿，这只塔克虫族终于成功用他的"手"把那把小圆梳给钳了起来。

"咝咝……"这只身躯庞大的塔克虫族用猩红竖瞳盯着被自己钳起来的那把圆梳子，在这时从喉咙里发出低低嘶声。

周围其他的塔克虫族旁观者都有些躁动，看起来也想做同样的尝试。

"梳这里。"坐在沙发上，顾淮抬起手轻拍了下面前一只塔克虫族与冰冷武器无异的锋利前臂，然后微弯眼梢指了指自己的头发。

低等虫族原本只是纯粹为了战争而生，在客厅里的这些塔克虫族在一开始基本完全不懂得战斗以外的事情，但这一点，从他们守护着顾淮破壳出生的时候就已经有所改变了。

他们学习了怎么照顾看护幼崽，以及怎么样能哄幼崽高兴。

在顾淮指完他的头发以后，正用前臂的延伸部件钳着一把小圆梳的这只塔克虫族就特别小心地把这个梳子轻轻梳在顾淮的柔软黑发上。

顺利梳了一下顾淮的头发，这只塔克虫族的猩红竖瞳微微收缩了起来，喉咙里持续发出一阵比刚才更低一些的咝声。

亚尔维斯坐在旁边用尾巴圈着顾淮的身体，对这个画面，在场的三名军团长也都彻底不再有什么异议了。

待在顾淮身边，亚尔维斯确实没有再出现失控，在确认顾淮不存在危险的情况下，军团长们对顾淮的意愿都是无条件服从。

被一下下梳着头发，顾淮在这时想到正在进行中的图瑟星土壤改良计划，他稍微偏过头去问站在他近处的悉摩多："图瑟星以后应该会种很多花的，悉摩多喜欢花吗？"

这名体形几乎和塔克虫族一样庞大的第四军团长有一张看起来让人感觉很凶恶的脸，不过在顾淮面前的时候就有点呆呆的。

悉摩多很少会主动表达自己的意见，因此顾淮逐渐学会由他去问对方问题。

"如果陛下您喜欢花的话，那属下就也喜欢吧。"悉摩多思考了一秒，按照他的思维给出了答案。

顾淮闻言轻挠了挠脸颊，抬眼看向左边那正洒入着温煦阳光的窗户："图瑟星上能种花的话，星球一定会变得非常好看。当然我觉得现在的图瑟星也很好看，不过栽种鲜花能让星球拥有更多的色彩。"

"能跟你们一起看见就好了。"顾淮心情挺好地弯着眼。

说到这里，顾淮看向艾伊："对了，在艾伊你的预知梦里，你看见的是什么样的未来？有看见图瑟星吗，是不是开满了鲜花的样子？"

顾淮在昨天利用幼崽形态"萌"混过关的时候，听见一名虫族提及艾伊的预知梦这件事，现在想起来要问一问。

顾淮一问这件事情，屋子里的所有虫族也都关注了起来。

本来这件事情他们该是比顾淮要更早追问的，但是艾伊提起预知梦的时候，顾淮正在生病中，对顾淮的担心让他们没有多余的注意力去关心别的事情。

艾伊用眸色极浅的浅金竖瞳注视着询问他的顾淮，停止了天赋中的预知能力，艾伊注视存在于现实中的顾淮本身。

艾伊给顾淮的感觉一直是沉静如水，脸上的两道灰色面纹让他多了几分神秘感。

而在所有虫族之中，艾伊大概是最能解读温柔这种情感是什么样的一名虫族，他注视顾淮的目光是异常沉静的，但同时也是柔和的。

这是一种能称作是温柔的注视目光。

"属下也想给您梳头发,可以吗?"罕见地没有马上回答顾淮的问题,艾伊先是询问了这句话。

顾淮有些意外地眨下眼,点点头回应:"可以啊。"

在顾淮答应以后,等正在给顾淮梳着头发的那只塔克虫族停下动作,艾伊才接过那把小圆梳,站在旁边低下眼睛,小心而又细致地梳一下顾淮其实已经不需要再梳理的黑发。

然后艾伊声音低缓地说:"属下看见……图瑟星上开了很多您喜欢的花,看见您很高兴,未来的图瑟星会是您希望变成的那个样子。"

"那太好了。"顾淮闻言,眸光稍亮。

顾淮知道自家虫族为了图瑟星的土壤改良计划做了很多努力,不只是招募了其他种族的土壤学专家,图瑟星内部也有很多虫族为此开始了自发的学习和研究。

这些努力确定会有一个好的结果,顾淮当然很高兴。

"我是不是带着你们一起去看花?"顾淮饶有兴趣地追问,顾淮觉得在图瑟星开满鲜花的时候,他一定会做这件事情的。

艾伊的眼神微微一顿,大约在过了两秒以后才缓慢回应:"是的。"

其实艾伊并没有看见有关于图瑟星的未来,他通过预知梦所真正看见的未来,大概是在图瑟星能够开满鲜花之前的时间。

但尽管没有看见,艾伊相信经过虫族的努力和足够的时间,图瑟星以后一定能变成顾淮所期望的样子。

"希望这个未来能早点到,我想早点带你们去看开在图瑟星上的花。"顾淮语带期许。

艾伊露出很浅的微笑,回答说:"属下也希望。"

如果这个未来,他也能够看见就好了。

艾伊偶尔也会有这种在人类那边会被称作"贪心"的想法。

像今天这样的,顾淮健康生活着,又愿意亲近他们的幸福光景,所有虫族都会希望能够一直继续下去。

但是"不变"是比"改变"要困难非常多的事情,为了维持这种不变,艾伊愿意付出他能够付出的所有。

因此即使明明已经通过预知梦知道,他无法用这双眼睛亲自看见所说的这个未来,艾伊也说,他期望着这个未来的到来。

第九章

星盟

种族的整体发展已经步上正轨，在四名军团长与参谋长及其他虫族高层的工作下，其实现在虫族里需要顾淮操心的事情不是很多。

普通的文件会由军团长直接处理，顾淮只需要审阅数量相对较少的一部分重要文件就可以了。

来往图瑟星的旅客愈渐多了起来，就近期来说，图瑟星几乎成了星际最热门的旅游星球，这是顾淮都没料想到的结果。

因为大众的好奇心，在有勇士先来图瑟星体验了一番并且平安无事回家以后，星际各个种族的人民似乎就把来图瑟星打卡当成一件有纪念意义的事。

许多游客会在星网上发表来到虫族首都星打卡的感想，一来二去，虫族在星际里的名声也是越来越"亲民"了。

现在就算虫族不主动，间或也会有其他种族主动想与虫族缔结友好盟约。

而虫族基本是来者不拒的，即使是对一些弱小种族，只要对方拿出了足够的诚意，虫族就愿意与之建立外交关系。

图瑟星今年的冬天，顾淮也在府邸的庭院里和看护他的塔克虫族们一起堆雪人，这是他去年答应过的事情。

顾淮说好了等明年图瑟星再下雪的时候，他会给这些塔克虫族堆一样的雪人，这件事情顾淮还记着，当然也是不能食言的。

不过今天堆的雪人比去年要更多一些，因为一些虫族士兵知道顾淮在庭院里堆雪人这事以后，也自发地在围着小雪人的大雪人旁边再堆了各自的雪人。

被很多大雪人围在中间的小雪人显得很是突出，因为体形明显小了很多，随便一眼就能看见。

小雪人是塔克虫族们堆出来的，因为顾淮在他们眼里还是幼崽，所以这些塔克虫族今年给顾淮堆的也是一个很小的雪人。

小雪人很小，需要更多的保护，这些虫族士兵是这么想的。

小雪人代表的是顾淮，他们把自己的雪人堆在旁边，那就是待在自家王的身边了。这个想法让这些虫族士兵颇为高兴。

"我帮你们也堆一个？"顾淮看着站在他面前的四名军团长说。

经常出入这座府邸的其他虫族已经把他们的雪人堆好了，就这四名 α 虫族还没有雪人。

四名军团长在这时都不说话，却又都直直注视着顾淮。

顾淮想了想，这该不是作为 α 阶级虫族的某种矜持，不然怎么都是一副想要又不说的样子。

顾淮眨了下眼："那我开始给你们堆了。"

说堆就堆，顾淮在旁边空着的雪地上又分别堆起四个体形正常的雪人。

雪人的眼睛依然是用宝石来镶嵌的，顾淮依次指着这四个雪人说："这个是亚尔维斯，然后这个是卡帕莉娅，第三个是悉摩多，最后这个是艾伊。"

在第四个雪人脸上镶嵌着的宝石颜色最浅，顾淮指了指这个雪人的眼睛对艾伊说："是不是还挺像的？"

艾伊去看雪人脸上的两颗浅金色宝石，表情清冷沉静的脸上在这时出现极浅的微笑："嗯，属下觉得很像。"

补上这四个雪人，这片堆满各种雪人的庭院空地感觉就圆满了。

考虑到这四名 α 虫族的某种矜持，顾淮在这时主动说："你们喜欢的话，我明年也会给你们堆的，你们可以当成是礼物。"

悉摩多反应最快，很诚实地对顾淮点头："悉摩多喜欢雪人。"

准确地说是喜欢顾淮堆的雪人。

亚尔维斯的回应是用尾巴圈住顾淮，反应不及被这只大猫圈到怀里去的顾淮看见卡帕莉娅绷着脸对他点了点头。

"明年属下跟您一起堆吧，如果您允许的话。"艾伊开口说。

顾淮又是有些意外于艾伊的话，他抬了抬眼，很快点下头："当然可以。"

得到想要的答案，艾伊注视在顾淮身上本就并不冷酷的眸光更加柔和了几分。

顾淮说可以把他堆的雪人当成是礼物，那这就是一年一次的礼物了。

"谢谢您。"艾伊轻声道谢。

不知道这样珍贵的礼物还能够收到几次，因此艾伊格外地珍惜。

在庭院里被一堆雪人陪伴着的情况下，顾淮这一天也照常对跟在他身边的塔克虫族们进行精神力引导。

以精神力引导促进低阶虫族的进阶这个计划，进度推进得很缓，不过并不是毫无进展，和一年前相比，顾淮可以感觉到，他身边的塔克虫族们对语言的理解能力有了很大提升。

现在就算他说复杂的话，这些塔克虫族也能大致听懂了。

首先是智慧的开发，然后是身体的进阶。

现在这个时代不再战争频繁，以前是因为从出生到死亡的时间太过短暂，而现在低阶虫族们拥有了能够进化的时间。

只要有足够的时间，顾淮有信心，他们种族里的低阶虫族未来有一天也会进阶出类人形态。

而随着虫族在外交上的发展，顾淮在近期接受的一个采访中被询问了这样的问题——

"还有最后一个问题，请问您是否有带领虫族加入星盟的意愿？"采访人员试探询问顾淮的态度。

顾淮回答得很坦然："等时机合适的时候会。"

这次采访不是直播，在采访视频公布时，顾淮关于加入星盟这个问题的回答一下子就让星网上议论纷纷。

绝大多数人发表的是正面言论。

×××（奥隆星系）：这很正常吧，就算没有采访也能猜得到，虫族加入星盟是迟早的事。

×××（梅丽尔星系）：我觉得这是件好事，虫族加入星盟，这代表星盟的力量会更强大，对星际和平有益无害。

×××（瓦坎星系）：大家都这么觉得，希望这一天能早点来。假如在虫族加入星盟以后，能把星盗震慑得不敢再抢掠星球的话，那就太好了。

能够有这样的舆论，可见虫族对外形象改变的成功。

在这样的舆论下，顾淮今天就收到了星盟的"邀请组队"的信息。

不是说让虫族加入星盟，而是找虫族共同解决一件事情。

事实上即使没有这个舆论，星盟也得找虫族帮忙，因为这件事情事关被基因改造的士兵。

不是指灰塔士兵，而是另一批被改造的特种兵，这一批改造士兵比灰塔士兵更让星盟感到棘手，星盟不得不寻求虫族的帮助。

虫族在上次事件中与改造士兵的接触最深入，而且是不费吹灰之力就把灰塔给收编了，星盟认为在这件事情上找虫族帮忙是最好的选择。

顾淮接到星盟的请求后，很清晰地皱起眉："加文还在做这样的事情。"

顾淮的表情有点冷，想到灰塔士兵，加文也是顾淮无法原谅的对象。

亚伦看见顾淮一皱眉，周围其他虫族的表情也马上冷得掉渣，他在这时发表意见道："祸害遗千年吧……加文这人就是典型的高功能反社会人格。"

亚伦和加文当过一段时间的同事，他能明显感觉出来，加文确实是一名万年一遇的天才，但同时他觉得对方的心理不大正常。

亚伦本身不是喜欢跟他人多接触的类型，即使当时有这样的察觉，他也没再去深入探究。

而后来对方从星盟总部叛逃，以及叛逃后做的一系列事情都证明了他的观点。

"他之前制造灰塔士兵，我觉得目的也是单纯破坏星际和平，但他没想到在改造士兵的身体里融合的虫族基因会变成一个意外。"亚伦继续说着。

这个意外恐怕是谁都想不到的，因为没有人能预料到顾淮的出生，想不到虫族会有诞生一个王这样的变数。

星盟对加文的通缉一直没个结果，一个全星际的 S 级通缉犯四处活跃着，星盟却无法将之抓捕，这几乎都要成为星盟的一块心病了。

顾淮只考虑了一小会儿，他向星盟回复说愿意提供协助。

改造士兵倒是次要的事，他们首要解决的问题是将加文抓捕。

否则日后的麻烦不会消停。

"这一批基因改造的士兵，我想不会再有虫族的基因了。"顾淮在通信中对星盟高层实话实说。

已经在这一点上吃过亏，顾淮认为加文不会傻到犯第二次同样的错误。

在通信另一头的星盟高层也早有心理准备，他们的表情都十分凝重。

"我们抓到了一个俘虏，现在关在监狱里，您可以派人来看这个改造士兵，以便确认情况。"星盟那边说。

顾淮闻言摇了摇头："这个我得亲自过去确认。"

虽然顾淮说他觉得这批改造士兵不会有虫族基因，但不亲眼确认，顾淮就不能完全放下心。

顾淮对星盟高层这么说，他很快在虫族舰队的护卫陪同下去了星盟总部，然后在监狱里看见了那个被关着的改造士兵。

这个改造士兵的外表同样是有着混合的种族特征，但顾淮站在玻璃隔层外，确实感觉不到这个士兵任何的情绪。

这说明这个改造士兵身上没有虫族的基因，确认这件事情倒是让顾淮松了口气。

要说这个改造士兵和灰塔士兵还有什么不同之处，除了没有融合虫族基因，顾淮感觉这个改造士兵的眼神相当呆滞。

"自从这个改造士兵被抓到这里来以后，他就没有再说过一个字。"负责把顾淮领到这里的人员说。

然而话音刚落，在场虫族和星盟人员都看见这个改造士兵用视线锁定顾淮："目标确认、锁定，开始攻击。"

艾伊早在这个改造士兵出声以前，就提前一秒挡到顾淮身前。

亚尔维斯看见艾伊的行动，毫不迟疑地用尾巴把顾淮圈过去，然后展开银翼将顾淮遮挡住。

而在场的其他虫族也瞬间表现出护卫姿态。

这是虫族会有的反射性行动。

当然再怎么说，这里是星盟总部。

星盟总部的监狱，每个隔间采用的透明隔层是用战舰的轨道炮都得轰个两三次才能击碎的，被关着的这名改造士兵即使做出什么攻击行为也不可能穿透这层壁垒。

但这件事情的重点是，在场虫族与星盟人员在这一瞬间都意识到——

敌人这次行动的目标很可能是顾淮。

敌人的目标可能是顾淮，这个发现让在场的所有虫族都即刻露出非常不善的表情，像守护着重要宝物的野兽，一瞬间就对意图侵入巢穴的敌人展示出锋利的獠牙。

对虫族而言，任何对顾淮有害的事物都会成为他们的清除目标。

在这一点上，虫族没有丝毫退让的可能。

"只是抓捕一个叛逃人员，星盟派出了专门的追缉团队，过去这么多年却还是一无所获吗？"参谋长表达出他的质疑。

被这么一问，星盟这边就很尴尬了，虽然不愿意承认，但他们这些年确实拿加文一点办法都没有。

对方实在非常聪明和警觉，总是能在星盟找到蛛丝马迹追过去之前先一步撤离，会把自己的存在线索抹消得很干净，星盟能从某些地方找到蛛丝马迹已经是很不容易的事情了。

这时亚伦先看了一眼卡帕莉娅的表情，然后说了句客观发言："加文在这几年，应该有不断更换自己的外在样貌。虽然没有证据佐证，但这件事情他毫无疑问可以做到，以他的能力，星盟想抓到人确实不容易。"

"一整个纪元才只冒出头一个的那种天才，作为敌人就很棘手。"

也很可怕。

同样从事科研，光从对外展示出的能力看，亚伦不输给加文，但亚伦知道这只是表面。

在当同事的那段时间，亚伦一直隐约察觉到对方隐藏着的一面，加文有故意不显露出来的能力。

而即使没显露这一部分能力，加文在星际里也已经被公认为是当代最顶尖的天才了。

"当然星盟这么多年一无所获，确实丢人。"为表明自己是向着虫族的，亚伦在最后补充了一句。

你一个从星盟跳槽走的人说出这句话，良心不会痛吗？

星盟高层一脸想骂人的表情，要不是眼下是严肃正经的场合，他们的这副表情摆出来了都不想收回去。

"这个俘虏的状态不对，星盟对他的身体进行过检查了吗？"顾淮打破这个微妙场面，"他的表情，还有刚才说话的语气状态都很……"

顾淮稍微停顿话语，思考起合适的形容词，这时亚尔维斯在旁边面无表情接过话："机械化。"

对，机械化。

顾淮在亚尔维斯话音落下时马上点点头，他抬眼去看那个还在对透明隔层进行着无意义攻击的改造士兵："眼神还有行为，包括说话内容和语气，都像是没有多少自主意识。"

"已经进行过检查。"一名星盟人员回答，"这个改造士兵的大脑被植入了某样东西，我们还没弄清楚具体是什么。因为预计这是被拆除时会自动启动自毁方案的东西，我们暂时没有轻举妄动。"

顾淮闻言转过头，发现亚伦若有所思，于是问："亚伦，你有解决办法？"

亚伦没有摇头也没有点头，答道："不确定，可以试一试。"

"那你试吧。"顾淮答应得很干脆，然后才去看星盟的人，"你们应该不反对？"

在场的星盟高层微僵着脖子点下头。

虽然亚伦表达说他只能试试，不一定成功，但几天后，他顺利拿出了结果。

"是芯片。"亚伦道，"就像星盟那边说的，这块芯片上确实设定了自毁程序，移除芯片会让自毁程序启动，这个改造士兵的脑袋会被炸开。"

顿了顿，亚伦继续陈述："被植入芯片的改造士兵就跟接受程序编写的机器人有点相似，他们会按照加文设定的指令行动，攻击陛下您应该就是设定的指令之一。"

芯片……

"那这些被植入这种控制芯的改造士兵还有没有自我意识？"顾淮轻微皱眉。

"几乎没有了，情感和意识都受到压制。"

也是从这一点，亚伦看出了加文对顾淮的忌惮。

在研制出这样的芯片以后，对新一批的改造士兵，加文都没再融合虫族的基因了。

控制芯片不一定能压制住虫族基因里所存在的对王的服从天性，在这里翻车过一次，加文不会让自己再犯第二次同样的错误。

"你觉得他把目标放在我身上有什么目的？"

顾淮对自己被改造士兵视为攻击目标这事比较平静，但在他身边的虫族们很不高兴了。

亚伦斟酌语句回答："可能是因为，您是第一个让他计划失败、体会受挫感觉的人。"

"加文很自负，他不希望自己的计划有任何变数。"

这是从性格上分析，至于其他更具体的原因，亚伦也摸不清加文这个疯子的想法。

对方心理不正常，他要是能理解对方，那他肯定也不正常了。

顾淮敲了敲桌子，片刻后又问："如果不是移除，我直接让植入这些改造士兵脑子里的芯片变成另一种东西，这样自毁程序也不会启动了吧。"

亚伦一愣："你是要怎么做？"

"用我的能力。"顾淮言简意赅。

融合期结束以后，顾淮对他所拥有的精神力的控制精确度上升了非常多，假如现在再给他一台测试机器，顾淮能任意控制自己测试出来的结果数值。

而以这样的精确度，顾淮就能够在不伤及改造士兵身体的情况下将他的精神力探入对方的头部，包裹住那块芯片，在一瞬间使用他的能力。

是顾淮已经很久没有机会使用的，"等价交换"能力。

只有最开始在废弃星球上的时候，顾淮为了解决刚破壳出生没衣服穿的窘迫状况，以及做出让塔克虫族们能够不被雨淋的雨伞，他才用了这个能力。

后来被亚尔维斯接回到图瑟星以后，顾淮就没有再动用这个能力的机会了，因为虫族们从一开始就把他所有需要的东西摆到了他眼前。

星盟同意让顾淮去做这件事情，于是顾淮再次去到监狱，这次他直接进去了隔间内部，那名企图对他进行攻击的改造士兵被亚尔维斯压制着不能动弹。

顾淮轻眨一下眼，原本是圆形瞳孔的黑色眼睛切换成金色的竖瞳，然后他伸出手，手指抵在这个士兵额上。

顾淮开始探入他的精神力。

对精神力控制的精确度稍有不足，先报废的就不是芯片，而是这个士兵的大脑了。

但显然顾淮并不会失败，如今在对精神力的应用上，整个星际里没有人能与他比拟。

顾淮准确找到了他的目标，用精神力将目标包裹住，顾淮发动了他的能力。

把这块芯片替换成同体积大小的其他物体，顾淮收回精神力时，被亚尔维斯压制着的改造士兵的眼神明显从呆滞状态改变，脸上表情是对自己当前处境的惊恐。

"做个手术把那块东西取出来，应该就彻底没事了。"顾淮看着对方说。

话音刚落，顾淮很快感觉到一阵轻微的晕眩感。

不知道为什么，融合期过了，顾淮的力量明明运用得更得心应手，但每次使用力量后却会稍微有点不舒服。

而且自从之前因为剧烈的疼痛感晕倒，顾淮身体好了以后也还是一直隐隐约约感觉到些微疼痛。

不过见医疗团队检查不出什么，顾淮也就没提，这点感觉还算不痛不痒，不严重就免得说出来让周围虫族担心了。

亚尔维斯在顾淮表现出不舒服状态的时候马上过去把人揽住，俊美好看的脸上表情微沉。

顾淮靠在亚尔维斯怀里，缓了一小会儿其实很快就好多了，他抬眼看见这只大猫的表情，轻咳一声，顾淮安抚道："没什么事，别担心。"

这只大猫还是很好哄的，顾淮心想道。

手术什么的事情就由星盟负责了，顾淮为他们带来了这样的突破性进展，星盟这边又欠了虫族一个人情。

"等这个士兵清醒以后，从他嘴里应该能问出不少东西。"说完这话，星盟的高层人员向顾淮表达感谢。

"不算是人情。"顾淮眼神平静，微微笑了笑，"对共同的敌人，这算是合作吧。"

那个经历了手术的改造士兵醒来之后接受了星盟专案组的详

细询问，在清醒与自愿的状态下，这个改造士兵将他的记忆影像提供给星盟。

通过这份记忆影像，星盟终于第一次比较清晰地掌握了加文的计划和行踪。

对加文来说，植入了控制芯片的这一批改造士兵比当初的灰塔士兵要容易掌控得多，对方在星盟无法管辖的灰色地带建立了一个完整据点。

对于追缉了加文这么多年，差点被对方设计用"陨星"炸掉总部的星盟来说，现在的第一想法当然是把对方给一锅端了。

灰色地带也该肃清一部分了，星盟高层一致通过决议。

端别人老巢这事，既然说是合作，虫族这次就与星盟军队协同作战。

两支军队以极可怕的战舰数量将加文建立的据点彻底包围，这个据点规模很大，占据了一整个星球，但这对星盟和虫族的联合军队来说，依然是不值一提的。

加文就在这个星球上。

被改造并以芯片控制的士兵其实是无辜的，但在这场战争里，却不可避免会出现伤亡，星盟只能采取尽量减少伤亡数量的作战方案，能够存活下来的士兵，之后就会由顾淮帮他们摆脱控制。

原本是这么计划的，但真正到达这个据点以后，面对由这些改造士兵控制的敌方战舰，顾淮却对星盟那边表示不用攻击了。

然后顾淮做出了一个即使对他而言也非常困难的行动。

顾淮把他的精神力分成无数份，然后去探索存在于这些改造士兵脑部的控制芯片。

顾淮的精神链接能够准确找到每一名虫族，这是他天生的能力，但对虫族以外的人，他的精神力在双方不是面对面的情况下想要准确找到目标那就太难了。

这种事情对其他人而言是完全不可能做到的。

顾淮现在是根据生命反应在寻找目标，要在极短时间内锁定所有目标对象，这件事情很困难，但他依然做到了。

而在这种情况下，要用分出去探索的精神力包裹住每一个士兵身上的控制芯片并发动能力，那更是难上加难。

顾淮的眼睛此时就像是能与日轮相比的金色竖瞳，在一瞬间，这双金眸像燃烧的太阳般，烧尽了所有顾淮认为需要清除的事物。

"可以了。"顾淮把精神力收回以后说。

接收到顾淮这句话的星盟人员全部处于呆愣和震惊状态，不需要面对面也能发动能力，而且是一下子解决了一整支军队的问题——

这是什么样程度的恐怖精神力才能做到？！

这在星盟人员看来已经不是能力厉不厉害的问题了，这完全是一个奇迹！

动用这种程度的力量，并且是完成这么困难的举动，对顾淮来说负担不小。因此在能力停下的一刻，顾淮的眼睛马上就变回了原本的黑色，而脸色也蓦地多了几分苍白。

顾淮有了久违的困倦感。

"陛下！"顾淮的状况太过明显，在这艘战舰里的虫族一下子就注意到了。

顾淮被亚尔维斯一声不吭抱到了休息舱里，原本尤拉战舰上并没有休息舱这样的设施，虫族士兵对睡眠的需求极低，是因为顾淮才新增了这样一个房间。

改造士兵的控制芯片都已经被解除，这样一来，这场战斗基本毫无悬念，他们的敌人应该就只剩加文一个了，现在只要去星球上把人抓捕就可以结束这次行动。

当然星盟和虫族的联合军队都很谨慎，他们依然派出了相当规模的地面部队。

在顾淮所在的这艘战舰里，虫族们都憋着一股火气。

这个叫加文的人企图伤害他们的王，而现在又让他们的王这么辛苦，哪一项罪行都足够他们把对方直接撕碎好几次了。

顾淮肯定是要待在战舰里休息的，那么战舰里要登陆星球和留守战舰的虫族就分成了两部分。

亚尔维斯不可能离开顾淮身边，艾伊的选择也同样毫不犹豫。

"我也留下。"艾伊简洁道。

任何时候，即使是眼看着多么安全的时候，艾伊都不敢离开顾淮身边。

悉摩多和卡帕莉娅则做出不一样的选择。

在他们看来，战舰上是绝对安全的，这艘尤拉战舰被其他那么多护卫舰保护着，并且战舰上还有其他两名军团长留下了。

悉摩多并不掩饰他的愤怒，而卡帕莉娅尽管表情和平常一样冰冷，从她的眼神看，也能看出藏敛的不满。

他们两个人都想去拧一拧那个叫加文的人的脑袋，最好是能够拧下来。

星盟与虫族的地面部队登陆这颗星球，在他们搜寻到目标人物的时候，那名穿着白大褂的年轻男性却对他们笑了笑。

跟亚伦说的一样，加文完全改换了自己的外在样貌，变得跟以前没有任何相似之处了。

这个地方是一个巨大的研究室，又或者说是某种装置的控制室，加文在被士兵发现的时候，正站在这个庞大装置的启动闸前。

"辛苦你们来找我，但是我从一开始的目标就没有变啊。"在在场人员都来不及阻止的情况下，加文在说话的同时已经按下了这个装置的启动按钮。

事情可能只发生在零点几秒之间，在加文身后蓦地出现一个黑洞，只一瞬间就将他整个人吸了进去。

一开始的目标……

眼看着人消失，卡帕莉娅想着对方的这句话，此时内心忽然有种很不好的预感："陛下——"

在被众多护卫舰保护着的那艘尤拉战舰里，因为顾淮在力量消耗以后困倦得想睡觉，包括亚尔维斯在内的所有虫族都是守在房间外边，让顾淮待在绝对安静的休息环境里。

而在加文启动装置的同时，另一个相同的黑洞也在顾淮旁边打开了。

对于这件事情，理论上任何虫族都是来不及反应的，因为谁也想不到有人能从那么远的位置锁定顾淮，而这个黑洞的开启与关闭都只发生在一秒不到的时间里。

即使是亚尔维斯，从他感知到能量波动到瞬移进去房间也已经来不及了。

但只有一个例外。

"王——！"

凭借提前几秒的预知能力，艾伊比谁都更早地来到了顾淮身边。

艾伊抓住了顾淮，然后被一阵无可抵抗的巨大吸力牵引，他们两人一起被旁边的黑洞吸入，消失在了这个房间里。

第十章

黑洞

加文时常觉得自己生错了时代。

　　相比起战争频繁的旧纪元，新纪元的和平让他觉得死气沉沉，这个时代既虚伪又无趣。

　　在这个时代绝大多数爱好和平的人里，加文知道自己的心理状态会被认为是不正常的，但他自己并不这么认为。

　　只要这个时代改变了，越来越多的人在战争中变成和他一样的心理，那他就成了占据多数的正常人。

　　一个疯子是异类，但世界上所有人都疯了的话，他们每个人不就都是正常人了吗？

　　这个想法促使加文开始研究一些在星际律法允许范围之外的东西，并且在多年前从星盟叛逃。

　　即使在和平时代，世界也不是每个角落都那么美好，在不受星盟管辖的灰色地带，任何东西都能用金钱买到。

　　一些满是恶徒和罪犯的组织，只要付足够的钱，就能驱使他们做任何事情。

　　而加文最不缺的就是钱了，金钱对他来说是很容易获得的东西。

　　制造出灰塔士兵和陨星都是加文有目的的行为，按照预想，这些灰塔士兵会帮他破坏星际的和平。

　　他的预想也没有错，本来这些灰塔士兵的行动都按他所预期的情况走，直到一个计划外人物的出现。

　　被黑洞吸入以后，顾淮和艾伊去到一个独立封闭的异空间。

这个空间像被一层无形屏障包裹着，眼睛看不见边界，但手却能碰到。

顾淮躺在床上并没有入睡，他清醒着，但他和艾伊还是被黑洞吸入了一个空间里。

这个黑洞的能量超出了顾淮和艾伊的想象，那股吸力完全是不可抗的，而周围空间受到这个黑洞的剧烈干扰，顾淮无法带着艾伊进行空间转移。

"只有两个人吗？我以为进来的人会更多一些。"

一道陌生的声音在这个异空间里响起。

在声音出现之前，艾伊就已经毫不犹豫地对他在这个空间里看见的第三个人发动了攻击。

不管是不是敌人，艾伊先用他的异能将对方彻底禁锢了起来。

"加文？"虽然眼前的年轻男人跟资料里的样貌完全不一样，顾淮依然做出了这个判断。

而被异能限制住行动的男人坦然承认："是我。"

穿着一身白大褂，被艾伊用异能禁锢的年轻男人从外貌看起来是俊秀温文的样子，比起研究人员，气质上更像一名学者。

假如单看外表，大概谁也看不出来对方竟然会是一个有着反社会人格和病态心理的人。

这个异空间本身并不存在什么威胁，顾淮看一眼被艾伊限制住行动的男人，先用力量尝试攻击包裹着这个空间的无形屏障。

屏障纹丝不动。

没办法强行破坏这个异空间，顾淮马上意识到这一点。

空间转移的能力可以使用，但转移范围也被限制在了这个异空间里。

"出去的方法？"顾淮在问话同时用精神力扼住了加文的喉咙，但并不是让加文完全不能说法的程度，只是让对方足够难受。

仿佛被一只无形的手卡住脖颈，加文顿时呼吸困难："喀喀……没有方法。"

顾淮黑色的眼睛再次换成金色竖瞳，然后面无表情地持续加重了他的力量。

在加文窒息之前，顾淮才稍微放松力度。

"方法？"顾淮的神情就与他处在力量融合期时的一样的冷漠，"不要让我问第三次。"

即使在这之前刚刚消耗了许多力量，顾淮的能力依然不是普通人能够反抗的，而在对待敌人的时候，顾淮并不会手软。

尤其现在待在这个空间里的，不只是自己和敌人，还有艾伊。

艾伊应该是用预知能力提前看见了这个黑洞，才会赶来他身边，顾淮最不希望看见的事情就是虫族因为他而遭遇不好的事情。

"没有方法。"加文咳了好几声，尽管刚才濒临死亡，他此时也表现出一种极其平静的态度，平静得几乎有些诡异。

"这是一个无法被破坏的异空间，勉强算是我的研究成果之一。"加文陈述着。

为什么要说勉强算是，因为这个异空间并不是加文制造出来的，他只是找到了进入这个异空间的方法，也就是利用地面部队所看见的那个巨型装置制造出"黑洞"。

黑洞是进入这个异空间的通道。

"您真是拥有非常强大的力量，假如说在这个世界上，神有一个完美造物的话，那应该就是您了吧。"加文面带微笑，"您天生就站在种族的金字塔顶端，在我看来，您的种族也是星际里基因最为优越的种族，虫族的基因一度令我非常着迷。"

不只是因为虫族基因的强大，还因为虫族基因里天生携带的那种冷酷和掠夺的天性，这些天性都非常符合加文的希望。

顾淮无视了对方的这段话，只说："如果没有出去的方法，

174

你也一样是被困在这里。"

加文仍是微笑："我没有想要出去，我是为了杀死您才进来的。"

这句话一说出口，加文的右手就被艾伊切断了。

艾伊冷冷地看着敌人，颜色极浅的金色竖瞳像覆着一层薄冰，在他手上拿着的是一把用异能制造出来的冰剑。

作为出身于艾萨多族群的虫族，艾伊不喜欢跟人近身战斗，但这并不代表他没有这个能力。

切下了加文的右手时，艾伊把他握着的剑抵放在加文的左手旁边，威胁的意思非常明显。

不直接杀了加文只是因为这个空间特殊，而对方还有继续审问的价值。

剧痛感让加文一瞬间脸色发白，额头冒出冷汗，但他并没有因为疼痛而发出声音。

"只要您死去，所有虫族一定都会发疯，然后他们会把整个星际毁掉，这就是我想要看到的。"身体感受着剧烈痛感，可加文的精神是异常兴奋的，他对他所说的这件事情充满了狂热。

在灰塔士兵这件事情上，顾淮的出现确实在加文的意料之外，他认真部署的一件事情遭到了破坏。

不过在知道顾淮的存在以后，改造士兵对加文来说就只是余兴节目而已，用来打发时间。

即使据点没有受到围攻，加文在不久之后也会启动他研究出来的巨型装置，只要设定一个条件，黑洞要定位在顾淮身边实在太容易了——

星际里精神力最强大的个体。

黑洞会干扰周围空间，即使是力量再怎么强大的人也逃脱不了，只能被带到这个异空间里。

加文说这个异空间没有出去的方法，这是真话，但他还有另外半句话没说。

　　"这个空间只会困住我们十分钟左右。"加文没管抵在他另一只手旁边的利器，他看着顾淮说出这句话。

　　没有出去的方法是因为不需要方法，待满时间自动就会出去了，这是加文自己试验过好几次的事情。

　　十分钟。

　　顾淮听见这个时间词，下一秒就很干脆地用力量让加文的四肢骨折，先彻底废除敌人的行动能力。

　　虽然加文已经被艾伊用异能禁锢着，但是听对方说出来的那些话，顾淮总还是隐隐觉得有哪里不对。

　　行动能力被彻底剥夺，加文的眼睛还是像死水那样，眼神宛如幽灵："如你们所见，我是个很弱小的人，并不像你们这样拥有强大的力量。"

　　"但是我……"

　　没等加文把这句话说完，艾伊的瞳孔在这时忽地急剧收缩，他马上撤回到了顾淮身边。

　　在这极短暂的，大概也就一两秒的时间里，艾伊回想起了他做的那个预知梦。

　　那是怎样一个梦境呢……

　　眼前是仿佛能将一切色彩都吞没的刺目白光，这几乎能刺伤眼睛的光芒比涨潮时的海水更加汹涌，一瞬间就将艾伊的视野完全淹没了。

　　随着某一秒在鼓膜炸开的巨响声，他的听觉能力也像是突然丧失了，世界变成了绝对寂静的状态。

　　在被这片刺目白光淹没前的那一瞬间，他把身体变回了最原始的形态——一只身躯可比战舰般庞大，身体表层覆着钢铁般坚硬鳞甲，眼睛是浅金色竖瞳的巨大异形生物。

虫族的原形态是虫族防御力最强的形态。

需要以这个形态去抵御的攻击，无疑说明着这记攻击具备毁灭性的打击。

而此时在这只异形生物的视网膜上，倒映着一个并不是那么清晰的身影。

艾伊当时在这梦里并不能看清对方长什么样子，只能大概知道是一名有着黑色头发的青年。

然后艾伊看着化身为巨大生物的自己，把这名青年保护在了自己的身体下边。

光芒彻底淹没了他，梦境到这里戛然而止了。

现实的时间不会停止，在艾伊撤回到顾淮身边时，加文也已经把他的话完整说出——

"但是我把我的一部分身体改造成了'陨星'。"

即使他被杀死也会自主启动，加文从一开始就单方面确定了这个结果。

然后发生的事情，就是和艾伊梦境里一模一样的场景。

刺目的白光，轰鸣的巨响……

而艾伊也做出了和在这个预知梦里完全相同的选择。

其实在刚做完这个预知梦醒来的时候，那时的艾伊无法理解在这个梦里的自己为什么会为了一个人而心甘情愿死去。

更无法理解，面对死亡时的自己为什么会是那样庆幸又欣喜的心情。

但是在第一次看见顾淮的时候，艾伊明白了。

他的喜悦是因为……

是因为他保护了对他来说最重要的人。

在一瞬间充斥了整个空间的毁灭白光里，那只护卫着重要宝物的巨大异形生物丝毫不动，庞大伟岸的身躯如同一座无比坚固的钢铁堡垒。

只是在这个过程中，他的眼睛逐渐失去了光芒。

眼睛丧失光芒以前的时间仿佛是走得非常缓慢的，每一秒钟都被无限拉长，秒针的前进像突然被按下了几倍慢放那样，迟迟不向前推进一格。

艾伊在这被延长的时间里想到了许多事情。

预知能力的作用是，提前知道未来发生的事情，然后利用他，或者规避他。

艾伊一直是以这种方法将他的预知能力运用于战斗。

能够预见几秒后的未来，这让艾伊在面对任何战斗时都十分从容，因为敌人的所有行动对他来说都是已知的。

这样的天赋能力在整个虫族乃至星际里都独一无二，是会令敌人感到畏惧的一种能力。

即使平时的预知能力只能预知未来几秒钟，这对艾伊来说也已经足够了，他不需要对已知的事物有任何担心。

但是从艾伊第一次见到顾淮，知道自己曾经在预知梦里看见的景象代表着什么，以及自己为什么会在面对死亡时有那种欣喜又庆幸的心情时，他忽然感觉到了恐惧。

这份恐惧并不是恐惧自身的死亡，而是害怕这个未来会因为他的"已知"而发生什么改变。

对艾伊而言，未来是可以改变的，因此他总担心自己在不经意间做的什么事情，会改变这个已知的未来。

每一天、每一天都在心底深深恐惧着……

从预知梦里见到的场景无法确认事情的发生地点，更无法得知事情的发生时间，未知的东西太多了，他只是提前看见了一个结果而已。

知道顾淮在未来会遇到一次足以威胁生命的危险情况，艾伊却隐瞒着，不对任何人说这件事情。

如果他把预知到的事情告诉其他人，未来就有可能会发生改变，但谁也不能保证改变一定是往好的方向拐。

假设他预知的未来改变了，变成死去的人不是他，而是顾淮，那艾伊永远都不能原谅自己。

这个结果即使是亿万分之一的概率，艾伊也不想去赌。

所以一切只要按原定的方向发展就好了。

明明是一个自己要去面对死亡的未来，艾伊却比谁都恐惧这个未来不能够如期而至。

直到现在，他终于可以不用继续恐惧了。

被慢放的秒针终于向前推进一小格，在能够震破鼓膜的巨响与过分猛烈的爆破轰炸中，被白光淹没的那只巨大异形生物如同异铁般坚硬的外壳也出现了深深裂痕。

虫族的士兵会无视痛觉。

粉碎的痕迹几乎是顷刻间就布满整个身体，这只巨大异形生物防御极其坚固的躯体也难免受到严重的破坏。

王……

艾伊以意识传递了他的声音。

应该只来得及说最后一句话，但艾伊一时间没想好要说什么。

想说明年冬天堆雪人的事。

虽然他不在，但也希望能有一个顾淮给他堆的雪人，不知道可不可以。

又还想说，在图瑟星看花的事。

如果顾淮在那时候的冬天堆了一个代表他的雪人，这个雪人能看见开在图瑟星冬天的花，那也算是他看见了吧。

思考时，时间好似就会从慢放回归正常，秒针很快又向前推进一格。

于是不管哪一句都来不及说。

毁灭的刺目白光扩展蔓延到极致，在到达极点的一刻，如昼夜交替的瞬间，光芒像海水顷刻退潮那样消失得一干二净。

整个过程其实就只是短短几秒钟的事情，被艾伊用原形态保护住的顾淮在听见传递过来的声音时睁大了眼睛，仍是金色的竖瞳剧烈收缩了一下。

但是顾淮不能动。

他不能在这个时候动，否则艾伊所做的一切就都没有了意义。

直到周遭的能量波动消失，顾淮才从被艾伊护着的位置出去。

在这个封闭的异空间里，加文已经不在了，"陨星"的威力让他根本连尸骨都不能留下，大概身体已经变成了粉末。

顾淮出去时并没有去关注其他任何事物，他的视线放在眼前的庞大生物上，当看见这只身躯极庞大的生物身体上布满的粉碎痕迹时，顾淮的喉咙瞬间哽住了。

喉咙发酸的感觉让顾淮在这时几乎说不出话来，他伸手去碰这只庞大生物的躯体："艾伊……"

"咔——"

物体碎裂的声音。

在被顾淮用手碰到的位置，这只庞大生物有着坚固防御的躯体倏忽崩坏，被触碰的部位在碎裂声响发出后开始粉末化。

顾淮的内心极度绷紧的一根弦在这一秒也骤然断开，他的头脑忽地空白了，然后力量在瞬间暴走，不受控制地对外盲目爆发。

顾淮一直最不希望看见有虫族因为他而遭遇不好的事情，更别提是为了他而死去。

为什么会发生这种事？

顾淮怔怔看着他眼前这只庞大生物变成粉末化的那一处身体

位置，这只竖瞳暗淡下去的生物已经不会动了，而布满粉碎痕迹的身体正因逐渐崩坏而持续咯吱作响。

"不要……"顾淮的声音能够听出颤抖。

不要再崩坏下去了——

心脏有种被捏紧的痛苦，眼前景象让顾淮觉得快喘不过气来。

有什么方法能够改变这件事情？

混乱的情绪影响着思考，在彻底无法呼吸之前，顾淮蓦地找到了一丝可能。

如果是用"等价交换"的能力……

想法浮现，顾淮连一秒时间都不犹豫，他付出了自己的一部分生命力。

要在艾伊的身体完全崩坏之前这么做，才有挽救的可能。

尽管只是一丝的可能。

付出一部分生命力比力量消耗过度的负荷更大，顾淮没能看见结果，他的意识在能力停止的一刻也暂时陷入黑暗。

异空间要过十分钟才会把空间里的人送出去，在这十分钟里，虫族因为顾淮和艾伊的消失变得气氛极度紧张。

在休息舱里，亚尔维斯的表情相当可怕。

顾淮消失到他看不见的地方，这种失去重要宝物的感觉让亚尔维斯想破坏周围所有看见的东西。

他又没有保护好……

神经被刺激着，仿佛有另一段更加深刻而痛苦的经历被掀开，是在更早、更早的时候……不存在于亚尔维斯的记忆里，但他仍然记住了这相同的感觉。

无论顾淮是在星际的任何一个地方，都应该能用精神链接告诉虫族们他的位置，但他们没有接收到顾淮的精神链接，因此虫族们更加慌乱。

搜寻早就开始了，而亚尔维斯在这样备受刺激的等待中几乎要久违地丢失掉他的理性。

竖瞳的收缩程度越来越大，在亚尔维斯的面庞彻底冻结之前，在房间里相同的位置出现了一个黑洞。

从这个黑洞里，一道身影被送出，亚尔维斯瞬间过去将人接住。

被送出来的人是顾淮，他紧闭着眼睛，正处于由力量消耗过度与付出了部分生命力而导致的昏睡状态。

又一次的能量波动让战舰里的其他虫族也即刻赶到，他们看见失去意识的顾淮，心悬着的同时却也是稍微放松了一丝。

但还有一个人没回来。

"艾伊大人呢？"

之前被黑洞吸入的人是两个，现在却只回来了一个，在场虫族顿时都意识到了些什么，但他们心里仍然不敢相信。

艾伊是他们种族四位军团长之一，也是仅有的四名 α 虫族之一，怎么可能会——

但不管这件事情怎么难以置信，摆在这些虫族士兵眼前的事实就是如此。

这个黑洞会把人送回原来位置的话，那艾伊没有回来就代表着，对方已经不在了。

"等一下，陛下抱着的那个是……"一名虫族士兵忽然说。

这名士兵的话让在场虫族都把视线放到顾淮怀里。

然后他们都看见，一颗灰色的幼崽蛋正安静靠在顾淮身上。

这次行动后续的收尾工作是由星盟完成，这个星球据点被星盟占据，星盟的军队把这片属于灰色地带的星域好好清理了一番。

顾淮的状况让虫族没心思管这些事情，他们带着自己的舰队，从这片星域回到了图瑟星。

在房间里的床上，顾淮已经睡了一天，加上从另一片星域回来的时间，顾淮睡好几天了。

在顾淮的枕头旁边放着一颗灰色的幼崽蛋，这颗蛋就安安静静躺在那里，灰色的蛋壳在白日里显得颇有光泽。

亚尔维斯一直守在床边，从回来开始，他都面无表情保持着这个状态。

顾淮是在第六天才醒来，刚醒了睁开眼，他第一句话就问："艾伊还好吗？他和我一起回来了吗？"

这个问题让亚尔维斯没能马上回答，以艾伊现在的状态，很难界定是好还是不好，并且也不知道这能不能算是一起回来了。

亚尔维斯的短暂沉默让顾淮眨了下眼，眼眶几乎马上就轻微泛红了。

"在这里。"亚尔维斯抿起唇，把那颗顾淮没注意到的，正静静躺在枕头旁边的灰色幼崽蛋拿起来，递到顾淮面前。

顾淮看见这颗幼崽蛋愣了一下："这是……艾伊？"

"嗯。"亚尔维斯应了个单音。

"阿淮。"亚尔维斯垂眸，用低低的声音说，"不要哭。"

听亚尔维斯这么一说，顾淮才反应过来自己脸上有点湿。

"以后，任何时候都不会离开你的身边了。"不这样做的话，亚尔维斯无法安心。

顾淮抬手抹了下眼睛，他把亚尔维斯递过来的那颗灰色幼崽蛋用双手抱住。

等价交换的能力，他分出自己的一部分生命力，加上艾伊自己的身体，变成了这颗幼崽蛋吗……

顾淮伸出手在这颗灰色的幼崽蛋上摸了摸，通过精神力，他感知到了这颗幼崽蛋的生命反应。

是很蓬勃的生命反应，这是一颗非常健康的幼崽蛋。

"一定要健康出生。"顾淮对这颗幼崽蛋说。

虽然是变成了幼崽蛋，不知道未来会怎么样，但艾伊的生命没有完全消失，以这种方式延续了，顾淮已经十分庆幸和感激。

幼崽蛋是没办法回应顾淮的，这颗灰色的幼崽蛋安静待在顾淮手上，但在顾淮说完这句话以后，有那么一瞬间，这颗幼崽蛋的生命反应仿佛更加活跃了一点，像是对顾淮的一种无声回应。

顾淮再次眨了下眼，忽然有种因为感动而想落泪的感觉。

顾淮把这颗幼崽蛋小心放回枕头边，他抬眼看见亚尔维斯依然一动不动站在床边注视着他的样子，终于后知后觉地察觉到这只大猫的状态和平常不太一样。

"我睡了多久？"顾淮抬着头问。

亚尔维斯如实陈述："五天。"

顾淮马上反应："你一直待在我身边，哪儿都没去？"

"嗯。"亚尔维斯应声。

从表情上，亚尔维斯看不出什么特别情绪，依然给人一种冷冷淡淡的感觉，却在注视顾淮的时候透露出比之前更加明显的执着。

注视着就不会移开视线了，亚尔维斯现在非常缺乏安心感。

意思是一步也没离开，连吃饭睡觉都没有。

明白了这一点，顾淮拉住亚尔维斯的手，然后在对方与他对视的目光下说："我饿了。"

"五天没吃东西，很饿。"顾淮重申一遍。

顾淮的这句话让亚尔维斯马上行动了起来，但他并不离开房间，只是让他的副官去准备食物。

亚尔维斯的吩咐也让其他虫族知道顾淮醒来了的这件事情，他们纷纷来到房间，小心翼翼的，几乎不敢发出任何声音，担心会惊扰顾淮。

王对他们非常温柔，也非常重视。正因为这样，艾伊的事一定会让顾淮非常难过。

"陛下，您感觉还好吗？身体有没有哪里不舒服？"卡帕莉娅放缓声音询问。

以卡帕莉娅和悉摩多为首的虫族们最关心的都是这个问题。

顾淮对上周围虫族关切的视线，很快温声回答："嗯，我没事，已经休息好了。"

精神力的消耗经过几天的睡眠很快就恢复完全了，但顾淮现在的身体还有些不显露于表面的虚弱，这是他将自身的生命力分出以后所导致的结果。

关于他用能力把自己的一部分生命力交换给艾伊的这件事情，顾淮没打算对自家虫族们说，说出来平白增加他们的担心，顾淮觉得也没有必要。

虫族是自我进化能力很强的种族，生命力在不断的基因进化中也变得比其他种族强大，顾淮认为这个结果他能够承受。

食物很快就准备好送过来了，床边支起了个移动餐桌。

但顾淮并没有马上开始吃东西，而是看着亚尔维斯说："你陪我一起吃。"

知道这只大猫这么多天守着他哪里也没去，顾淮才想的这个方法让对方吃东西。如果顾淮直接说让亚尔维斯离开去休息的话，亚尔维斯肯定是不肯走的。

对虫族来说，五天不吃任何东西和不睡觉对身体机能其实并没有影响，但顾淮不想看见亚尔维斯因为他变成这个状态。

亚尔维斯没出声回应，但他顺从了顾淮对他的要求。

等吃得差不多了，顾淮把在枕头旁边的那颗灰色幼崽蛋抱起来，对参谋长说："可以在我的房间里建个小的保温室吗？"

"现在是冬天，我担心天气太冷了会让这颗幼崽蛋不舒服，还是有个保温室会好一点吧。"顾淮说出他的考虑。

虫族的幼崽蛋生命力是很坚强的，并没有其他种族的幼崽蛋那么脆弱，不过参谋长在这时还是马上就应下了："属下现在交代下去。"

顾淮的房间非常大，保温室很快在房间里建好了，顾淮把幼崽蛋抱了进去。

现在醒来，顾淮也得跟星盟那边接洽一下，说明关于加文的事情。

面对着通信影像，顾淮对出现在影像里的星盟人员说："加文把自己身体的一部分改造成了'陨星'，在被黑洞带进去的那个异空间里，他自毁了，你们可以将他确认登记死亡。"

这一句话透露了太多的信息，星盟那边一时都有点难以消化。

加文死了，扎在星盟心头上的这根刺没了，星盟当然很高兴，不过他们现在真是有点难以面对虫族。

"陨星"的威力怎么样，星盟人员都是知道的，那可是差点把他们星盟总部所在的半个星球给炸掉的恐怖武器。

现在虫族的王和一名军团长因为协助他们而遭受这么严重的伤害，星盟欠虫族的可就不是人情这么简单的事了。

跟星盟接洽完毕，通信影像关闭以后，顾淮去拉了拉他旁边亚尔维斯的尾巴。

自己主动把这条尾巴圈在身上，顾淮对亚尔维斯弯眼笑了笑："我有点害怕，你圈着我，我会有安心感一点。"

顾淮说完以后，亚尔维斯把圈在他身上的银灰色尾巴收紧了些，并且将他拥抱进怀里。

顾淮不动声色地安抚着对方，亚尔维斯把顾淮的身体切实抱住以后，内心的不安定感终于稍微减退了些。

接下来的几天，顾淮除了每天去看幼崽蛋的情况，就是安抚亚尔维斯。

自从这次事情过后，这只大猫变得尤其黏人，以前就已经是顾淮去哪儿都基本跟着的状态了，现在是把偶尔的离开空当儿也全部取消。

顾淮每天都很期待在保温室里的幼崽蛋能破壳出生，但在这之后，好几个月过去了，幼崽蛋依然只是表现出蓬勃的生命力，却没有任何要破壳的迹象。

不过这颗幼崽蛋的体积发生了变化，从原来只是排球大小的体积变大了好几倍。

这种情况并不正常，正常来说幼崽蛋的体积不会改变。

艾伊的这个情况和顾淮当初挺像，孕育着顾淮的那颗幼崽蛋也是非常大，顾淮在里边一直被孕育至成年期才出生。

不过在保温室里的这颗灰色幼崽蛋只增长数倍体积后就停止再变大了，接下来一直安安静静没有任何变化。

"一定可以出生的。"顾淮例行到保温室里摸摸这颗幼崽蛋，温声鼓励，"现在是春天，再过一个月就到夏天了，这两个季节都很温暖，是适合新生命诞生的季节。"

虽然等待的时间看起来似乎要更久一点，但顾淮也并不失望。

这颗幼崽蛋有着活跃的生命力，也会对他的话产生反应，这就是希望的证明。

一年时间过去得很快，在图瑟星稳定运作的过程中，星球很快迎来第二年的冬天。

而今年，图瑟星的第一场雪下得特别早。

图瑟星刚刚入冬没多久，为星球裹上银装的一场雪就落下了，是在早上的时候下的。府邸庭院里的树很快都载着白雪，地面也逐渐变成了一片雪地。

而仿佛是感应到什么，在图瑟星天空的第一片雪花飘落下的时候，一直安静待在保温室里的那颗幼崽蛋终于有了不一样的动静。

"咔嚓——"

很是清脆的一声，在这颗灰色幼崽蛋的蛋壳上出现一道裂开的纹路。

顾淮此时正待在府邸一楼的客厅里，他看着正不断飘落雪花的庭院不由得有点出神。

这场雪应该中午就会停，停了以后，地上的积雪就可以用来堆雪人了。

顾淮想到他去年冬天说，在今年也会给亚尔维斯他们几个军团长堆雪人，那时艾伊对他说，明年跟他一起堆。

"下午去堆雪人吧，到时候我们帮艾伊也堆一个。"顾淮坐在沙发上，抬头对站在不远处的卡帕莉娅说。

卡帕莉娅当然会点头同意，但在她说话之前，忽然听见一名虫族带着明显惊愕语气的声音说："艾伊大人——"

顾淮一愣，迅速往这名虫族士兵正看着的方向望过去，往后他看见了一个长相极其秀气，有着一双颜色极浅的金眸，头上有一对弯弯的犄角，脸上还有两道浅灰色面纹的……小孩子。

从外形看，大概是五岁的样子。

虫族并没有这样的幼年形态，但根据各项特征，顾淮依然认出了对方。

"艾伊！"顾淮既惊喜又对状况惊愕。

不等顾淮有任何动作，这名正处于类人形态，却也毫无疑问处在幼年期的虫族幼崽在看见顾淮的时候马上向顾淮靠近了过去。

周围的所有东西都是陌生的，但在看见顾淮的时候，艾伊知道他要去对方的身边。

"王。"马上靠近到顾淮跟前以后，艾伊下意识这么称呼。

记忆是新生的空白，艾伊连自己的名字都暂时回想不出。

但是艾伊还记得，潜意识里深深地记忆着，他眼前这个人好像遇到了危险，而他要保护对方。

顾淮看见艾伊的反应，顿了顿，他问："还记得以前的事情吗？"

幼年的艾伊望着顾淮，颜色极淡的浅金竖瞳像最干净的泉水那样清澈，他摇了摇头。

"不记得也没关系。"顾淮摸了摸对方的头发，"你叫艾伊，名字要记住了。"

以前的相处记忆没有了的话，他们也可以重新再建立新的。

"想堆雪人吗？"顾淮问。

堆雪人……

艾伊的脑子里有一瞬间似乎掠过某一段模糊的记忆，他记不清楚具体，但似乎就是和堆雪人有关。

他好像也是因为这件事情，才会在今年冬天到来的时候，这么迫切地想要破壳出生。因为在这个冬天有一个很重要的约定，还有一份不能错过的礼物。

庭院里今年堆的雪人数量也和去年一样。

对堆雪人这件事情，艾伊虽然没有具体记忆，但被顾淮带到雪地上以后，他却自然而然地知道自己要怎么做。

就是用地上的雪做出两个一大一小的雪球，然后把小的叠在大的上边。

"这样就算堆好了。"顾淮看着那个由他和艾伊一起堆出来的雪人，对旁边还是年幼模样的艾伊弯了弯眼。

成年期的艾伊显得清冷矜贵，幼年时的脸也显得格外秀气，放在一群小孩子里也肯定是最讨喜的那种。

顶着这么一张秀气的小脸，艾伊在看见顾淮对他微弯下眼时，也不由自主地跟着露出了浅浅的微笑，淡金色的竖瞳明亮了起来。

堆雪人很高兴，看见顾淮微笑的表情也很高兴，艾伊是这么想的。

艾伊在类人形态却是幼年期的样子，这让所有虫族都感到惊讶，但也都很快就接受了这个事实。

顾淮也不知道，艾伊这个在幼年期的样子还会不会长大，不过他觉得，这件事情顺其自然就好了。

对现在这个结果，顾淮已经足够欣喜和满足。

"图瑟星今年的冬天好像特别暖和？"顾淮看着堆起在这庭院里的许多雪人，忽然有这个感觉。

风并不凛冽，就连落雪也像是温柔的，气温似乎没有前几年的冬天那么冷。

听见顾淮声音的虫族们对这个问题进行思考。

季节的变换对虫族没什么影响，他们也从来是不怎么关注的，但顾淮这么说，他们看见正被很多大雪人安全地保护在最中心位置的那个小雪人，倏忽也有一点相同的感受。

"是的。"卡帕莉娅在旁边应了一声。

自从加文的事件过后，星盟不再放任星际里灰色地带的存在。

要清理不受星盟管辖的区域非常困难，但在星盟领导与各个种族的参与协助下，这些灰色地带也在逐渐建立起应有的秩序。

秩序是和平的基础，星际里的秩序变得更加完整了，整个星际的环境当然也变得比之前更和平了一些，星盗的出没频率都降低了不少。

对星际的和平状况，虫族现在也很乐于见到，因为这样就不会有什么突发事件来影响和打扰他们了。

他们要专心研究怎么改良图瑟星的土壤，好给自家王在星球上种花。

不只是图瑟星上的虫族，所有虫族都对这件事情充满了热情，一个个态度都非常积极。

除了因为知道顾淮喜欢花这个原因以外，还因为这是他们要送给顾淮的诞生礼物。

为了这个计划，虫族现在与已建立起外交关系的种族进行贸易的时候，都会向这些种族购买各类花种。

一时之间，星际各种族对虫族的印象硬生生往"喜爱鲜花的种族"这个方向发展。

原来虫族也是会有心肠柔软地喜爱某种纯观赏作用的事物的时候，各种族人民这么想着。

购买的花种还不能马上使用，虫族们把这些花种先储存放好了，图瑟星的高层们还在规划星球上的种植区域。

顾淮居住的府邸周围要种什么样的花才比较好看，参谋长等虫族在会议上暂时还没讨论出一个结果。

在接下来的每一年里，图瑟星的土壤改良计划不断推进，虫族整体稳定发展，顺利建立外交的种族数量越来越多。

到第七年的时候，虫族在星际里就可以说是受到了广泛的认可。

于是在这一年，人类终于也主动向虫族发出了友好的讯号。

曾经一直被认为是死敌关系的两个种族，其实在新纪元时摩擦已经愈发少了，在认为合适的时机，人类选择迈出转折的一步。

"地球联邦给您发来了会谈邀请，地点是在一个第三方星球，陛下您是否要接受？"参谋长站在顾淮旁边汇报这件事情。

话刚说完，参谋长顿了顿，又说："不过这个第三方星球离图瑟星有点远，长途跋涉会有点劳累，属下觉得也可以让军团长出面……"

不知道是什么原因，顾淮近几年总是容易疲倦，每天的睡觉时间比以前长了许多。也是考虑到这件事情，参谋长现在才会这么说。

顾淮摇了摇头："这次会谈如果不是我亲自去，会显得没有诚意。"

诚意哪有自家王的舒服重要，虽然参谋长是这么想，但顾淮已经摇头了，他只会服从顾淮的选择。

"你替我回复说，把会谈地点改到地球吧。"顾淮侧过头对参谋长说。

人类把会谈地点设在第三方星球，是为了避免他们这边有什么顾虑，但顾淮其实没有任何顾虑。

和信任与否无关，只是以星际当前的局面，人类完全不可能在这次会谈上做任何不好的事情，这对人类自身没有任何好处。

同时顾淮也自信于己方的能力，能够应对任何突发情况。

"地球？"参谋长不由得重复一遍确认。

顾淮轻额首："嗯。"

刚好也很久没见到地球了，顾淮对在星际时代里的地球是什么样的也挺感兴趣，这次正好趁着会谈的机会可以过去看一看。

参谋长应声："好的，属下明白了。"

等参谋长一离开，顾淮揉了揉眼睛，大脑又不由自主生起了点困倦感。

自从七年前经历了力量的融合期，顾淮就一直能感觉到身体有隐隐约约的疼痛感，不过那时的疼痛感还是很轻微的，能够忽略，但后来这种疼痛的感觉就越来越明显了。

容易困倦想睡觉这件事情也从那时就有苗头。

后来顾淮把一部分生命力交换给艾伊，这件事情像一个导火索，让顾淮身体的这两种不良状态加深得更加迅速。

困倦睡着的时候，顾淮倒是不会感觉到疼痛了，因为这样，顾淮有时候甚至觉得这种疲倦感可能是他的身体因为疼痛而产生的保护机制。

但顾淮也想起了他在进入融合期昏迷的时候，极偶然一瞬接触到的"规则"与"世界意志"。

因为他的灵魂本身不属于这个世界，他的存在的特殊性就受到这两者的关注。

这件事情对他会有什么影响，顾淮那时其实是避开不去思考的，因为想了也没有用。不过顾淮现在隐约能猜想到，他身体检查不出来的异状大概是与此有关。

可如果真是这样，那顾淮也没什么应对方法，只能走一步算一步。

只是有点疼倒还好，身体上的疼痛感比以前明显，但这也是能够承受的程度。睡觉时间稍微长一些，影响也不太大。

"困了……"顾淮小声说着，身体很干脆地直接往旁边的亚尔维斯身上倒过去。

亚尔维斯熟练地把人接住，让顾淮靠在他身上，顾淮在这个舒服姿势里很快半眯起了眼睛，一副马上能睡着的样子。

亚尔维斯也不去别的地方，他在这张沙发上躺下来，让顾淮趴在他身上。

然后亚尔维斯用尾巴圈住顾淮的身体，以此固定位置，再从背后伸展出银翼将顾淮包裹起来，遮挡住外边的光线，给顾淮营造出良好的睡眠环境。

在制造出的黑暗空间里，亚尔维斯的眼睛穿过这片黑色注视在顾淮脸上，他几乎是温柔地轻拍顾淮的背脊，哄着让顾淮更好地入睡。

等过了一会儿，顾淮在迷迷糊糊中忽然听见一道几乎是在他耳边响起的低沉声音。

"啾。"

听见这个声音，顾淮把自己快要完全闭上的眼睛努力睁开了些。

这只大猫在类人形态下还对他"啾来啾去"就太犯规了，顾淮已经知道这个声音是有要求奖励的意思，而顾淮也每次都很爽快地给出了亚尔维斯想要的回应。

毕竟这只大猫也很容易满足。

果然在要到了奖励以后，亚尔维斯圈在顾淮身上的那条银灰色尾巴就微动了动，尾尖颇为明显地往上翘起一些，这代表的毫无疑问是高兴的心情。

顾淮在亚尔维斯给他营造出的舒服环境里逐渐入睡，在顾淮的呼吸变得平稳轻缓时，亚尔维斯也跟着闭上眼睛，尝试陪顾淮一起睡觉。

会谈的约定时间很快到来，在这一天，虫族的舰队于新纪元里第一次真正踏足地球。

虫族舰队登陆地球，而人类表示出欢迎的态度，这个场面放在以前大概能排得上星际最不可思议事件的前几名。

它从不可能变为了现实。

顾淮受到了人类方最高礼仪的迎接，在这次会谈的诚意和态度上，人类挑不出一丝不对，而虫族也回以同样程度的友好。

新纪元 217 年，虫族与人类这两个曾经是死敌关系的种族在星际各族人民的见证下达成和解，同时双方也建立了外交。

这件事情无论是对虫族与人类，还是对整个星际，都有着不可忽视的重要意义。

会谈结束之后，顾淮也没急着马上离开地球，他打算在这个对他来说既陌生又熟悉的星球上稍微逛一逛。

而知道虫族要来地球，沈牧和哈默收到消息以后都挺高兴的，还特地准备了礼物过来叙旧。

沈牧和哈默在军部的工作也挺忙的，这七年里能去图瑟星的机会不多，不过每次叙旧吧，顾淮都会在某方面被他们两个人坑一下。

这次也是。

一只身躯庞大的塔克虫族靠近在顾淮面前，锋利前臂的尖端正钩着什么东西，这只塔克虫族把他用锋利前臂钩着的东西递到顾淮面前，然后从喉咙里发出低低的嘶声。

顾淮认真一看那东西是什么，他愣了下，嘴角忍不住微抽了抽。

这是……防走丢手环？

星际时代的地球上也有这种东西？

就是那种，大人和小孩在手上各戴一个，两个手环之间有一条牵引绳连着的防走丢手环。

在原来世界里，顾淮有时候就会看见身边的大人在带小孩出门的时候用这个东西。

顾淮对上他面前这只塔克虫族的猩红眼睛，无奈地把其中一个手环戴到自己手上。

顾淮一把手环戴上去，他周围的塔克虫族们显然都非常高兴，纷纷从喉咙里发出了比刚才更低一些的咝声。

在那根牵引线一头的那只塔克虫族非常小心翼翼地钩着另一个手环，锋利的前臂就这么一直抬起着。

人类说，给幼崽戴上这个东西，他们看护的幼崽就不会丢失不见了。

那他们要一直牵好被他们看护的幼崽啊。

第十一章

新生

人类与虫族握手言和，并且顺利建交，这个新闻在星际里沸沸扬扬了好几个月才停歇。

自从双方确立盟友关系，沈牧与哈默两人再来图瑟星做客也名正言顺了许多，现在大概每年都会过来几次。

对顾淮来说，他当然是很欢迎两人来图瑟星，这两名人类将领和图瑟星上的许多虫族都有了不错的交情。

但顾淮觉得吧，如果这两人不要总是教他家的虫族一些奇奇怪怪的事情就更好了。

已经三番五次被坑的顾淮现在一看两人来图瑟星做客，他就不由得产生某种不太好的预感。

当然这两名人类将领也不是故意的，就是有时候他们说出口的一些话，他们自己也没想到会造成意料之外的结果。

在人类与虫族建交后的第二年，虫族在星盟会议全票通过的决议下正式加入了星盟。

这一年是新纪元 218 年，也是从这一年开始，星网上出现了关于"黄金纪元"的热门议论。

旧纪元是各种族战争频繁的时代，随后进入的是相对和平的新纪元，而如今被热议着的黄金纪元，指的是一个对星际所有种族而言都是最好的发展时代。

在这个时代里，星际里的所有种族都欣欣向荣。

日子安逸下来了，种族里需要顾淮处理的事情就变得更少，这让顾淮能够把他的所有精力都放在对低阶虫族智慧开化的计划上。

这个计划，顾淮其实已经开始挺久了，他从很早就一直坚持着用精神链接引导低阶虫族的智慧开发。

星际里绝大部分种族都知道，虫族中的低阶虫族并不拥有太高的智慧。

这也的确是事实，但低阶虫族的智慧不是不能进化发展，只是他们本身的进化速度十分缓慢，并且一直缺乏安逸的环境。

在曾经战争频繁的旧纪元，低阶虫族只会遵循本能前赴后继地去战斗，一只低阶虫族从出生到死亡的时间通常都非常短暂。

但现在不一样了，安稳的环境有了，顾淮还可以用精神链接辅助引导，加快低阶虫族的智慧开发速度。

又结束一天的精神引导，顾淮马上有点疲惫地半阖眼倚靠在沙发上。

亚尔维斯用尾巴将顾淮圈过去，让顾淮靠在他身上，低声说："精神引导可以改成两天或者几天一次，阿淮不用每天这么辛苦。"

顾淮打起点精神，轻轻摇了摇头："只是引导完了会想睡觉，其实不辛苦的。"

这件事情非常重要，他每天坚持，计划的进度就能快一些。

顾淮知道自己的身体状况不太好，身体不知名的疼痛感和困倦感都在席卷而来，让顾淮有点难受。

一开始并不严重，但日子久了，慢慢就变成了现在这样。

不过这都可以忍耐和坚持，顾淮就觉得他还可以接受。

而事实证明坚持总是会有成果的，在顾淮的持续努力下，他终于让种族里的低阶虫族触碰到了"语言"这项能力。

不过就是……身边的塔克虫族们学会说的第一个词语让顾淮很无奈。

"不对，是阿淮。"顾淮试图纠正他面前的这些塔克虫族们，他伸手指着自己，很有耐心地温声说，"来跟我念，阿——淮——"

但顾淮这么说，在他周围的塔克虫族们有些却做出偏下头的动作，然后为首身躯最庞大的那只塔克虫族用猩红眼睛望着顾淮，用嘶哑声音发出两个音节——

"宝宝。"

顾淮当即捂了捂眼，心里一片无奈。

这些塔克虫族并不能察觉顾淮此时的无奈心情，他们每一个都很认真地注视着顾淮，然后都努力学习"宝宝"这个词语。

宝宝是幼崽的意思，被来图瑟星做客的两名人类成功传输了这观念，这些塔克虫族现在都固执地不肯改口。

人类对宠爱的幼崽，都会用"宝宝"来称呼，这些塔克虫族听到两名人类是这么说的。

那么反过来想，只有对不宠爱的幼崽才会不用"宝宝"这个称呼。

他们当然是宠爱顾淮的，所以一定要喊宝宝才行。

"哈哈。"看着这一幕场景，在旁边旁观已久的哈默没忍住笑了出声。

听见笑声，顾淮默默把视线移了过去。

被顾淮这么看一眼，哈默顿时收敛笑容，他和沈牧一起假咳了几声："喀喀……您、您别生气，我们真的不是故意的。"

作为让顾淮被这些塔克虫族们喊"宝宝"的罪魁祸首，沈牧和哈默都表现得很有求生欲。

"生气是不至于。"顾淮回了一句。

就是觉得无奈，除了很无奈以外，其实还有种难以说清的情绪。

这些塔克虫族努力学会的第一个词语是"宝宝"，这个词语可以说是这些塔克虫族为了他而学会的，顾淮觉得，可能还是感动更多一些。

算了。宝宝就宝宝吧，不纠正了。

"宝宝。"为首的那只塔克虫族的猩红竖瞳专注地盯在顾淮身上，又一次对顾淮发出这两个音节。

这些塔克虫族很明显都想听见顾淮的回应。

顾淮眨了下眼，最终在实在不太好意思的心态下，有点含糊地应了一声："嗯。"

听见顾淮的应声，这些塔克虫族顿时都非常高兴，会令他人觉得凶戾可怕的猩红竖瞳都像是微微亮起了光。

日子接着一天天过去，虫族内部乃至整个星际都是在往更好的方向发展，几乎一切都是好的，除了顾淮越来越容易感到困倦这一点。

从一开始每天睡眠时间的增加，但后来在日常活动的时候不经意间也能睡着，顾淮的身体状况让所有虫族都十分担心。

"唔……我又睡过去了吗？抱歉……都没听完你在跟我说什么。"顾淮撑了撑额，疲倦感挥之不去，强撑着精神醒来，又会不断感觉疼痛。

亚尔维斯没说话，只是轻轻蹭了顾淮一下。

医疗团队检查不出异状，身体的异状在顾淮看来，就像他的灵魂被这个世界排斥着一样。

因为曾经于极偶然的一瞬接触到了这个世界的规则与意志，顾淮才有了这个想法，并且他觉得自己的这个猜想大概是正确的。

每次睡着醒来，顾淮都看见亚尔维斯等在旁边，睡着的次数变得频繁以后，顾淮在醒来后拉了拉这只大猫，温声说："不用每次都特地在旁边等我醒来。"

亚尔维斯不语，漂亮又冷冽像冰雪的浅金色竖瞳注视着顾淮，无声对顾淮表示了自己的态度。

"万一哪天我睡得特别久，你总不能一直在旁边等着。"顾淮想到自己的身体状况，他不由得对亚尔维斯说，"如果我很久醒不来，就不要等了。"

亚尔维斯在这时不再沉默，他垂眸说："要等。"

亚尔维斯对顾淮向来是顺从的，但在这件事情上，他有自己的坚持。

一直等的话，就会等到。

尽管并没有任何相关的记忆，但亚尔维斯许多时候总会觉得，他在很早很早的时候……比有记忆的第一次见面更早的时候就曾经见过顾淮。

只是顾淮很快消失不见了，他在那之后等了很久，终于又重新等到。

这是没有任何依据的想法，但亚尔维斯却依然从中获悉了等待的意义。

顾淮对这只固执起来的大猫没什么办法，他无法说服亚尔维斯，并且他其实已经习惯了每次醒来都看见对方等在旁边的情景。

不得不说，这其实很打动顾淮的心，他对亚尔维斯的喜欢每天都会不受控制地变得更多一些。

这只大猫实在非常的、非常的可爱。

"我最在乎你。"顾淮有一天对亚尔维斯这么说。

听见顾淮这句话的亚尔维斯眸光微晃，他注视顾淮的眼神格外单纯，不是令人感觉热烈的爱意，却是深不见底的。

亚尔维斯说："啾啾只在乎阿淮。"

这个回应让顾淮无话可说，只能轻眨一下他的眼睛。

图瑟星的土壤改良计划这些年一直在稳步推进，在去年的时候，研究团队就给出了一个好消息，说是试验地的土壤检测趋近良性了。

当时在图瑟星上的所有虫族都相当高兴，试验地的土壤检测趋近良性，这意味着只要再过些时间，这块试验区域也许就能种出好看的花了。

这样的话，他们计划送给自家王的诞生礼物就能正式开始准备。

而到今年，研究团队那边又传来一个新的好消息。

"是花芽。"一名研究人员惊喜道。

特别小，又非常幼嫩，冒出于土壤外边的花茎和花芽都像是一不小心就会碰坏那样。不过尽管脆弱，也展现着一分动人的生命力。

望着这个幼小的花芽，在场虫族都表露出喜悦的情感。

"陛下看见这个花芽的话，身体说不定会变好一些。"

本来也是要马上让顾淮看见这个成果的，于是一名虫族研究人员把这个花芽连着根茎一起小心转移到一个小花盆里，然后他把这个小花盆交给了亚尔维斯。

亚尔维斯本来就在房间里等待顾淮醒来，现在从下属手里接过一个小花盆，他也只是小心捧着这个花盆，在床边继续安静地等待。

顾淮今天睡得稍微有点久，不过亚尔维斯并不会在顾淮自然醒来之前打扰对方。

花盆里的花芽非常幼小，就算之后生长起来，大概也只能长出一朵小花。

虽然现在还只是花芽，连小花都算不上，顾淮看见了应该也会高兴。

亚尔维斯这样想着，竖瞳不由自主微眯起些许，模样像一只被轻挠了下颌的大型猫科动物。

只是从午后一直到傍晚时分，亚尔维斯依然没能等到顾淮醒来，考虑到顾淮需要进食这一点，亚尔维斯才不得不主动去将顾淮叫醒。

亚尔维斯把捧着的小花盆放下，他用尾巴将正躺在床上安静睡着的顾淮圈到怀里。

"阿淮。"亚尔维斯的声音很轻。

正沉沉睡着的黑发青年没什么反应，亚尔维斯垂眸，很有耐心地继续低声呼唤。

但顾淮无论如何都不给予反应，亚尔维斯在这时才终于感觉到了不安。

顾淮突然沉睡不醒这件事让整个虫族几乎炸开了锅，图瑟星霎时间就变得拥挤，因为生活在其他星球的虫族都纷纷赶了过来。

顾淮沉睡不醒的原因无法查明，无论是多优秀的医疗团队都只能检查出顾淮身体健康这一个结果，顾淮的沉睡就像只是普通睡着了一样。

一年很快过去，小花盆里的幼小花芽终于开出了一朵鹅黄色小花，亚尔维斯捧着这个小花盆，将那朵鹅黄色的小花捧到顾淮面前。

"花。"亚尔维斯声音低沉道。

尽管是预料之中的得不到回应，亚尔维斯也继续这样将这个花盆捧在顾淮面前好一会儿，静静等待一段时间，亚尔维斯俯下身去捏了一下顾淮的脸颊。

他会等的。

在等待中，图瑟星上的虫族们也在继续努力着。

王只是暂时睡着了，他们要送给自家王的诞生礼物不能停下准备啊，要更加努力才行。

这样的话，等顾淮醒来的时候，他们就能让顾淮看见一个繁花似锦的星球了。

沉睡过去的顾淮有种灵魂脱离身体并且被拉扯排斥的感觉，这种排斥的力量让顾淮的意识无法回到身体。

每个位面世界都有其自身的规则与世界意志，顾淮的存在对于这个世界来说并不合理，规则要维持世界的秩序，它会自动将不合理的事物排斥或消除。

但顾淮对这种排斥力量做出了抵抗，庞大的精神力使得这份排斥受到干扰，于是偏离了原定计划。

顾淮只觉得他的意识丢失一瞬，然后他去到了一个陌生的地方。

这是一个破败的星球，天空是灰度很深的灰蓝色，这个星球的天空像是受到了很严重的污染，一眼望去只让人觉得仿佛一直不堆积着乌云。

地面也是荒芜的，顾淮目之所及的地方几乎都是大片沙石，以及一些毁坏倒塌后被尘沙掩盖了大半的废弃建筑物。

说是陌生的地方，但顾淮仔细环顾了下四周，却又对这个地方有种熟悉感。

这里有点像是……他在这个世界刚破壳出生时所待的那个废弃星球。

景象和顾淮当初记忆里的不太一样，但是顾淮往东边望去，还真就远远望见了一片大概是小树林的地方。

这一点和顾淮记忆里的场景对上了，这小树林里的树木也大部分都是黑漆漆的塔穆树。

并且顾淮再按记忆的方向走了走，他看见一个熟悉的洞穴。

这个发现让顾淮不得不微愣了愣，要知道这个废弃星球在好些年前是已经被虫族改造过了的，不应该是他眼前这个样子。

虫族们觉得顾淮出生的星球应该是一个漂亮美好的地方，因此在将顾淮从废弃星球接回图瑟星之后，他们就开始拟定对这个废弃星球的开发改造计划。

而在顾淮生日的时候，他们把已经初步完成开发改造的废弃星球送给顾淮当作生日礼物。

但现在在顾淮眼前的这个星球却仍是一片贫瘠模样，甚至比顾淮最初记忆里的还要更荒芜一些。

虽然这是挺不可思议的，但顾淮看了看自己现在的状态，觉得他的这个状态才更难以用常理去理解。

他现在连实体都没有，非要说的话，大概是灵魂状态。

一时半会，顾淮也不知道在这个状态要怎么办，看着不远处那个熟悉的洞穴入口，顾淮决定还是进去看看。

顾淮走进昏暗的洞穴，这个洞穴的构造倒是和顾淮记忆里的一模一样。

顾淮轻车熟路地走着，很快走进了这个洞穴的最深处，而在这个地方，顾淮看见了两颗一黑一白，正安静靠在一起的幼崽蛋。

是虫族的幼崽蛋。

比之前发现这是他破壳出生的那个废弃星球都更惊讶，顾淮这时彻底愣住了。

接下来发生的事情更令顾淮措手不及，在怔愣中，顾淮听见了"咔嚓"一声的清脆声响。

在寂静洞穴里忽然响起的声音让顾淮马上抬眼往声源处望去，然后他看见左边那颗黑色幼崽蛋的蛋壳上出现一道微小的裂纹。

"咔、咔嚓——"

裂纹随着声响继续扩大，蛋壳里的幼崽似乎很努力地想要从里边出来，终于在一声更为清脆的声响响起的时候，这颗幼崽蛋的蛋壳彻底破开了。

从还沾着蛋液的黑色蛋壳里，一只白色毛茸茸且有着浅金色竖瞳的幼崽钻了出来。

这只虫族幼崽的身体圆鼓鼓的，浅金色眸也是圆溜溜的。

而只刚刚破壳出生，这只幼崽睁开眼睛看见这个世界的第一眼，他就看见了对他来说最重要珍贵的事物，然后本能地靠近。

"亚尔维斯？"顾淮看着那只靠近到他面前的圆鼓鼓幼崽，一时间难以明白这到底是什么情况。

眼前这只刚从黑色幼崽蛋里破壳出生的幼崽应该就是亚尔维斯没错，因为除了尾巴暂时还是毛茸茸的，没褪毛变成冰冷的银灰色尾巴以外，这只幼崽的样子和亚尔维斯在幼崽时期的形态一模一样。

顾淮现在是灵魂状态，但这只幼崽却像是能够看得见他。

为了确认这一点，顾淮往旁边地方走过去一些，然后看着这只幼崽："啾啾……"

几乎是顾淮刚一移动，这只幼崽就也马上跟着动了。

他跟了过去。

这只刚破壳出生的幼崽用圆溜竖瞳注视着对他来说非常重要的人，幼崽抬着脑袋，模仿顾淮的声音回应："啾，啾啾。"

顾淮听见这只幼崽的叫声，顿时微柔下了眉眼。

而因为看见顾淮微弯眼梢的样子，亚尔维斯再次模仿出同样的声音："啾啾！"

这只幼崽非常想要靠近顾淮，因此在顾淮柔下眉眼时，这只幼崽把他的身体往顾淮腿边靠了靠。

但却并不能真的贴靠上，这个发现让亚尔维斯把他本就圆溜溜的眼睛更加睁圆了些，目前还是毛茸茸状态的小尾巴看起来像是不高兴地甩动了一下。

不高兴就甩尾巴这个反应原来是从幼崽时期就有的吗？这个发现让顾淮不由自主弯起嘴角。

为了哄一哄这只幼崽，顾淮蹲下身体，虽然明知道是摸不到，他也做出伸手去摸摸这只幼崽的头的动作。

"啾。"这只幼崽的尾巴往高处抬了抬。

顾淮看着这只黏在他身边的圆鼓鼓幼崽，再看看不远处的蛋壳，他往蛋壳所在的位置走近，然后站定不动。

蛋壳就在附近了，确定顾淮不会走，这只幼崽才终于开始去吃这个蛋壳。

顾淮站在原地，尝试理解他所看见的这些场景。

顾淮觉得，他大概是回到了过去的时间线。

在感觉灵魂受到排斥时，顾淮做出了抵抗，他的抵抗让"规则"对他的排斥受到阻碍，结果也出现了偏差，顾淮的灵魂就阴差阳错被送到了这个世界过去的时间线上。

在这个洞穴里，黑色的幼崽蛋是亚尔维斯，而白色的那颗幼崽蛋……顾淮觉得就是他了。

在比塔克虫族们找到这颗白色幼崽蛋更早的时间，亚尔维斯是和这颗幼崽蛋待在一起的。

在这个时候，这颗白色的幼崽蛋也还只是正常的体积大小，并没有顾淮破壳出生时的那么巨大，并且这颗白色幼崽蛋不具备生命反应。

假如说顾淮的灵魂后来没有穿越过来，这颗幼崽蛋大概会一直都是一颗死蛋，不会有破壳诞生的那一天。

但后来是发生了什么事情导致亚尔维斯不在这个星球了，顾淮现在还不能得知。

吃完蛋壳的幼崽又靠近到顾淮身边，明明还是一只幼崽，亚尔维斯却在本能驱动下，对顾淮表现出保护的姿态。

幼崽表现出保护姿态只会让人觉得可爱。

顾淮没忍住微微一笑："不需要保护我的，我现在这个状态……"

他这个状态不符合常理，就算有什么敌人也伤害不了他，可这很难让一只幼崽明白。

亚尔维斯是不明白，他只知道他必须保护眼前的青年，不能让任何敌人伤害对方。

因此在有凶猛的野兽试图进入这个洞穴的时候，亚尔维斯都会去战斗。

这只只是刚破壳出生没多久的虫族幼崽非常努力地守护着顾淮。

"啾。"睁着一双圆溜溜的淡金色竖瞳，这只幼崽把他从外边找回来的食物推到顾淮面前。

"不用给我食物。"顾淮放轻声音，"我现在吃不了东西，也不会饿。"

"唔啾。"幼崽又对顾淮叫了一声，还是继续把食物往顾淮面前推。

顾淮很容易就被这只幼崽触动："你怎么从小到大都这么可爱的。"

想到在成年期总是表情冷淡的亚尔维斯，顾淮微弯眉眼对他眼前这只幼崽说："夸你可爱就是喜欢你的意思。"

所以等你以后真正遇见我，我说你很可爱，那就是喜欢你的意思了。

这只幼崽似乎听懂了顾淮的话，圆溜眼睛微亮起来："啾啾。"

以不符合规则常理的存在形式，顾淮在这属于过去的时间线里待了一段不长不短的时间，大概一个月左右。

顾淮一方面很想回去，希望意识能回到原来时间线的身体里，不想让发现他陷入沉睡的虫族们担心。

但另一方面，顾淮又有些放不下亚尔维斯。

是指在当前这个时间线里亚尔维斯还是一只刚破壳的幼崽。

这本来不是顾淮能插手管的事情，但他现在刚好阴差阳错来到这个过去的时间，看见在这个贫瘠而荒芜的废弃星球上破壳出生的亚尔维斯，他心里难免会有一些柔软情绪。

这个星球什么美好的东西都没有，这只幼崽破壳出生以后看见的，就是这样一个灰漆漆的世界。

顾淮忽然能够理解，虫族们发现他出生在这个星球上时，为什么会有难过的情绪。

确实是很难过的，因为发现自己所珍视的重要事物，并没有被世界温柔以待。

顾淮出生在这个废弃星球的时候，虽然也感受到了这个星球生活条件的艰苦，但是他身边还有一群塔克虫族在照顾和陪伴他，他不是独自一人。

而这只幼崽身边什么也没有。

所以即使是以这种非常理状态存在，顾淮也忍不住想……

他是不是能稍微陪伴一下这只幼崽呢。

反正他现在这个情况，自己也不能决定去留，顾淮只能走一步算一步，那现在就先陪在这只幼崽身边吧。

顾淮在这没有实体的精神体状态下，即使他不主动切换，眼睛也是金色的。

而正处于幼崽期的亚尔维斯似乎非常喜欢顾淮的眼睛，顾淮每次随便一低头，都能看见这只靠近在他身边的幼崽抬着毛茸茸的脑袋，用那双圆溜竖瞳在看着他。

顾淮对上这只幼崽的视线："觉得我的眼睛好看？"

"啾啾。"还是一只幼崽的亚尔维斯翘起身后毛茸茸的小尾巴，对顾淮发出叫声。

顾淮不由得微笑："你的眼睛比我的更漂亮。"

顾淮想起来，他第一次去摘下亚尔维斯的眼罩时就这么夸过对方，虽然是双看起来情绪冷淡的眼睛，但特别漂亮也是事实。

在两人相处久了后，顾淮有时候被亚尔维斯注视着，都会想靠近去亲近这只大猫的眼睛。

不知道该怎么形容，亚尔维斯不去管其他东西，只专心注视他的时候，顾淮是会被对方可爱到的。

总觉得这只大猫在悄无声息对他撒娇。

幼崽时期的亚尔维斯比成年期更加好懂，幼崽是不会掩饰自己的心情的，因此所有反应都很直接单纯。

在被顾淮这么夸奖以后，他前边这只正翘起着毛尾巴的幼崽顿时又把尾巴轻轻甩动一下。

亚尔维斯用力且大幅度地甩尾巴是不高兴的表现，但小幅度地轻甩尾巴就不一样了，这代表对方心情还不错。

顾淮去摸这只幼崽的尾巴，实际并不能摸到，不过顾淮发现他这么做能让这只幼崽高兴。

果不其然，在顾淮伸手过去的时候，亚尔维斯的尾巴不动了，而等顾淮做完抚摸的举动，亚尔维斯又一次轻甩尾巴。

这也实在太可爱了点。

顾淮靠近仍在洞穴深处安静躺着的那颗白色幼崽蛋，他一走动，原本乖乖待在他身边的那只圆鼓鼓幼崽也抬起爪子跟着他走。

"要按时吃蛋壳。"顾淮看着散落在白色幼崽蛋旁边的蛋壳，对跟在他腿边的幼崽这么说。

这只幼崽跟着顾淮就不会去看蛋壳，到听见顾淮说这句话，亚尔维斯才很听话地去吃蛋壳了。

"咔嚓咔嚓"的清脆声响在洞穴里响起，顾淮看着这只正在进食的幼崽，再看看在这只幼崽旁边安静不动的另一颗白色幼崽蛋，忽然出声说："啾啾应该是我的骑士吧。"

比他更早破壳出生，出生以后就开始守卫他了，说是"骑士"，顾淮感觉挺恰当。

幼崽停下吃蛋壳的动作，一双圆溜溜的浅金竖瞳望着顾淮。

顾淮眨了下眼："嗯……黑骑士。"

因为幼崽蛋是黑色的啊。

亚尔维斯不知道有没有听懂顾淮的这两句话，也或许只以为是什么夸奖，这只幼崽睁着圆溜竖瞳，对顾淮挺了挺身体："啾啾！"

对顾淮做出这番举动的幼崽就像是在说，我会保护你的。

说起来还挺有戏剧性。

黑色的幼崽蛋里破壳而出一只白团子，而白色这颗幼崽蛋……顾淮想了想自己的原形态，绒毛是黑色。

幼崽很快吃完蛋壳，又重新跟到顾淮腿边。

"睡觉吧。"顾淮坐下来，表示自己不会走动。

正微微翘起着毛尾巴的亚尔维斯没有马上听顾淮的话睡觉，而是盯着洞穴入口的方向。

于是顾淮再哄了哄："不会有敌人进来的。"

盯着洞穴入口的亚尔维斯这才终于肯收回视线，这只幼崽试图把自己的身体靠在顾淮身上，然后趴伏下来进入浅度睡眠。

虫族对睡眠的需求不高，但亚尔维斯现在毕竟还只是一只幼崽，每天还是需要小睡一会儿。

而因为觉得要保护顾淮，亚尔维斯很少睡觉，每次基本都需要顾淮这么哄哄才愿意睡。

即使睡着，亚尔维斯也依然保持着一定警戒，只要有别的生物进入这个洞穴，他一定会听见，然后马上醒来。

幼崽总是弱小的，虽然随便一只虫族幼崽的战斗力就已经能基本胜过普通的成年人类，更不用提亚尔维斯是 α 阶级的高等虫族，但要对付能够适应这个废弃星球环境的凶猛生物，亚尔维斯依然付出了全力。

顾淮陪伴着这只幼崽一天又一天，在这个星球上，真的没有其他任何的智慧生物存在了，这是一个很孤独的星球。

顾淮看着这只幼崽会想，如果他能早点跟亚尔维斯真正遇见，比如说，就在这个时间点破壳出生，然后陪着对方一起就好了。

但这是顾淮没办法做到的事情。

亚尔维斯在应付企图进入洞穴的凶猛生物时，也不是每次都能完全不受伤，有一天在同时应付好几个敌人的时候，亚尔维斯就受伤了。

"啾。"打倒了敌人的幼崽回到顾淮身边，这只幼崽虽然受了点伤，尾巴上的绒毛沾着些许血色，但却眼睛更加明亮地注视着顾淮，"啾啾！"

我打倒敌人了。

不用害怕，我会保护你。

幼崽的叫声就像是在对顾淮说这两句话。

顾淮微抿着唇，亚尔维斯对他的保护让他很感动，但是顾淮也对自己只能旁观这件事情感到不愉快。

"啾？"亚尔维斯发现了顾淮的情绪。

听见啾声，顾淮快速眨眨眼切换情绪，他对眼前这只明显期待听见他夸奖的幼崽说："你最可爱了。"

尾巴有一道伤口，挪动会有扯痛感，亚尔维斯还是马上就抬高了他身后那条毛茸茸的小尾巴。

"啾啾。"

在这个原本只有我的星球上。

你找到了我。

第十二章

沉睡

在废弃星球上，夜晚的天空几乎看不见任何星星，这个星球的各项环境污染都过于严重了。

顾淮以当前这种不安定的状态陪伴了在这个过去时间线里仍是幼崽的亚尔维斯一段时间，他知道自己迟早会离开，这与他的意愿无关，而是他的灵魂依然受到排斥。

即使是在这样的精神体状态下，顾淮都能感受到疼痛感，这是由灵魂被这个世界的"规则"排斥所带来的。

"我们来做个约定吧。"顾淮蹲下身，双手放在膝盖上，微低头注视着在他跟前那只睁着圆溜竖瞳的虫族幼崽。

亚尔维斯小幅度轻甩了下身后的毛尾巴："啾。"

本来顾淮今天晚上是想带亚尔维斯出来看星星，为了安全也只出到洞穴入口位置，但结果发现外边夜晚的天空太过朦胧，什么都看不见。

"就是……如果我有一天突然不见了，那一定不是我想要离开你。"顾淮伸出食指去戳碰这只幼崽毛茸茸的身体，微弯下眼梢，"约定是，你以后会在这个星球再找到我。"

亚尔维斯像是听得很认真那样，顾淮一说完，这只幼崽就主动把自己圆鼓鼓的身体往顾淮伸出的那根白皙手指贴靠。

尽管实际并不能碰到。

"啾。"亚尔维斯叫了一声，他没有去想顾淮会不见，因为他会一直守卫着，但他很愿意跟顾淮有后边那个约定，"嗨啾！"

我会找到你。

幼崽浅金色的圆溜竖瞳浮着亮光，亚尔维斯做出了他的保证和承诺。

把听见的啾声当成是双方约定完成，顾淮眨了眨眼，然后站起身："那就这样说好了。"

虽然犹豫了一两秒，顾淮最后还是把这句话说出口。

顾淮有时候也会想，亚尔维斯是不是从一开始就不要遇见他会比较好。他的离开，不管是什么形式，都会让亚尔维斯感到痛苦。

他总是让亚尔维斯等待他。

他的意识或许回不到原来的身体，会一直沉睡，那这样的等待对亚尔维斯来说既不公平又非常残忍。

但顾淮很快就想清楚了，不管有没有这个约定，他和亚尔维斯在未来相遇都是已经注定的事情。

并且在已经获得了对方感情的情况下，觉得亚尔维斯不要遇见他会比较好，他的这种想法对亚尔维斯来说才是更加不公平。

"我也会努力的。"顾淮放轻声音说。

努力寻找可能性，回应对方的等待。

正常的虫族幼崽蛋并不大，破壳出生的幼崽也很快就能把蛋壳吃完，而吃完了蛋壳以后，亚尔维斯就需要自己去外边寻找和猎取食物了。

这件事对亚尔维斯来说并不困难，他之前为了顾淮已经这么做过了。

亚尔维斯出去寻找和猎取食物的时候，顾淮就都安分待在洞穴里等这只幼崽回来。

他跟着出门反而会影响亚尔维斯战斗，因为即使他说了自己不会受伤，外边的其他生物都看不见他，亚尔维斯也会一直警戒他的周围。

"去吧，我就在里边等你回来。"顾淮把要出去猎取食物的幼崽送到洞穴入口，又蹲下身哄了哄这只幼崽。

"啾……"亚尔维斯看起来还是不太愿意离开，身后那条在他吃完蛋壳时也已经完成褪毛的银灰色小尾巴在这时用力甩动了下。

顾淮很想摸摸这条尾巴，他微弯眼梢再哄一句："之前几天不也是这样的吗？"

被顾淮哄了又哄，这只幼崽才终于被哄得动心了，圆溜溜的浅金色眼睛望着顾淮："啾。"

如果顾淮不这么哄，亚尔维斯为了守卫这个洞穴，会把自己的进食需求降到最低，那就会连着好几天都不吃东西，直到非进食不可的时候才肯离开洞穴寻猎食物。

吃完蛋壳以后，亚尔维斯的战斗能力就已经完全凌驾于这个星球的那些凶猛生物之上了，因此顾淮倒是不用太担心对方的安全。

顾淮遵守着他说的话，哪也没去，就只待在洞穴里，但意外也总是会挑令人猝不及防的时候到来——

在逐渐习惯的疼痛感之外，一阵骤然出现的拉扯感让顾淮微微睁大眼睛，这一次没有给顾淮任何抵抗的机会，他的意识直接陷入了黑暗。

离开洞穴寻猎食物的亚尔维斯总是会以最快速度回来，今天稍微慢了一点点，是因为亚尔维斯给顾淮带回来了一件礼物。

用嘴巴衔着一朵花，身后的银灰色小尾巴也微微翘起着，这只幼崽回到了洞穴。

但是进入到洞穴深处，亚尔维斯却没有看见应该待在这里的那个人。

"啾，啾啾……"放下了衔着的花朵，身后的小尾巴也不知不觉垂下来了，这只虫族幼崽睁着他圆溜的淡金色竖瞳往四处环顾。

周围只有空落落的一片昏暗环境而已。

其实是一眼就基本能看清楚的环境，这只有着银灰色小尾巴的虫族幼崽却在他破壳出生的这个昏暗洞穴里不断来回寻找着："啾啾！"

他在这里。

这只幼崽发出声音想让顾淮听见，也许顾淮听见声音，就会过来找他了。

也不敢离开太远，因为他怕顾淮回来会找不到他。

……

顾淮的意识丢失，再次恢复时，他处在一个非常奇妙的空间。

他在这里面对着这个世界的"世界意志"。

顾淮也被告知，他的沉睡与意识所感受到的疼痛感，确实都是由于规则对他的排斥。

"那么，有什么办法能让我留下吗？"顾淮只关心这个问题。

——我无法改变规则，作为这个世界的意志我可以承认你的存在，让你能够留下，但规则也会在这同时反驳我，它依然会排斥你。

这是没有丝毫情感起伏的声音，一字一句都像既定程序那样规整。

——因为我的承认，规则对你的排斥会相对降低，不会对你造成实质伤害，但还是会让你感到痛苦。这种痛苦，你应该已经体会过了。

——即使是这样，你也愿意接受吗？

虫族原本是不会有王的，那颗孕育着王的白色幼崽蛋从一开始就是死蛋，没有出生的可能。

没有王的虫族就像是缺失了某样东西，他们不懂得保护，只知道不断掠夺，而无论掠夺破坏多少事物，他们也无法填补内心的缺口，这种空缺感总有一天会将整个虫族逼至疯狂。

世界意志一直认为这是它的错误，它希望顾淮接受，但也明白几乎不会有人愿意承受这样的痛苦。

然而顾淮在这时回应得非常坚定："嗯，我愿意接受。"

顾淮的选择令世界意志感到惊讶，于是它稍微透露了更多的一些东西。

——你的精神体由于错误去到了过去的时间线，规则会对此做出修正。

顾淮微微一愣，修正的意思是……

随着顾淮的思考，他眼前多出了一个画面。

因为发现他不见了而一直在洞穴里啾啾叫着寻找他的那只虫族幼崽忽然像是因为什么事情而停住身体，然后表现出攻击姿态。

关于顾淮的记忆在规则的修正下被逐渐抹除，对这只幼崽来说，他无论如何也不想忘记，亚尔维斯的力量在这时发生了暴动。

他觉醒了空间异能，暴动的异能将他传送到了另一个星球，但这并不能阻止规则的修正。

规则抹除了亚尔维斯的记忆，可并不能将潜意识也彻底抹除，因此失去意识后醒来的幼崽在睁开圆溜溜的浅金竖瞳时，依然发出了这样的叫声……

"啾啾。"

好像失去了什么非常重要珍贵的东西，可是又记不起来了，烦躁感令这只虫族幼崽重重地甩了甩他身后的银灰色尾巴。

越是感受到这种空缺，亚尔维斯就越是烦躁和不快。

"啾啾！"

好像有什么人曾经这样叫他。

是什么人呢？

"现在就让我回去吧。"顾淮像被灼伤一样陡然收回目光，然后马上提出要求。

在看见这只幼崽的这些表现的时候，顾淮一瞬间忽然明白了，亚尔维斯在后来需要戴着一块黑色眼罩的原因。

也是因为他。

世界意志并不拒绝顾淮的要求，这本来就是它的希望。

——如你所愿。

于是再一次经历短暂的意识丢失与恢复，顾淮的精神体被送回原来的正常时间线，但时间点稍微有所偏差。

这个时间距离他最初沉睡的时间已经过去了两年，在被一群塔克虫族看护着的房间里，顾淮终于从沉睡中醒来了。

在顾淮沉睡的两年里，整个星际发生了不小的变化，最显而易见的一点大概是"黄金纪元"这个说法被宇宙各种族共同承认了。

关于黄金纪元，这一词汇是从虫族加入星盟以后兴起，一开始只是流传于众人口中，到现在，这个词语成了一个官方词汇。

脱离了旧纪元的阴影，也脱离了新纪元仍存在的一些矛盾摩擦，在黄金纪元里，星际里的每个种族都往更加繁荣的方向发展。

除了虫族，这大概对星际所有种族而言都是一个最好的时代。

但就似乎是为了让各个种族的人们不要太过于安乐，历代，繁荣中总是会出现一些新的危机，在现今的黄金纪元也不例外。

目前星际各种族所面对着的危机，是穿越了一处毫无预兆出现的星门而来，仿佛来自另一个宇宙的不明敌人——塔嵬兹人。

在交战前，所有人都不曾见过这个种族。

他们只知道对方是带着侵略目的而来，塔嵬兹人的军队拥有着十分特殊的虚能武器，这些作用强大的虚能武器正是塔嵬兹人企图侵略的底气。

如果说是在黄金纪元以前，星盟的规模还没发展到现今模样，并且星际各个种族也没这么团结的情况下，或许塔嵬兹人能够在入境之初就迅速拿下一些较为弱小的种族。

而不至于折腾到现在，都还只占据着不到十个资源贫瘠的星球作为根据地。

黄金纪元该是一个瑰丽繁荣的时代，为了保护这来之不易的和平与繁荣，星际里的各个种族现在都是一致对外的心态。

可虽然敌人难以寸进，星盟的联合军队同样也无法将对方彻底消灭。

塔嵬兹人像是拥有什么不可思议的再生能力……又或者说是复活能力，这使得双方维持着现在的僵持状态。

其实按联合军队的强大军力，星盟这边本来应该是能够占据绝对优势的，但可惜的是，他们之中最强而有力的一支部队在这场战争里并没有发挥出其最大的力量。

这支部队指的是虫族的部队。

倒不是说虫族的军队在这场战争里没有出力，恰恰相反，虫族完全尽到了他们该尽的义务，这一点任何人都无法指责。

只是以前曾经体验过与虫族交战是什么滋味的一些种族在这次战争里感受到了差别……

在"王"出现以前，跟虫族的军队交战是一件过于可怕的事情，稍微回想都能有种令他们头皮发麻的感觉。

那是如同庞然大物一般的恐怖军队。

虽然虫族的士兵没有复活能力，但无论伤亡多少也仿佛对虫族毫无影响。

低等虫族会源源不断地繁殖再生，然后这些新生的虫族会迅速填充上军队因伤亡所出现的缺口，甚至在这基础上进一步增强虫族的兵力。

所以任何种族如果想与虫族尝试消耗战，理所当然都只能感受到绝望。

残暴野蛮，凶悍又冷酷无情，这几个标签曾经无比牢固地贴在虫族身上。

但在"王"诞生以后，这一切都有了改变。

虫族的对外态度变得友善，愿意主动援助弱小的种族，也不再拒绝与其他种族来往，在许多事情上为星际的和平做出了重要贡献。

而在"王"沉睡之后……

"要我说，虫族完全是对这场战争兴致缺缺吧。"在人类战舰的会议室里，坐在主位上的哈默以一种几乎是趴在桌子上的姿势说出这句话，边说还边叹气。

时隔两年，哈默已经成了尼斯洛克家族的家主，军衔也因这两年间立下的多次重要军功而快速跃升，如今是在这次星盟联军的作战中负责统率人类部队的将领。

这样的用词和语气很快招来了沈牧的一记瞪视，沈牧表情冷静而严肃道："坐在这个位子上，注意你的措辞。"

对战争用"兴致"这个词，想想也知道极不合适。

"咳，会议室里就你跟我，传不出去的。"哈默假咳一声，"而且我这话也没乱说。"

"那位陛下还在沉睡，虫族哪会有什么心情管别的事，你又不是不清楚……"

沈牧闻言，一时间不由得陷入了沉默。

顾淮的沉睡，这是星际里绝大多数人都有听闻的事情，沈牧和哈默在得知这事时还特地赶去看望了一番。

见沈牧不反驳，哈默在这时继续说："在这种情况下，虫族还能履行作为星盟成员的义务，我反正觉得已经很给面子了。"

如果不是为了履行作为星盟成员的一份责任，哈默觉得虫族对来自星门另一边的外敌入侵这件事情压根理都不会理一下，除非这个敌人手太长，把手伸到了他们的领地范围。

沈牧无话可说。

由于顾淮正在沉睡，虫族的整体状态既和旧纪元那种完全不受约束的残暴情况不同，也和顾淮清醒时那种积极而友善的情况不同，现在的虫族也许可以用平静来形容。

是一种因耐心等待、守护着珍贵宝物醒来而产生的平静。

不想继续这个有点沉重的话题，沈牧说："新一轮强攻很快就要再发起，希望这一次能直接拿下赫鲁星吧。"

这一轮进军是为了夺回被塔嵬兹人占为据点的星球，之所以选择赫鲁星，是因为这个星球处在最便于进攻的位置，且夺回之后也有利于战争的后续布局。

很快指的是三天后。

星盟的联合军队无疑军力强大，各种族一开始都只是在其中投入了他们的一部分兵力，但塔嵬兹人同样也尚且保留着余力。

双方都还在试探，因为对彼此而言，他们目前掌握的信息都还不够充分。

三天后，黑压压的战舰群迫近了赫鲁星，因为是联合军队，这战舰群里的星舰外形就显得尤为多样化。

可有一点是相同的，那就是这些冰冷战舰所显现出的沉重压迫感，它们像厚重漆黑的乌云一般，沉沉压在了赫鲁星的天空。

而就在星盟的联合军队准备向赫鲁星发动突袭的这一刻，一件令所有人都措手不及的事情也正在发生，这是一个足以彻底影响战局的变动——

在距离这个星球非常遥远的图瑟星，一座占地面积广阔的私人府邸被虫族以重兵守卫着，而此时在这座府邸第七层的房间里，原本躺在柔软床上沉睡着一动不动的黑发青年倏忽微不可察地动了动他的食指指尖。

呼吸仍然十分轻缓，顾淮指尖的动作微小得如同只是错觉一般。

但这个微小动作并没有被一直看护在旁边的塔克虫族们错过，这些塔克虫族的猩红眼睛在一瞬间都急剧收缩成了细针状，他们围在仍睡着的顾淮身边，明显躁动地从喉咙里发出一阵低低啰声。

这些塔克虫族一动不动地紧紧盯着，生怕错过任何一点动静。

幼崽是很喜欢睡觉的，这一条定理基本对所有种族的幼崽都适用，虫族的自然也不例外。

可是他们看护着的幼崽已经睡了很久了……

仍然固执地把顾淮当作幼崽看护，在这个房间里盯着顾淮的塔克虫族们现在根本无法分神。

这些塔克虫族用他们冰冷而庞大的身体将顾淮围得密不透风，从他们的眼神来看，这些塔克虫族此时毫无疑问进入了高度的警戒状态。

如果在这个时候，警戒范围内出现敌人，这些塔克虫族们就会马上展现出他们最为凶狠残暴的一面，用他们如同利刃般的前臂与尖锐牙齿将侵入者全部撕成碎片。

尽管这里是图瑟星，虫族的核心领地，理论上不会有任何外来威胁，可虫族对王与生俱来的保护欲是不讲道理的。

尤其对在这房间里的塔克虫族而言，顾淮是他们看着出生的幼崽，这些塔克虫族一直都认为他们有看护顾淮的责任。

顾淮的意识重新回到这具沉睡了两年的躯体里，他第一时间感受到的是黑暗，因为适应身体需要一点时间，所以顾淮没能马上做出睁开眼睛的动作。

但即使不睁开眼睛，顾淮在这片黑暗中也能感觉到自己正被几十道视线牢牢盯着。

并且顾淮能够清楚感知到周围虫族的情感，那是一种极度警戒、焦躁……期盼又格外紧张的心情。

想要对此做出回应，顾淮露出在被子外边的指尖很快又再动了动，这一次的动作就明显了许多，他的手指甚至轻轻勾住了被单。

身体沉睡了不算短的时间，眼睛久未接触光线，顾淮终于缓慢睁开眼睛时，他的眼睛就不由自主地蓄起了些生理性泪水。

眼睛因沁出的泪水而变得湿润，顾淮放松了钩住被单的手指，把视线投向正在周围紧张注视着他的塔克虫族们。

顾淮这时都来不及做出什么动作或是发出什么声音，他的视线刚刚触及为首那只体形最庞大的塔克虫族，下一秒他就被这只塔克虫族伏下身体，用锋利前臂小心翼翼地抱坐到了左边肩上。

"抱……宝宝。"这只塔克虫族发出迟钝缓慢的声音。

这样的声音让人容易联想到笨拙这个词，同时又很是嘶哑。

低等虫族的语言能力目前还是颇为有限，不过这两个字词是这些塔克虫族记忆里最清楚的。

内心在一瞬间就变得柔软了，还有点酸涩，顾淮眨了下眼睛："不是宝宝，是阿淮。"

顾淮脸上是微微笑着的表情，可以看出其实并没有真的想要纠正的意思。

"宝宝。"这只塔克虫族固执地把这个称呼重复一遍。

虽然本能上想要顺从顾淮的要求，但这些塔克虫族依然记得有两名人类对他们说过，人类对宠爱的幼崽会用"宝宝"来称呼。

"唔……"顾淮轻轻地应了一声。

从看见顾淮微动指尖到终于醒过来的现在，在这房间里的塔克虫族们始终绷紧着他们的每一根神经。

塔克虫族们注意到顾淮的眼睛湿润着，并不懂得什么叫作"生理性泪水"，在这群塔克虫族眼里，顾淮此时微红着眼的模样是代表着有想要却又没有要到的东西。

是什么东西？

低等虫族的智慧开发虽然有了一定成效，但他们通常仍是只能思考问题的表层，更深一层就相对难以理解了。

思考不出这个问题的答案，在这房间里的塔克虫族不由得再次发出低低的嘶声。

虫族并不会因敌人的恐惧流泪而心生半分怜悯，但对顾淮湿润了眼睛的样子，这些塔克虫族却会为此焦躁不已。

"我没有不高兴。"感知到这些塔克虫族的情感，顾淮很快明白了问题所在，他抬起手揉了揉自己的眼睛。

顾淮动作利索地擦掉被光线刺激出来的眼泪，他伸手在正载着他的这只塔克虫族冰冷坚硬的躯壳上摸了摸，然后再表现出依赖地把身体一歪，斜靠着这只塔克虫族的头颅。

醒来了，顾淮现在要做的第一件事情当然是建立精神链接，不能让虫族们继续担心他了。

但就在顾淮准备好要建立起能传递给整个虫族的精神链接的时候，一个猝不及防的变化陡然发生——

原本坐在塔克虫族肩上的顾淮在非自主的情况下，突然变成了一只有着纯金色竖瞳且看起来圆鼓鼓的黑色幼崽。

"唔啾！"仍是待在身躯庞大的塔克虫族肩上，这只黑色幼崽一动不动地趴伏着，像是还没反应过来那样。

有一段时间没用这个形态了，顾淮在愣完以后，一时间竟是有些不知该怎么动作。

为什么会突然自动回溯成幼崽形态，顾淮安静思考了下，觉得这大概是为了更迅速地让意识与沉睡两年的身体彻底融合所出现的本能反应。

回溯成幼崽形态比类人形态更利于融合，所以就有了这个结果。

虽说行动被打乱了下，但该做的事情还是要做，顾淮用精神力确认了亚尔维斯的位置，同时他建立起联系全虫族的精神链接。

这道精神链接并没有什么实质内容，却让分布在星际各处的所有虫族都瞬间僵住了身体，像不会动的石像一样停顿在原地。

王——

身体每一个细胞都呐喊着、催促着要他们即刻赶往顾淮的身边，这种万分强烈的绝对意志直接表现出来的结果就是，此时每一名虫族脸上的表情都变得非常可怕。

此时在赫鲁星的陆地上，对盟友这种由内而外改变的气场，最直接的感受者就是相对靠近虫族部队的萨奇人部队以及人类部队。

虫族是友军，可看看附近虫族现在的状态，被公认为是拥有最强单兵作战能力的萨奇人士兵都不禁下意识稍稍往旁边退开半步。

不知道为什么，这群虫族身上忽然就多出了一种危险感，绷紧着的躯体简直像是已经进入了战斗状态一样。

其中散发出来的危险感最强烈的，大概是作为虫族领军人物的亚尔维斯。

亚尔维斯原本只是十分冷漠地站在这里，他的眼睛上蒙着一块黑色眼罩，没有人能窥探他的情绪。

但即使不看亚尔维斯的眼神，他浑身上下给人的冰冷感也已经足够令其他人感受到压迫。

而在接收到精神链接的这一瞬间，亚尔维斯漠然的神情出现了一道裂痕。

在意识反应过来之前，亚尔维斯身体的本能比意识更快一步，他马上做出了撕裂空间的举动。

没过几秒，在亚尔维斯前方的空间就已经被扭曲撕开了一道狭长裂口，而在场注意到这一幕场景的虫族士兵只顿住一秒不到，他们纷纷以极限的速度争先恐后地跑回各自的战舰里。

主战舰上装载了大型的空间转移装置，定位是图瑟星，他们的战舰只要跟在属于军团长的主战舰后方，就能一起回到图瑟了。

这次来到赫鲁星战场的虫族军团长是亚尔维斯和卡帕莉娅，本来亚尔维斯是不会来的，他每天都守在顾淮床边，工作处理文件也是在顾淮的房间里。

这次作战之所以会来，完全是因为参谋长的不断游说。

自从顾淮沉睡过去以后，亚尔维斯这两年就又一直戴着黑色眼罩，状态显然也没有顾淮醒着时候那么安定。

因为这样，参谋长才会想着，让亚尔维斯到战场上用战斗发泄一下或许会好些。

在顾淮出现之前，亚尔维斯也是这样用战斗解决烦躁感，参谋长只能想到这个方法了，于是他多次提出建议。

亚尔维斯不希望顾淮醒来时看见他是这种不安定的状态，于是才同意参与这次作战。

"陛下！"同样在这战场上的卡帕莉娅二话不说就回到她的那艘尤拉战舰上，准备启动空间转移装置。

王醒了，而且刚才在呼唤他们。

光是想到这一点，远在图瑟星之外的虫族们脑子里的思想就都已经被清空了，现在只剩下要回应这个呼唤的本能。

"等等，你们要做什么——"注意到这显眼的异常情况，其他种族的士兵不由得出声打搅，声音里带着显而易见的紧张。

这种被撕裂开的空间裂口，记得好像是转移位置用的，难道虫族部队这样一声不吭就要单独作战，还是说……

要撤离？

然而没有任何一名虫族肯解答他的疑问，被撕裂开的扭曲空间即将成形，每一名虫族士兵都死死盯着空间扭曲的地方。

　　可也就在这开始混乱起来的场面下，突如其来的敌袭让场面乱上加乱。

　　敌人发现了他们。

　　本来他们这支部队该是蛰伏着等待合适时机进行闪电出击，突破防守给予敌人致命一击，可现在，他们俨然失去了先手优势。

　　但即使如此，虫族部队还是无动于衷。

　　从虚拟屏幕上见此场景，哈默终于有点坐不住了："不可能啊，虫族不可能会临阵撤离——"

　　不作为敌人，而是作为盟友的时候，虫族完全能以可靠形容，哈默不相信虫族的部队会做出临阵撤离的行为。

　　也因为曾经有过的那一段传奇经历，哈默从那段经历对虫族有了不一样的理解，他几乎在第一时间就否定了虫族背叛的可能性。

　　要是想让其他种族的军队折在这里，虫族在前几场战役的时候早该动手了，而且对虫族来说最重要的那一位还在沉睡，虫族不可能在这种时候对发动战争有什么兴趣……

　　等等——

　　难道说……

　　战舰指挥室里的两名人类将领无言地对视一眼，都从对方眼中看出了惊疑不定又带了点欣喜的神情。

　　仿佛是回应两人的猜测，虚拟屏幕所映出的战场上又出现了一个小型的扭曲空间，也正是这个扭曲空间的出现，一下子打断了虫族军队将要撤离的步伐。

　　定位已经是定在相当精准的位置了，顾准也使用了空间异能，撕裂空间抵达了赫鲁星。

利用精神领域确认位置时，顾淮知道亚尔维斯在一个十分遥远的地方，他已经让亚尔维斯等了很久了，现在醒来，顾淮决定主动去找对方。

见面，然后快点一起回图瑟，不只是亚尔维斯，他也让其他虫族等了很久。

不过在撕裂空间进行转移之前，顾淮显然并没有料想到，在空间裂口的另一端会是战场。

这个从塔嵬兹人的军队上方出现的扭曲空间让这些塔嵬兹人心生警惕，他们往后撤离一定范围，暂停下与星盟地面部队的交战。

但出乎所有人的预料——除了虫族以外，两边军队在看见从那扭曲空间里出现的不明生物时都似乎是愣了一下。

那是一只黑色毛茸茸的，有着像玻璃球一样圆溜溜的黄金瞳眸，看起来弱小而不具备任何攻击能力的……幼崽。

刚转移到目的地，顾淮对周围状况还没完全掌握，但他感觉身体忽然被人从后边拎了起来。

由于视线刚好望见不远处的虫族军队，顾淮这时下意识就发出了声音。

"啾。"

幼软的啾声，很明显是属于幼崽的声音，声音很轻，但在这莫名变得异样安静的战场上却还是能够听见。

那是——

星盟联军里几乎所有士兵都直接愣在了原地，不为别的，只因为他们知道那正被一名塔嵬兹人拎在手上的幼崽是什么身份。

愣住的各种族士兵甚至有一秒停了停呼吸，他们目光惊恐地望向隶属己方的虫族部队。

住手！

快住手，快放下啊——

意识到情况非常不妙的联军士兵们死死瞪着那名塔鬼兹人，在心里不断呐喊着这句话。

与塔鬼兹人交战和虫族集体暴走相比，众人忽然发现，他们还是宁愿选择前者。

然而，他们心里的呐喊丝毫没有传达过去，那名塔鬼兹人拎着手里那只黑色毛茸茸的幼崽晃了晃，就像是在鉴别这是什么东西。

整个战场仿佛出现了一瞬的寂静。

即使作为友军，一部分星盟军人现在也情不自禁与虫族部队拉开距离。

刚才就算面对预料外的战况，星盟联军也没有想撤退一步，可现在看一眼虫族那边的情况，他们却忍不住把脚往旁边挪一挪了。

他们有一种很不好的预感，不……甚至不能说是预感，这是一种强烈到有如实质的危险感觉。

很明显处于虫族部队统领位置的亚尔维斯此时并不是如平常那样面无表情，他脸上出现了极罕见的笑，嘴角有微微翘起的弧度。

这样的笑容放在亚尔维斯身上，是最危险的讯号，这代表他好战的本能被彻底激发了。

但只懂破坏是不行的，比起破坏与掠夺，虫族自从拥有了王以后，更多在学习的是保护。

只因为重要的珍贵宝物还被敌人拎着，在场虫族才拼命忍耐着没有轻举妄动。

不过敌人显然没有体会到星盟联军这边的怪异氛围，就像觉得拎着的不是什么重要的东西，那名塔鬼兹人无趣地皱下眉，一松手直接让原本被他拎在手上的那只幼崽掉到了地上。

落地了，这一点点高度，以虫族的躯体当然不可能受伤。

可这一幕场景看在这些虫族士兵眼里就完全不是这么回事儿了，他们的王掉到地上去了，会很疼。

王会很疼——

一股毛骨悚然的感觉几乎在瞬间就蹿上了周围每一名联军士兵的背脊，此时战舰指挥室里的哈默差点没一个手抖把他面前的桌子给砸了，整个人头皮发麻地看着投影在虚拟屏幕上的场面。

虫族……可能要疯了。

"所以，这就是原因。"

在那因虫族集体暴走而使战况变得无比混乱的一天过后，一个月后的现在，星盟里除虫族以外的各族领袖都保持着复杂心情在慢慢消化由斥候所汇报的最新战况。

虫族的军队在几天前就已经进军到塔嵬兹人的老家了，并且也已经直接把敌人领地范围的各个星球一锅端掉，将之彻底占领了下来。

现在，在星门另一边的未知星域，其他未参与侵略的种族听说都被吓得不轻，惊惧于虫族如此恐怖的占领速度，都连忙与塔嵬兹人撇清关系。

"可是那位陛下完全不是摔到地上吧……以那位陛下的能力，塔嵬兹人的士兵根本不可能伤到他。"哈默撑着额头，他有点控制不住自己眼角的抽动。

事实也确实是这样。

那一天在赫鲁星的战场上，以轻巧姿态完美着陆的虫族幼崽抖了抖身体，圆溜的金色竖瞳望着虫族部队的方向，下一秒就再次用空间异能把自己转移了过去。

对顾淮来说，就算那名塔嵬兹人不肯放手，他下一秒也是会瞬移走的。

对方放手让他落地就更好了，毕竟是个陌生人，如果不是刚转移过来的时候忙着观察周围情况，顾淮不会由着对方拎起自己。

顾淮没觉得那名塔嵬兹人有对自己做什么，然而在场的虫族们却并不这么认为。

哪怕亲眼见过顾淮徒手拆战舰的能力，这些虫族心里也还是会盲目认为顾淮是非常需要他们保护的对象。

所以见到塔嵬兹人让顾淮掉到地上的那一幕场景时，这些虫族压根不会去想顾淮能够毫发无伤地稳稳落地，而是第一反应会觉得顾淮一定摔疼了。

只能说除了亚尔维斯以外的虫族，对顾淮都完完全全是家长般的呵护心态。

暴走的虫族部队发挥出了前所未有的战斗力，联军的其他部队感觉自己就像是被带着躺赢的，赫鲁星上的塔嵬兹人很快就在作为主力的虫族部队的推进下溃不成军。

感觉只在眨眼间，赫鲁星就被他们拿下了。

在赫鲁星的战役结束后，顾淮和在这星球上的虫族们一起通过空间转移装置回到图瑟星。

顾淮的身体毕竟沉睡了两年，现在意识也才刚回到身体里，这么动用力量出门活动一遭其实让他有点累。

但有些事情一定要现在说清楚，因此顾淮回来图瑟星就变回了类人形态，现在靠坐在床头。

就和世界意志告诉顾淮的那样，他可以回到这具身体，但灵魂依然会被这个世界的"规则"排斥，而他会由此感受到疼痛。

顾淮并不打算把这件事情告诉任何人，这种程度的疼痛感对他来说还算可以忍耐，不会被虫族们发现。

顾淮不希望有虫族为此自责或难过，所以这件事情只有他一个人知道就好了。

"为什么还蒙着眼睛，已经不想看见我了吗？"顾淮明知道不是这样，他仍然抬起眼对站在床边的亚尔维斯这样柔声询问。

亚尔维斯没出声，清晰可见地抿了抿嘴角。

也没马上摘下蒙着双眼的黑色眼罩，亚尔维斯在视觉封闭的状态下，伸手去触碰到顾淮的脸颊。

像是在确认什么那样，亚尔维斯沉默地用手触摸着顾淮的五官轮廓。

因为害怕感知到的是假象，亚尔维斯才会不愿意马上用眼睛去确认这份真实。

顾淮大约能够理解亚尔维斯的心情，他的眼睫因此而微微颤动。

顾淮安静地由着亚尔维斯摸他的脸，等亚尔维斯停下动作以后，顾淮才把对方往他这边拉了拉，然后熟练地解下对方用来蒙住眼睛的那条黑色绑带。

绑带一被解开就垮落下来，顾淮在极近距离对上亚尔维斯的那双浅金色竖瞳。

这双眼睛定定注视着他，这一瞬间，顾淮脑子里忽然闪过另外两个画面。

一个是他在图瑟星，同样是在这个房间里，第一次解下亚尔维斯的眼罩时的画面。

另一个是，他在过去的时间线里，被刚刚破壳出生，还是一只幼崽的亚尔维斯注视着的画面。

顾淮想到，在他眼前的亚尔维斯无论哪一次用眼睛去看见这个世界，第一眼看见的好像都是他。

那他得对这只大猫负责吧。

"好久不见了，亚尔维斯。"这样近距离对视，顾淮也不躲开视线，只是眨了眨眼，然后微笑。

无论是哪个意义上，都是好久不见了。

亚尔维斯的侧脸正略微紧绷着，他将身后的尾巴圈到顾淮身上，片刻后才终于开口说话："对不起。"

用一种听起来令人感觉冷淡的声音说完这三个字，亚尔维斯又说："阿淮不要生气。"

顾淮微微一愣，有些不解地反问："我为什么会生气？"

猫科动物的道歉方式是撒娇，在顾淮眼里像一只银色大猫的亚尔维斯低下头来蹭了蹭他的脸颊："因为你醒来的时候，我没有在旁边。"

是他说了"要等"的，但顾淮醒来没有见到他，亚尔维斯觉得顾淮可能会认为他食言而生气。

"啾啾每天都有在等阿淮醒来，没有食言。"亚尔维斯的声音很低沉，用"啾啾"这个小名来自称，也是这只大猫无师自通的一种撒娇方式了。

食言也没有关系。

不如说，如果他真的沉睡不醒，顾淮更希望亚尔维斯能够放弃等待。

但被一只大猫这么撒娇，顾淮这时把这句不必要说的话放在心里，他点点头，温声回应说："嗯，我知道的。"

"啾啾以前是不是见过阿淮？"记忆虽然非常模糊，亚尔维斯依然觉得他的这个认知没有出错，是在很早很早的时候见过。

听懂了亚尔维斯的"以前"是指什么，顾淮对上亚尔维斯的视线，一时间有点说不出话来。

被"规则"修正清除的记忆也是能够重新记起的吗？那得是对此有多执着才行。

"为什么这么觉得？"顾淮问。

亚尔维斯不回答这个问题，只是对顾淮微微垂眸。

亚尔维斯一直以为，他对顾淮是没有臣服欲的，但亚尔维斯现在不这么觉得了。

他觉得或许是因为他在更早的时候就已经见过顾淮，在更早的时候就已经臣服过了，所以后来再遇见的时候，才没有感受到明显的变化。

但他愿意听顾淮的话并不是因为臣服欲，而是因为喜欢。

仅仅只是臣服的话，对亚尔维斯的影响有限，他不会愿意听话到这种程度。

见亚尔维斯不回答，顾淮也不追问，而是轻轻眨了下眼说："是……见过的。"

亚尔维斯还是无法记起那段记忆的全貌，但他明白了自己一直以来的烦躁感和破坏欲是从何而来，是因为失去和忘记了对他而言非常珍贵重要的事物。

顾淮第二天醒来时，听见亚尔维斯的声音。

"花。"亚尔维斯站在床边，把捧着的一个小花盆递近到顾淮面前。

这是两年前，图瑟星上的虫族们成功培育出的第一个花芽所开出的那朵鹅黄色小花，在这两年里，研究团队一直费尽心思延续着这朵花的生命。

这是他们成功用图瑟星的土壤种出的第一朵花，虫族们无论如何也想让顾淮看见。

顾淮接过亚尔维斯手里的小花盆，有点怔忪地望着在这花盆里的幼小花朵。

"是送给阿淮的礼物。"亚尔维斯说。

"现在的图瑟星，也是送给阿淮的礼物。"亚尔维斯用低沉声音一句句陈述，"阿淮醒了，大家都很高兴。"

顾淮的喉咙莫名涌上来一点酸涩，他努力不让自己的眼睛也出现类似反应："抱歉让你们等这么久。"

亚尔维斯却说："有很多时间，一直等阿淮也可以。"

现在只是等了两年而已，顾淮就醒来了，对亚尔维斯来说，完全没有什么可不满足的。

等待并不会让亚尔维斯感到痛苦，他觉得这是一件幸福的事情，因为能够等待就意味着，重要的人还有醒来的可能。

顾淮还是没能控制住自己眼睛的反应，他只好揉了揉眼睛，把不争气的眼泪擦走。

"现在是春天，图瑟星上的花应该大部分都开了，那我带你们去看花吧。"说着这话，顾淮从床上起身。

两年时间过去，在虫族的努力下，现在的图瑟星已经满是鲜花了，顾淮打开窗户或许也能闻到从远处浮动而来的花香。

顾淮说要去看花，图瑟星上的虫族们顿时都非常激动。

王会喜欢他们种的花吗？

王会喜欢他们送的这份诞生礼物吗？

马上要向顾淮展示如今的图瑟星，虫族们的心情可以说都非常一致。

期待中夹着忐忑，不过更多的，还是在向顾淮送出这份礼物时，他们对顾淮表现出的喜爱。

等顾淮醒来，他们想让青年看见一个繁花似锦的星球，当然如果这份礼物能让顾淮喜欢就更好了……

"我很喜欢。"顾淮语气肯定，眼梢在这时微弯了下来，"现在的图瑟星很漂亮，我很喜欢。"

不再是只有沉闷的黑色，成功种植了塔穆树以外的植物，图瑟星现在是一个有着丰富色彩的星球——是一个繁花似锦，每一寸土地都浇灌着虫族们对王的喜爱的星球。

顾淮说喜欢，在他周围的所有虫族顿时都非常高兴，竖瞳在一瞬间就明亮了起来。

在一眼能望见许多花树的街道上，顾淮正坐在一只塔克虫族的肩上，被载着观赏周围的景物。

亚尔维斯回溯成幼崽形态窝进顾淮的怀里，而其余三名军团长就跟在附近，一路上越来越多的虫族加入这个春游队伍。

温柔的风正吹动树梢，白色的飞鸟掠过了湛蓝天空，在地面留下来不及捕捉的剪影。

所有的等待都被赋予了意义。

如同在这星球上摇曳绽放的花。

番外一

你所
诞生的世界

受到了严重污染的天空是灰蓝色的，地面上不断飞扬着尘沙，一些碎石也在极凛冽的寒风中被吹起，席卷着细雪，偶尔会砸在正于这片土地上前行着的塔克虫族身上。

这群塔克虫族一共有二十几只，全都是既不具备类人形态，也不具备多少智慧的低阶虫族。

他们以走在最前边那只体形最大的塔克虫族为首，跟随着一路前行。

这是一个废弃星球，而这些塔克虫族是在一次战争中，在他们侵入了敌方战舰的情况下，和那艘战舰一起坠落到这个星球上的。

战舰里的敌人在战舰坠毁时就一起全灭了，而这些塔克虫族凭借他们身体的坚固防御存活了下来。

从来到这个星球开始，这些塔克虫族在这个星球上生活了多久？

大概是两三年的样子。

这些塔克虫族是不会去计算时间的，对这些没有太多智慧的塔克虫族来说，他们也不在意生活环境，无论在什么地方都没有太大差别，只要存活着就可以了。

生存和战斗，这两样东西构成了这些塔克虫族的所有，在战争中发挥作用几乎就是他们全部的生存意义。

一直以来都是这样，本来以后也依然是这样的……

但就在这个星球上，在一个并不特别，和往常每天一样普普通通的早晨，这些塔克虫族无意发现了一件对他们来说非常重要珍贵的宝物。

那是安静躺在一个昏暗洞穴深处的白色幼崽蛋。

在这些塔克虫族眼里，这颗幼崽蛋很小很小。

因为他们的身躯很庞大，这样对比起来，这颗幼崽蛋就实在太小了，还待在这颗蛋里的幼崽一定更加幼小。

幼小，需要他们的保护。

在这些塔克虫族进入这个洞穴里发现这颗幼崽蛋时，他们正好看见有一只尖牙外露的凶猛生物在靠近这颗蛋，已经是靠近到只有一两米远的距离了。

这个画面一下子就将这些塔克虫族刺激得马上进入了狂暴状态，他们纷纷从喉咙里发出尖锐嘶声，并且在这只生物接触到那颗幼崽蛋之前，毫不犹豫地冲锋上去战斗。

这个星球上的凶猛生物对成年期的虫族来说没有任何威胁，即使只是低阶虫族，也已经是这个星球上生物的食物链顶端。

企图靠近幼崽蛋的那只凶猛生物很快被这群塔克虫族彻底撕碎，解决了敌人，这些塔克虫族才小心翼翼地围到那颗小小的白色幼崽蛋周围。

还只是一颗幼崽蛋，这颗蛋是不会主动对外界发出任何讯息的，但是刻印于虫族每一段基因里的联系并不会因此而被切断。

只要看见就会明白——

在这颗幼崽蛋里孕育着的是对他们而言多么宝贵的事物。

"唑唑……"看着幼崽蛋，在这洞穴里的所有塔克虫族此时都微微收缩着他们的猩红竖瞳，而有个别的塔克虫族从喉咙里发出了低低的嘶声。

和以往任何时候发出的声音都不同，这样刻意放低的嘶声就像是怕会惊吓到幼崽一样，是非常小心谨慎发出的声音。

本能的保护欲让这些塔克虫族选择留下，他们把这个昏暗的洞穴当作巢穴，然后开始守卫他们在这个洞穴里找到的幼崽蛋。

　　这个洞穴的位置相对隐蔽，入口也只有一个，很适合作为据点。

　　定居下来以后，这些塔克虫族就再不打算离开了，然后每一天、每一天都很认真地完成着守卫工作。

　　虽然每天都只是重复着同样的事情，但守卫幼崽蛋的任务并不让这些塔克虫族感觉枯燥，与此相反，他们在守卫着这颗幼崽蛋时，第一次感受到了喜悦。

　　这份喜悦并不是猛烈地冲击着他们，而是绵延地一直存在于他们心头上，让这些塔克虫族每时每刻都能感受到。

　　作为天性缺乏感情的虫族，尤其还是不具备太多智慧的低阶虫族，守卫着这颗幼崽蛋的塔克虫族们并不理解这种情感，但他们依然对此做出了反应。

　　反应就是，这些塔克虫族在注视被他们看护着的幼崽蛋时，竖瞳总会微微收缩，然后又忍不住偶尔用前臂去很轻地碰一碰这颗幼崽蛋。

　　前臂很锋利，在去碰幼崽蛋时，这些塔克虫族都会有意避开他们前臂锋利的一侧。

　　这是他们找到的幼崽。

　　这是……他们的幼崽。

　　当这个想法在内心成形时，这些塔克虫族就懂得并拥有了一种崭新的情感。

　　是家长对于自己看护着的幼崽的珍视和爱意。

　　有了这样的情感，这些塔克虫族在守卫着这个洞穴时，心里绵延着的喜悦感就变得更加清晰。

　　在这之后一天又一天，一年又一年……

　　无论是这个星球的春夏秋冬，或者阴晴雨雪，都不能影响这些塔克虫族对这颗幼崽蛋的看护。

随着时间过去，洞穴里的幼崽蛋并没有破壳，不过这颗蛋的体积逐渐变大，最后成了一颗大白蛋。

正常来说，虫族的幼崽蛋不应该会有这样的体积变化。

但即使是异常的，看护着这颗大白蛋的塔克虫族们也只是在想着，他们的幼崽长大了一点吧，那这应该是件好事吧。

其实这颗大白蛋在这些塔克虫族眼里依然没有多大，毕竟他们的体形是这颗蛋的数倍。

增长到一定体积以后，这颗幼崽蛋就不再继续变大了，然后一如既往地安静躺在被塔克虫族们守卫着的洞穴里。

幼崽什么时候才会破壳出生呢？

从在这个隐蔽洞穴里找到幼崽蛋的那一天起，这些塔克虫族就自然而然地每天都期待着被孕育在蛋里的幼崽的诞生。

他们很好地保护着这颗幼崽蛋，没有让这颗蛋受到任何伤害，那他们的幼崽一定是很健康的。

期待着幼崽破壳出生的塔克虫族们日复一日地继续他们的等待，这样又等了许多年以后，幼崽蛋依然没有动静，这些塔克虫族才似乎终于意识到了什么。

他们的想法有了改变——

幼崽为什么不愿意出生呢？

对于缺乏智慧的低等虫族来说，让他们思考问题本身就是一件挺困难的事情，但这件事情关系到他们的幼崽，这些塔克虫族都非常努力地进行思考。

是因为这个星球不好看，幼崽不愿意出生在这样的星球上吗？

在这洞穴里的塔克虫族们不在意生活环境，但他们并不是不能辨别生活环境的好坏。

他们所在的这个星球的环境很不好，贫瘠又荒芜，即使是这些缺乏智慧的塔克虫族也能知道。

那他们该怎么做，要怎么样才能让他们的幼崽愿意出生……

这个问题困扰着这些塔克虫族，而有一天，几只负责外出猎食的塔克虫族回到洞穴的时候，他们除了带回食物，还带回了几朵在外边看见的花。

把带回来的几朵花放在幼崽蛋的旁边，一只塔克虫族在把花放下以后抬起前臂去碰了碰幼崽蛋。

就像在安抚着幼崽一样，只要能明白其中的情感，就能看出来这只塔克虫族的动作是非常温柔的。

这个星球整体不太好看，但或许他们去外边找到一些能算好看的东西带回来，让幼崽看见，幼崽就会愿意出生了也说不定。

于是保证洞穴绝对安全的前提下，每天都会有一部分塔克虫族外出收集那些不那么容易找到的花朵。

春天的时候去寻找。

夏天的时候去寻找。

秋天的时候去寻找。

冬天的时候依然去寻找。

但冬天找不到花了。

这个星球的冬天是非常严酷寒冷的，即使是有着顽强生命力，能在这个星球上存活的花朵，到了冬天的时候大多数也得暂时消失，等春天来临时才再开放。

在这个星球上，没有冬天也能绽放的花吗……

在冬天找不到花给幼崽看，一年的前三个季节都在为幼崽蛋收集花朵的塔克虫族们陷入新的困扰。

如果被他们当作据点的这个地方附近没有，或许在远一些的地方能找到，抱着这样的想法，几只塔克虫族就负责出远门去寻找了。

他们去到了离巢穴很远的地方，在凛冽的寒风吹打里前行了许多天，终于在一个已经彻底结了冰的大湖畔，找到了他们想找的东西。

冰蓝色的，仿佛自带寒气的秀丽花朵。

摘下了这朵花，赶在花枯萎之前，出远门的这几只塔克虫族把这朵花带回了洞穴里。

"哒……哒哒……"冬天也找到花了，洞穴里的塔克虫族们发出低低的哒声。

四季里都找到了花，这样幼崽就愿意出生了吗？

这些塔克虫族继续期盼着，但躺在洞穴里的幼崽蛋仍是没有动静，幼崽似乎也还是不愿意出生。

这个发现让这些塔克虫族的心情有些低落，但他们依然坚持着看护。

应该是还欠缺了什么东西……

具体是欠缺了什么，这些塔克虫族并不知道，不过只要他们坚持看护这颗幼崽蛋，幼崽总有一天一定会愿意破壳出生。

这样想着，这些塔克虫族又回到了他们一直重复的等待中，他们等了很多很多年，直到无法再等待的那一天。

一切的想法和意识都回归到最初的黑暗里，在这片冰冷的黑色中，他们什么也看不见了。

"卡鲁。"

"卡鲁？"

顾淮伸出手去轻拍了拍他跟前那只塔克虫族的锋利前臂，在周围的塔克虫族都马上用猩红竖瞳盯着他时，顾淮眨了下眼睛。

很少见到身边的这些塔克虫族会有像是走神一样的现象，顾淮不由得出声唤了唤离他最近的那只。

"发生了什么吗？"顾淮温声询问。

听见顾淮声音的塔克虫族们在一瞬间都微微收缩竖瞳，他们刚才像是做了个不好的梦那样……

但在他们眼前的这才是现实。

"咦……啊。"顾淮在还没反应过来期间被在他跟前的塔克虫族用前臂抱起，然后他坐在了这只塔克虫族的左边肩上。

虽然是被动地被这样载着，顾淮却也不准备乱动，他想了想，微微笑着说："那我们出门散步吧，刚好也想去看一下花园建得怎么样了。"

在顾淮周围的塔克虫族们都发出低低的咝声作为回应，然后他们按着顾淮的意愿，出门后往城市里正在修建着的一座花园方向出发。

在前行过程中，这些塔克虫族的猩红眼睛都很显而易见地明亮着。

好高兴。

好高兴啊。

他们的幼崽诞生在了这个世界上。

番外二

亚伦×
卡帕莉娅

星网

恋爱日记论坛 – 杂事版块

主题帖：如何让喜欢的人注意到自己？

主题帖内容：

我喜欢的人——简称A。

A有一个很在乎、对她来说最重要的人——简称B。

A平时一般都跟在B身边，也只关心B，在这种情况下，我要怎么获取A的注意力？

1楼：

A跟B什么关系？是兄弟姐妹，或者是父母子女的关系吗？

2楼（楼主）：

都不是。

3楼：

那就是朋友关系了吧。

兄弟啊，这年头追女孩子，很多时候不能直接追的，你得先跟她身边的女性朋友搞好关系。等关系搞好了，她们肯给你说好话，你追起人来不就事半功倍了嘛。

4楼：

楼主你是不是介意A跟B关系好啊，你这样是不行的。

听我一句劝，你千万别跟B起冲突。追女孩子的时候，得罪她身边的女性朋友，那就是找死啊！到时候正常难度都能给你搞成噩梦难度，就问你怕不怕？

看着论坛上的这些留言，亚伦皱了皱眉，他在虚拟屏上打字回复。

5楼（楼主）：

不是，我没有介意，而且B是男的。

6楼：

呃……普通的男性朋友？倒也不是没有这种……

7楼（楼主）：

不是普通的男性朋友，他们不是朋友关系，B是A最重要的人，我一开始就说了。

8楼：

……

9楼：

你这话我没法接。

10楼：

我也没法接。

11楼：

不是家人关系，还不是普通的男性朋友，B是A最重要的人……兄弟，你这是在告诉我们，你要插足人家的感情？

12楼：

也可能是A和B还没在一起，他想当备胎。

曾经在地球上生活过一段时间，亚伦能看懂留言里的"插足"和"备胎"分别是什么意思。

"你们的想象与现实的偏差值远远超出了标准。"

亚伦面无表情地回复了这段话，然后直接关闭了他的个人终端。

在这种恋爱论坛上找不到什么有用的东西。

因为性格乖僻不易相处，亚伦几乎没有朋友，唯一一个能让他咨询恋爱问题的朋友已经被他很彻底地骚扰过一轮了。

但无论是朋友还是星网上的情感论坛，都给不了亚伦有用的建议。

这唯一的朋友还不知道，亚伦明明已经追着喜欢的人跑了许多年，却到现在都还得苦恼追求方法。

要是知道了，对方怕是得笑死。

幸灾乐祸的那种笑。

但亚伦觉得他的苦恼很正常，卡帕莉娅一直对他冷若冰霜，无论他用什么方法追求都不见效，那他当然会苦恼啊。

唔，今天也是为爱情烦恼的一天。

亚伦这边正在绞尽脑汁思考着下一步行动，而顾淮这边正在庭院里喝着下午茶。

桌椅和大型遮阳伞都齐备着，顾淮坐在一张纯白色的椅子上，一边吹着凉爽的微风，一边喝着参谋长给他泡的红茶，桌上还摆着各种精致的甜品。

自从星际进入繁荣的黄金纪元，跨越星门而来的敌人也被尽数击退以后，顾淮的生活就愈发闲下来了。

现在虫族里需要他管的事情实在不怎么多，无论是政治还是商业方面都运作良好。

由图瑟星的高层议会负责维持整体的正常运作，基本也没有出乱子的可能，于是顾淮就没什么需要忙活的工作了，最多是在一些特别重要的协议上签字。

工作都扔给高层议会了，不仅顾淮很闲，四名军团长也同样很闲。

既然闲着了，不用去军部，那他们当然都跟在顾淮身边。

"红茶凉了，您别喝这杯，属下去给您泡一壶新的。"卡帕莉娅说着，阻止了顾淮端起杯子的动作。

在任何关系到顾淮身体的事情上，卡帕莉娅都很仔细且坚持。

"嗯。"顾淮点点头应了一声。

等卡帕莉娅端着茶壶进去屋里又回来，顾淮看着卡帕莉娅给他重新倒上一杯热腾腾的红茶，然后继续在旁边注视着他。

卡帕莉娅的表情很冷，那是一种跟亚尔维斯不相上下的冷淡，顾淮的视线左移右移，看着两人颇为类似的冷漠神情，终于还是忍不住了。

顾淮对其他人说："我有事要和卡帕莉娅单独说，你们先进去待一会儿吧，十分钟就好了。"

悉摩多和艾伊都不会质疑顾淮说的任何话，只有亚尔维斯垂眸看着顾淮，没马上动。

顾淮也不意外，他伸手摸了摸亚尔维斯身后的那条银灰色尾巴，然后对亚尔维斯眨了下眼。

亚尔维斯轻轻甩动了下他的尾巴，一声不吭地跟其他人一起进屋了。

这只大猫还是好哄的。

等庭院里只剩他和卡帕莉娅了，顾淮才去碰桌上的茶杯，把茶杯拿起来。

"露娜对亚伦这个人有什么看法吗？"顾淮喝着茶，同时抬眼去瞄看卡帕莉娅的神色。

卡帕莉娅似乎没想到顾淮会问她这个问题，不过她的表情没有任何变化，依然是冷冰冰的。

"对虫族有用。"卡帕莉娅回答。

顾淮低咳一声："嗯……除了这个以外呢？"

卡帕莉娅面无表情："很烦人。"

这是没有任何虚假的回答，卡帕莉娅不可能对顾淮说谎。

"喀喀——"顾淮这次是真咳了。

卡帕莉娅见状，马上关切地上前一步："陛下。"

顾淮平复了他因为不小心呛到而导致的咳嗽，他把茶杯放下，然后斟酌说："觉得烦人，但是露娜一直没有把他从身边赶走，这又是为什么？"

卡帕莉娅在冷若冰霜的表情中好几秒没说话，过一会儿后，她迟疑地回答说："因为……忘了。"

忘了可以把人赶走。

顾淮有点无奈："应该不是忘了，而是因为你本来就没有这个想法吧。"

卡帕莉娅说："不知道。"

卡帕莉娅对顾淮从来都是诚实的，顾淮听着这个回答，在心里都忍不住为亚伦叹息一声了。

惨。

真的太惨了。

虫族有着缺乏感情的天性，想让一名虫族拥有强烈的喜欢情感本来就不容易。

而卡帕莉娅和亚尔维斯一样，即使是在虫族中，也是最冷漠的那种。

卡帕莉娅不只是冷漠程度比一般虫族高，并且在感情方面是真的很迟钝。

即使有人向她投入100％的感情，也不一定能得到1％的反馈，因为她也许根本对这类感情毫无察觉。

可是在这种情况下，顾淮看出亚伦其实是有稍微打动卡帕莉娅的，能一直追着跑这么多年还没被卡帕莉娅不耐烦地砍掉脑袋就是最好的证明。

算算时间，亚伦从最开始到现在似乎已经追着跑十年了。

"我不讨厌他。"卡帕莉娅忽然说。

顾淮在许久以前对她说过，说她应该不讨厌亚伦吧，卡帕莉娅当时回答不知道，但她现在能给出明确答案了。

这个发言让顾淮不由得微微愣了一下，然后他又听卡帕莉娅补充道："很烦人，但是不讨厌。"

用"很烦人"形容可能不是特别准确，卡帕莉娅皱了皱眉。

这种认定对象就一直跟着的行为就像小狗一样，是像小狗一样……很黏人。

顾淮想了想："那如果是其他人让你觉得烦人，你也是这样的感觉吗？"

这个问题让卡帕莉娅皱眉的神情变得明显："不是。"

卡帕莉娅设想了下，如果是其他人，她会让对方不敢再跟着。

"为什么对亚伦就不讨厌？"顾淮问这句话时，忍不住露出一点微笑。

卡帕莉娅大约思考了一会儿，回答道："我以前救过他一次，并不是专门去救他，只是他的敌人刚好是我的敌人，我不想浪费力气杀死自己救过的人。"

这是开端。

所以一开始觉得被跟着烦人，卡帕莉娅也没有动手，只是冷漠以待。

顾淮听懂了卡帕莉娅表达的意思，他点了点头。

"放着不管，久了就习惯了。"

这是前期。

卡帕莉娅的浅金竖瞳此时也显得很冷冽，她说："再后来，他让您很高兴。"

"嗯？"顾淮有点没听懂，怎么话题就跳他身上了。

"灰塔士兵的事情，他提供了解决这些灰塔士兵寿命问题的方法，让您很高兴。"卡帕莉娅注视着顾淮，"他能让您少经历一件难过的事情，属下就觉得，他应该是个不错的人，所以不讨厌他。"

这是很重要的一件事情。

对任何一名虫族来说，顾淮的喜怒哀乐都令他们无比重视。

"他给我送了很多礼物，我不觉得喜欢。"卡帕莉娅先是说完这句，然后表情稍微有一点点变动，"但是也不讨厌，第一次有人送给我这些东西。"

送的礼物种类有很多，据顾淮所知，一般女性会喜欢的名贵宝石、饰品之类的各种东西，亚伦都送过了。

对一般女性来说，这些漂亮又价值不菲的东西都是很招她们喜欢的。

卡帕莉娅对这些东西没有兴趣。

作为一名虫族，并且是 α 阶级的塔克虫族，以她虫族军团长的身份，星际里敢直视她的男性本来就没几个，更别提追求或者送宝石首饰之类的礼物这种事情了。

"是不喜欢也不讨厌那些礼物，那在收到礼物的时候有高兴的感觉吗？"顾淮微弯着眉眼。

就算是 α 阶级的塔克虫族，但卡帕莉娅是女性，顾淮很高兴有人能用对待正常女性的态度去对待卡帕莉娅。

卡帕莉娅在思考片刻后点头："有一点。"

顾淮差不多懂了，他试探地问："亚伦有对露娜说过喜欢吧，露娜在听见的时候，心里会不会有和收到礼物的时候类似的感觉？"

"如果有，哪怕是只有一点点的那种，都说明露娜也是有点喜欢他的。"顾淮一本正经道。

虫族的情感实在淡薄，尤其卡帕莉娅这样冷漠又对这方面感情十分迟钝的，如果顾淮不让她去主动思考这个问题，卡帕莉娅可能就永远都不会去想。

卡帕莉娅的竖瞳微微收缩了一下，她因为顾淮的这句话而陷入思考。

顾淮说完就不再多说其他，他提到这里就已经够了，剩下的不是他应该管的。

这个周末早上的时候，亚伦在研究室里培植新的花种。

他已经两晚没睡了，原本能算是俊秀的脸上顶着两个大大的黑眼圈，眼睛里也有着血丝，样子看起来就是一副恨不得马上睡死过去的样子。

但亚伦挺着没睡，他盯着研究室里的培植皿，生怕他要培育的这朵花有什么闪失。

星网某个恋爱论坛上说，送独一无二且有价值的礼物比送单纯昂贵的礼物要能讨女孩子欢心，亚伦觉得挺有道理，于是马上实践了起来。

虽然他对培育新的花种毫无经验，本身也不是做这一类研究的科学家，但谁让他是天才，学什么都手到擒来呢。

"嗯……等这朵花培育好，就要进行第一百零八次表白。"亚伦拿出一个小本子，在一张空白页上做了个记录。

前一百零七次都失败了，不过只要这不是可能性为零的事件，他尝试次数越多，离触碰到成功的距离就越近。

这么一想，就算这第一百零八次表白还是失败，好像也值得高兴。

才表白失败一百零八次，他做一个研究的失败次数，最高的达到了两万多次。

相比之下，一百零八次实在是太少了。

在追求喜欢的人这事上拿出了十足的科研精神，但没等亚伦把这朵花培育好，他研究室门被卡帕莉娅推开，"嘭"一声重重砸到墙上，白色的墙壁仿佛都震了震。

没控制好力度，卡帕莉娅一言不发走进研究室，走到在这间研究室里待着的唯一的人面前。

亚伦愣了一秒，卡帕莉娅从来没主动找过他，但亚伦现在来不及有什么高兴或者激动的感觉，他现在想原地自尽了——

他待在研究室里，两天没合眼。

但这不是重点，重点是他两天没打理自己了。

他现在这个样子，见其他人当然是无所谓，但见卡帕莉娅就不行了。

完了，亚伦在心里想着。

他的第一百零八次表白，估计就要这么死在半路上了。

亚伦还在那想七想八，走到他面前来的卡帕莉娅正面无表情地用一双浅金色的竖瞳盯着他，这么盯了好几秒以后，忽然开口说："我应该有点喜欢你。"然后又补充，"一点点。"

有一就说一，有二就说二。

卡帕莉娅回想了下亚伦对她说喜欢的时候，她的高兴是一点点，所以她现在说，她应该有一点点喜欢对方。

亚伦瞬间呆住，别说反应，他整个人现在跟石化了也没什么区别，浑身僵硬。

刚才还能想七想八，亚伦现在已经停止了思考。

而把话说完以后，卡帕莉娅转身就走，她似乎就只是为了说这句话过来，说完就打算离开了。

她离开也不忘把研究室的门关上，但这一次，研究室的门没刚才这么幸运了，铰链都被扯断了。

卡帕莉娅看着被自己扯出来的这一整扇门，她不作声把门放下，表情纹丝不动，冷漠地继续离开。

亚伦是被门被破坏的巨响声给震回神的，他一回神，人都还有种晕晕的不真实感。

幸福来得太突然了。

就算卡帕莉娅明确说是一点点喜欢,可虫族的感情本来就只有那么少,一点点也没什么可不满足啊。

别说一点点!

就给他一丝都行!

有就不错了,哪还能嫌少,亚伦的觉悟很高。

亚伦心满意足地继续培育他的花,等终于培育好了,他带着这朵花去进行他的第一百零八次表白。

虽然卡帕莉娅提前给他答案了,但这个形式不能少。

卡帕莉娅看了眼递到她面前的花,又看了眼在她眼里像小狗一样用明亮眼睛望着她的年轻男人,什么话也没说,但把花收下了。

卡帕莉娅仔细体会了下她现在的感觉。

对礼物不喜欢也不讨厌,但会有些高兴。

如果这是她有点喜欢这个人的证明,那卡帕莉娅觉得她必须说清楚一件事情。

"我有点喜欢你,但对我来说最重要的人依然是陛下,所以你以前问过我的那个问题,我的答案不会有任何改变。"卡帕莉娅的这句话听起来相当冷漠无情。

亚伦倒是一时有点没反应过来:"哪个问题?"

卡帕莉娅说:"你和陛下同时掉到水里,我先救谁的问题。"

亚伦没想到卡帕莉娅还能记得这事,他无所谓地笑了笑:"那我自己学游泳啊,我掉水里可以自救,还会帮你一起先救陛下。"

"陛下对你来说非常重要,所以他对我也很重要。"亚伦丝毫没有被卡帕莉娅听着很无情的话语打击到,依然眼神明亮地注视着对方。

这不是因为喜欢而卑微或者不在乎自己在对方心里的分量,

而是正因为喜欢，并且明白顾淮的存在对于卡帕莉娅而言具备什么样的意义，亚伦才会这么说。

顾淮对所有虫族来说都是他们最珍视的人，保护顾淮是每一个虫族的本能，甚至于是他们的生存意义。

如果失去顾淮，虫族的心大概也会因此而冻结。

所以说，既然他说喜欢卡帕莉娅，亚伦觉得他当然得同样重视顾淮。

如果连这都做不到，那他也不配说喜欢。

听见亚伦的话，卡帕莉娅的表情微有松动，她继续注视着对方说："陛下对我最重要，但你可以排第二。"

"如果我和你同时遭遇危险，只能存活一个人，我会让你活下来。"卡帕莉娅陈述道。

这是排第二的意思，卡帕莉娅把自己挪到第三位。

虫族的喜欢是很简单的，大体表现就是这样了。

虫族一般也不可能说什么情话，但这样的实话实说已经让亚伦觉得他能当场倒下了。

亚伦勉强定了定神："这种话不应该由女方说的，应该是我保护你。"

卡帕莉娅表现得冷若冰霜，她瞥了亚伦一眼，言简意赅道："你不行。"

脑力派，标准的科研人员，毫无战斗能力，卡帕莉娅说出的是客观事实。

亚伦从来没觉得有受打击，但这次的"你不行"三个字倏忽像铁锤一样重重砸在他头上，让他差点呕血。

男人绝对不能被说不行，尤其是被喜欢的人这么说。

"我行！"亚伦急匆匆反驳，语气坚定，"这跟战斗能力没有关系，是我也同样愿意为你付出生命。"

"我会保护你的。"亚伦最后小声试探地说,"……露娜。"

亚伦很早就从顾淮那里听过卡帕莉娅这个小名,但他从来没这么叫过,刚才是第一次。

卡帕莉娅表情不变,只是竖瞳能看出细微收缩,抿着唇角。

第一次听见有人说会保护她,卡帕莉娅觉得新奇。

新奇之余,似乎也有点高兴。

她不需要人保护,但不讨厌有人说保护她。

"我以后都可以这样叫你吧?"亚伦满眼亮晶晶,他打理好自己以后,这番模样看起来就很俊秀顺眼了。

像小狗。

卡帕莉娅还是这个感觉,她不与对方那双过分明亮的眼睛对视,对亚伦的问题采取默许态度。

亚伦连着乐了好几天无心搞研究,这几天他的脑子都记不清研究数据,想想还是暂时别搞了。

不搞研究,亚伦就又上去了之前被他认为毫无用处的那个恋爱日记论坛。

没想到在他放下那句话走了以后,他发的那个帖子还陆续有人留言,是不是还被顶到论坛版块的前边去。

恋爱日记论坛 - 杂事版块

1225 楼(楼主):

我跟 A 在一起了,虽然她最重要的人是 B,但她说我可以排第二,我很高兴。

封帖。

1226 楼:

什么?

1227 楼:

不,不能封。

这个帖子必须被顶上去。

1228 楼：

奇闻鉴赏。

1229 楼：

这算不算是备胎的最高境界……

1230 楼：

惊叹。

1231 楼：

惊叹 +1

1232 楼：

惊叹 +2

……

亚伦本来说了封帖就不打算再回复了，可眼看着这些人要一直这么惊叹下去，他再多回复了一句——

1551 楼（楼主）：

你们不懂。

回复完，亚伦彻底不再管这帖子了。

论坛一关，终端一关，又乐颠颠想着卡帕莉娅说有点喜欢他的事。

恋爱关系确定以后没多久，亚伦这边收到家里人给他发来的通信。

"什么？介绍女朋友？"亚伦看着就在自己附近的卡帕莉娅，想也不想就果断拒绝，"我有女朋友了，不用你们给我介绍。"

什么？！

在通信另一边，亚伦的父母反应更大。

他们儿子竟然能自己找到女朋友，两位长辈震惊了。

"女朋友长什么样？哪个种族的人？做什么工作的？"追问

三连结束，亚伦的父母意识到他们可能问得太急躁，又缓下声说，"长什么样都无所谓，是哪个种族的人也都没关系，你喜欢就行了。"

"工作是什么就更没关系了，就算女朋友没有工作，反正你的工作也有钱，养得起。"

亚伦的父母合计着，他们儿子这性格能不打一辈子光棍那是多难得的事情啊，女朋友条件普通或者哪怕是差点，他们都是可以接受的。

"嗯……"亚伦看了卡帕莉娅一眼，觉得会让他的父母受到惊吓，"这些问题先不说了，等以后有机会的话，我带她去见你们，到时候就知道了。"

亚伦这么应付着他的父母，说这话时，他心里其实是很没底的，因为他也不知道卡帕莉娅会不会愿意跟他去见家长。

"明天可以去。"卡帕莉娅说。

亚伦半晌没反应过来，又听卡帕莉娅冷声说："如果决定明天去，我现在就安排战舰了。"

"也……也可以。"亚伦甚至不知道自己在回答什么。

总之就这么完全没有心理准备的，亚伦在第二天乘上了去索契星的尤拉战舰。

他在战舰指挥室里心慌不已，而站在他旁边的卡帕莉娅则一脸冷静。

不对啊，这又不是他去见家长，他只是带女朋友回家见自己的家长，为什么是他紧张？

亚伦想不出答案，但他就是莫名地很紧张。

亚伦的家是在索契星首都的别墅区里，带着女朋友进家门，亚伦看见他的父母在看见卡帕莉娅时，两个人顿时都一副惊呆了的样子。

儿子的女朋友是虫族……

怎么也没想到会是虫族，亚伦的父母好生缓了半天才终于缓过神来。

"她叫卡帕莉娅。"亚伦在旁边说。

亚伦的父母赶紧扬起笑脸，和善地说："快进里边坐，别在门口这站着了。"

虫族也没什么，现在虫族已经和以前完全不一样了，亚伦的父母这么一想，顿时很容易接受了这件事情。

"你们好。"坐下后，卡帕莉娅向两位长辈颔首道。

亚伦的父母很高兴地应下，他们两人看着坐在对面的卡帕莉娅，越看越觉得满意。

他们儿子的女朋友，气质上没得说，长得也特别漂亮。

然后就开始聊天，亚伦全程没有插嘴机会，就看着卡帕莉娅冷静且游刃有余地应付他父母的各种问题。

"那你平时是做什么工作的，跟亚伦一样，和研究有关吗？"亚伦的父母还是对这个问题存有好奇。

"工作……"卡帕莉娅微微皱眉。

亚伦的母亲一看卡帕莉娅的反应，马上猜想："是涉及什么机密不方便说吗，那你不说也没关系的。"

"不是。"卡帕莉娅回应，她只是不知道该怎么描述自己的工作性质。

"我的工作应该是……"卡帕莉娅冷静思考着，然后尽量用准确语句表达，"星球和军团的统治者。"

亚伦的父母受到了惊吓。

亚伦抽了抽嘴角，他必须上场了。

"是这样的……"亚伦开始抓重点给他家人解释。

解释了五分钟终于解释完，亚伦的父母听完解释，两个人仍然处于震惊状态。

儿子的女朋友是虫族的四名军团长之一！

亚伦的父母现在有种受刺激太大要晕过去的感觉。

不是很能清楚知道他们后边聊了什么，在亚伦准备带卡帕莉娅离开的时候，亚伦的父亲说："那我们就把他托付给你了。"

亚伦心里想道：你知不知道自己在说什么？

卡帕莉娅点头："是，我会好好照顾他的。"

亚伦的眼皮乱跳，内心一阵无力感。

反了，全反了。

这该是他的台词才对。

"你不高兴？"卡帕莉娅注意到亚伦的表情。

亚伦挠了挠头："也不是……"

"其实挺高兴的。"亚伦笑着说。

卡帕莉娅盯着亚伦，她有听说，见家长是一件很重要的事。

"嗯，那就好。"卡帕莉娅放心下来。

那她也会有点高兴。

亚伦垂下视线，然后不出声悄悄牵住卡帕莉娅的右手。

家长都已经见过了，可谁能知道他其实连女朋友的小手都还没牵过呢。

论战斗能力，卡帕莉娅能够在一瞬间捏碎亚伦的手，但在被牵住手的时候，卡帕莉娅只是略微绷了绷脸。

尽管表情冷漠，却也肯给对方牵着她的手，没有拒绝的意思。

亚伦忍不住弯起嘴角。

他忽然想，顺序什么的就不管了，台词由谁说也没关系。

他们现在这样就很好了。

番外三

小娇娇
准啾

废弃星球的大多数地方都弥漫着风沙，这个星球的春天并不和煦温柔，夏天也不灿烂动人，秋天是沉寂的，而冬天则无比严酷寒冷。

　　在这样一个星球上，要找到一个能够遮风挡雨的地方也挺不容易，在这个星球上生活着的生物基本都是非常凶猛的物种。

　　即便不凶猛，也一定有过人的生存能力。

　　因为星球的生活环境实在太过恶劣了，想要在这个星球上存活下来，星球上的生物都必须让自己往更能适应星球环境的方向进化才行。

　　对两颗还没破壳出生，周围也没有任何守护者的幼崽蛋来说，他们待在一个很不容易被外边生物找到的隐蔽洞穴里，这已经是最大的幸运了。

　　而有一件相对来说不那么幸运的事情是，在这废弃星球几十年来最寒冷的这个冬天，被孕育在这两颗幼崽蛋里的幼崽破壳诞生在了这个条件艰苦的星球上。

　　两颗幼崽蛋一黑一白，虽然事实上都只是安静地躺着，但看起来却又如同相互依偎着般亲密地挨靠在一起。

　　先破壳的是黑色的那颗幼崽蛋。

　　没有任何人的看护，清脆又细微的"咔嚓"声响出现在这昏暗寂静的洞穴里，随着最初的一声响起以后，紧接着相同的声音继续出现，并且更清晰了许多。

　　这是幼崽努力突破蛋壳所制造出的声响。

　　光是由此似乎也能看出，这只幼崽很是健康强健，天生体质应该相当不错。

即便没有人照顾，周围环境又这样恶劣，依然丝毫不受动摇地被孕育成长。

在这只幼崽的努力下，很快的，黑色幼崽蛋的蛋壳就被彻底破开了，而藏在蛋壳里的幼崽也从里边钻了出来。

这是一只有着圆溜溜的浅金色竖瞳，浑身是白色毛茸茸的虫族幼崽。

亚尔维斯，被孕育于幼崽蛋中时就得到的某些传承让这只幼崽知道了自己的名字。

刚一出生，亚尔维斯做出的第一件事情并不是顺应生存本能去吃自己的蛋壳，另一个比生存本能更加强大得多的种族本能让他先去关注那颗就在他旁边的幼崽蛋。

"啾。"这只幼崽对近在他眼前的这颗幼崽蛋发出叫声。

这是他要保护的重要事物，他是作为守护者出生的，亚尔维斯本能地产生了这个意识。

因为他要保护这颗幼崽蛋，所以他比对方更早出生了。

尽管还只是一只刚刚出生的幼崽，亚尔维斯却在看见旁边这颗白色幼崽蛋的瞬间就表现出了守护者的姿态。

此时的亚尔维斯对这个世界的全貌丝毫不知，也不知道他出生的这个星球是一个怎样的地方，就是在这样的情况下，他出生以后学会的第一件事情不是进食，而是保护。

一只幼崽很难有什么保护能力，亚尔维斯把他身后那条毛茸茸的小尾巴轻轻搭在他要守护的幼崽蛋上，圆溜的浅金色竖瞳微微收缩起来，保持着对周围警戒的状态。

这种保护行为实际来讲或许并没有什么力度可言，但这已经是一只幼崽能够做到的最好的守护了。

蛋壳是虫族幼崽最好的营养食物，只需小小一块就能提供足够的活动能量，还能促进幼崽更好地成长。

因此一般来说，在将蛋壳吃完之前，虫族的幼崽是不需要也不会换成其他主食的。

这正合亚尔维斯的心意，身边还有食物，那他就不必为了寻找食物而离开他要保护的重要宝物了。

进食还是必需的，于是在这昏暗的洞穴深处，这只幼崽就保持着将毛尾巴轻搭在旁边幼崽蛋上的举动，在守卫状态中开始吃蛋壳。

只吃了一小块，满足进食需求以后，亚尔维斯就全心全意只专注于守护幼崽蛋这件事情上了。

"啾啾。"用圆溜溜的浅金竖瞳注视着自己守护着的宝物，这只幼崽又发出清晰的叫声。

幼崽蛋安安静静地不会回应，但亚尔维斯注视着这颗幼崽蛋的浅金竖瞳还是映着明亮亮的光。

蛋壳足够吃小半个月的时间，时间过去了好几天，亚尔维斯哪里也不去，就只寸步不移地守着在他旁边的那颗纯白色幼崽蛋。

洞穴里无论昼夜都是很昏暗的，不过亚尔维斯拥有极优秀的夜视能力，黑暗环境并不影响他对周围环境的观察和行动。

而在这一成不变的昏暗中，亚尔维斯忽然听见一声打破了这片黑暗与寂静的清脆声响。

"咔嚓。"

很轻的一道声音，如果不是这个洞穴本身非常安静，这个声音或许连风吹草动的声响也压不过，直接被其他的环境音给掩盖住。

但即使不是在这样寂静的环境中，守护着幼崽蛋的亚尔维斯也绝对不会错过这道声音。

竖瞳一下子就紧紧收缩了起来，一直将毛尾巴贴靠轻搭在幼崽蛋上的亚尔维斯在这时终于肯移开他的尾巴并且稍微后退一点点，然后将视线准确盯在蛋壳出现的那道细微裂痕上。

亚尔维斯几天前破壳出生根本没费多少时间，他轻而易举就挣破了蛋壳，但此时在他眼前的这颗幼崽蛋却不是这样。

最初的声响过去以后，过了好几十秒都没有新的动静，等足足一分钟过后，寂静黑暗的洞穴里，才迟迟响起了第二次声音。

"咔、咔嚓——"

这次幼崽蛋上总算裂开了比较清晰明显的裂纹。

"啾啾！"

似乎是看出了在这幼崽蛋里的幼崽破壳的艰难，亚尔维斯本能地发出叫声，身后的毛尾巴也跟着无意识用力敲打在地面上。

正在蛋壳里努力破壳出生的幼崽像接收到了亚尔维斯的这份着急与担心，在破壳这件事情上更加努力。

好不容易，在过了好一会儿后，幼崽蛋上出现的裂痕持续扩大，终于在累积到一定程度以后，幼崽蛋被顶破了一个口子。

"唔啾。"头上顶着一块蛋壳，一只和亚尔维斯一样圆鼓鼓的黑色幼崽从破开的幼崽蛋里钻出来了。

这只幼崽有着像玻璃球一样圆溜溜的金色竖瞳，和亚尔维斯的浅金色不同，是黄金般的热烈颜色。

刚刚出生，这只幼崽似乎就明白亚尔维斯是他的守护者，他可以依靠对方。

看见这只黑色幼崽，亚尔维斯刚才还烦躁敲打地面的小尾巴顿时就翘起来了。

尾巴的反应几乎能很直观地代表着亚尔维斯的心情，像这样抬高和微微翘起尾巴，就说明他现在算是高兴。

同样拥有传承，刚破壳出生的这只黑色幼崽也知道自己的名字，他叫顾淮，而他在看见亚尔维斯时啾啾啾地告诉对方。

"啾。"

"啾啾。"

两只幼崽用啾语交流着，互相交换了名字，先做完这件事情，顾淮才把视线放到他的蛋壳上。

黑色幼崽开始吃蛋壳，亚尔维斯就在旁边看着，守护着让对方安心进食。

和亚尔维斯不一样，顾淮一吃完一小块蛋壳，他马上就感受到了困倦感，但顾淮又没办法这样睡着。

这个地方好冷啊。

吃完了蛋壳以后的黑色幼崽努力团起身体，但即使他这么做也依然无法抵御周遭环境的寒冷。

星球正处于严冬，并且比往年要更冷许多，他们不幸运在这个季节破壳出生，那就只能忍受严寒了。

这样的寒冷对亚尔维斯来说没有影响，但顾淮却是会很辛苦的。

"啾啾……"依然觉得冷，把自己团成一团的黑色幼崽本能地发出声音向守护着他的另一只幼崽寻求帮助。

玻璃球似的圆溜金眸像是有点湿润了那样，一副要哭不哭、委委屈屈的样子，因为实在很冷，洞穴地面又那么冷硬，这样不舒适的环境让这只黑色幼崽很不好受。

顾淮这样的表现让亚尔维斯很快给出了回应，亚尔维斯把他同样毛茸茸的身体贴靠到顾淮身上，用身体给对方取暖。

成年虫族的体温是相对低的，不过在幼崽时期的体温却比较高，幼崽身上的绒毛在保暖方面也起到了重要作用。

两只幼崽这样依偎在一起当然比分开时要暖得多，亚尔维斯将他身后那条毛茸茸的小尾巴也轻搭在顾淮身上，尽可能地让顾淮感觉温暖一些，同时这也是一种很明显地护着对方的姿态。

有另一只幼崽毛茸茸的身体贴靠着，顾淮很快感觉周遭的寒冷仿佛都被驱赶走了，他终于能感觉到一点温暖。

虽然地面还是又冷又硬，不过在同一个地方窝久了，他们待着的那一小块地方倒也不冷了。

睡觉的地方一点也不柔软，亚尔维斯是没什么感觉的，他这些天守护着还没破壳的幼崽蛋，一直都是这么待过来，不过他能感觉到顾淮对此并没有那么适应。

但除了刚才觉得很冷的时候，眼睛有点湿漉漉以外，和亚尔维斯依偎在一起的黑色幼崽现在并没有再发出寻求帮助的叫声。

大概是他也知道，现在他们无法要求更好的生活环境，只能努力适应。

能不受冻已经很好了。

"啾啾。"拥有黄金眼眸的那只黑色幼崽对亚尔维斯发出幼软的啾声，这是有着依赖的叫声。

亚尔维斯也发出声音回应："啾。"

虽然顾淮没有对生活环境表示不满意，但亚尔维斯在发现顾淮的不适应以后，在这时还是安慰地伸舌去给旁边这只黑色幼崽舔毛。

"唔啾！"被梳理绒毛，正团着身体的黑色幼崽睁圆了他本就圆溜溜的金眸。

在虫族里，像这样一只幼崽给另一只幼崽梳理绒毛具备特别的意义。

顾淮被舔顺了头上几撮不听话翘起的绒毛，亚尔维斯在给他舔毛毛的时候偶尔会不小心舔舐到他头上的那对小犄角，让顾淮觉得有点痒痒的。

被依赖着的另一只幼崽舔毛毛，比起觉得有点痒，顾淮更多是觉得安心。

本身就已经觉得困倦了，顾淮在亚尔维斯给他梳理着绒毛的过程中渐渐睡着。

等顾淮彻底入睡，亚尔维斯才停下给顾淮梳理绒毛的举动。

被依偎着、被依赖着，在短暂的时间里感受到这些，亚尔维斯愈发清晰地认知到，顾淮是需要他守护的。

如果他不守护顾淮，顾淮甚至难以在这个寒冷的季节里存活下来。

坚定了自己作为守护者的身份，亚尔维斯依然睁着他的浅金色竖瞳没有和顾淮一起入睡，天生具备的战斗本能与优秀能力让亚尔维斯在破壳出生后不久就察觉到了，在这个洞穴外边的环境一定是危险的。

为此，亚尔维斯本能地迫切希望自己能够快些成长，拥有战斗能力。

不知道出这个洞穴以后将会面对一个怎样的世界，或许更加严寒冷酷，至少在现在，洞穴里这两只互相依偎在一起的幼崽正感受着彼此的温暖体温。

在这个并不美好的废弃星球上，他们相伴而生。

顾淮在熟睡中醒来时，他睁开眼睛后首先感受到的是另一只幼崽毛茸茸的身体。

"啾。"睡醒的黑色幼崽发出啾声。

从睡着到睡醒，他们都依偎在一起没有分开。

发现这一点，这只黑色幼崽在这时不自觉微动了动他身后那条同样毛茸茸的小尾巴，睁着的圆溜金眸仿佛亮度上升了些。

因为安心感，也因为这只幼崽由此确定了，他确实可以依靠亚尔维斯。

亚尔维斯不会不理他，他是被亚尔维斯守护着的，顾淮的这一意识变得清晰。

亚尔维斯没有动，保持着和旁边的黑色幼崽贴靠在一起依偎的姿势给出回应："啾啾。"

这个时间，他们所在的地方已经由夜转昼。

白昼时的气温到底是比夜晚要稍微好一点，此时两只幼崽还依偎在一起，怕冷的那只黑色幼崽可算有了些暖烘烘的感觉。

这样温暖当然是很舒服的，导致顾淮一时半会也不想跟亚尔维斯分开，于是明明已经醒了，睁开了金眸的黑色幼崽还是就这么继续贴靠在旁边的另一只幼崽身上。

被依赖着的亚尔维斯不会拒绝，他对这只黑色幼崽的行为全然纵容，身后毛茸茸的小尾巴也始终护在这只黑色幼崽身上。

如果顾淮不主动分开，亚尔维斯会由着顾淮一直靠着他取暖。

不过顾淮到底是对周围的好奇心重一些，既然白天的气温稍微上升了点，他不依偎着亚尔维斯也不至于觉得冷了，顾淮最终还是忍不住走动起来，想要探索这个对他来说全然未知的世界。

对一只刚破壳出生的幼崽来说，世界的一切都是未知的，因此顾淮对什么东西都好奇。

黑色的那只幼崽不再团着身体，他起身四顾了下周围，玻璃球似的圆溜金眸充满着对世界好奇的光亮，然后他抬起前爪，开始走向想要探索的地方。

在破壳出生以后，顾淮还没这样走动过，他一出生顺从本能吃了蛋壳以后，马上就困倦得想睡觉，现在也只不过刚刚睡醒而已。

走路是天生能掌握的能力，但准备探索周围的这只黑色幼崽刚刚开始走路，可以看出走得还没有那么熟练。

刚走出去没几步，圆鼓鼓的身体还不小心往旁边歪倒了一下。

不过顾淮并没有就这么歪倒在冷硬的洞穴地面上，亚尔维斯很及时地来到他身边，用身体给他垫靠住。

"唔啾。"正歪倒着身体的这只黑色幼崽更加什么也不怕了，金眸看起来明亮亮的。

同样是幼崽，亚尔维斯无论是体质还是各方面身体能力都比顾淮要好，并且明显好得不止一点半点。

光是拿走路这点来说，亚尔维斯刚破壳出生那会儿就能做到行动敏捷了，他甚至是拥有一定战斗能力的。

他的爪牙都相当锋利，而顾淮不一样。

顾淮光是能破壳出生就已经不容易了，现在就像普通幼崽那样弱小，所以他需要亚尔维斯的守护和照顾。

顾淮要探索周围，亚尔维斯就陪着他一起，避免顾淮再次歪倒，亚尔维斯总是用尾巴给他调整身体平衡。

实在调整不及，那也让只顾探索的这只黑色幼崽倒在他身上。

这个洞穴很大，对身体只有这么小小一只的幼崽来说，要探索完这个洞穴也需要花一些时间了。

白天的洞穴依旧昏暗，在洞穴入口附近透进来的光线才算多一些。

当黑色幼崽靠近到洞穴出口附近，好奇地想去外边的时候，他被亚尔维斯拦住了。

"啾。"亚尔维斯不让顾淮出去外边。

虽然好奇心重，但顾淮这时却是听话的，他从入口附近往后退回来了。

顾淮望着亚尔维斯："啾啾。"

亚尔维斯先是用他的浅金竖瞳往洞穴出口的位置看一眼，然后侧过身体去舔舔旁边这只黑色幼崽头上的小犄角。

亚尔维斯这么做是为了安抚顾淮。

顾淮不知道外边是怎样的世界，而亚尔维斯敏锐地认知到了危险。

为了食物，亚尔维斯知道他之后会需要主动出去面对外边的危险，但他不会让顾淮经历这些。

在蛋壳吃完之前，两只幼崽的活动范围就只在洞穴里。

蛋壳足够吃小半个月，明白蛋壳是最好不过的营养品，亚尔维斯把他的那部分蛋壳推给顾淮。

"啾？"黑色幼崽发出代表疑问的叫声。

亚尔维斯本来就比他早出生几天，把最后的这部分蛋壳给他，那亚尔维斯就没有食物了。

顾淮要把亚尔维斯给他的蛋壳推回去，亚尔维斯阻止了他。

亚尔维斯告诉顾淮他要去外边找食物回来，让顾淮待在洞穴里。

要和亚尔维斯分开，顾淮本能地不愿意："啾，啾啾……"

黑色幼崽一边叫着，一边把他圆鼓鼓的身体贴靠到亚尔维斯旁边。

从破壳出生开始就一直是被亚尔维斯守护照顾着的，顾淮对亚尔维斯当然有着天然的依赖。

不愿意让亚尔维斯离开他，这也是依赖的表现。

顾淮跟着亚尔维斯去到洞穴出口附近，他被亚尔维斯舔毛毛哄了哄，最后还是听话地留在洞穴里了。

"啾啾。"

要快点回来，黑色幼崽那双圆溜溜的金眸毫无疑问表达着这个意思。

等亚尔维斯逐渐离开得远了，完全看不见以后，被留在洞穴里的黑色幼崽才不再望着外边，他等待着亚尔维斯回来。

在虫族里，并没有幼崽会把自己的蛋壳让给另一只幼崽吃，就算不知道这件事情，顾淮也能明白亚尔维斯是对他很好很好的。

离开了顾淮，亚尔维斯从洞穴里出来以后，面对着在洞穴外边看见的荒芜贫瘠的景象，他也没有任何懵懂或迷茫的表现。

作为 α 阶级的高等虫族，亚尔维斯生来就注定强大，虽然他现在还是刚破壳出生没半个月的幼崽，身后还是毛茸茸的小尾巴也暂时不具备什么攻击力，但他天生懂得该怎么生存。

他现在所有的战斗能力都来源于他的爪牙，要怎么利用身体进行战斗，这对亚尔维斯来说也是生来就掌握的能力。

这个星球上的原住民们都很凶猛，不过如果只是对付一只的话，亚尔维斯算不上游刃有余，不过还是能够无伤解决。

亚尔维斯不准备把带有血气的食物带回洞穴，这可能会让一些嗅觉灵敏的敌人发现洞穴的位置，其实顾淮吃着蛋壳，本也不需要其他食物，但亚尔维斯这次外出还是给顾淮带回了他寻找到的一种果实。

亚尔维斯回到洞穴的时候，在洞穴里等待着他的黑色幼崽马上叫了一声靠近到他身边，竖瞳里满是明晃晃的高兴。

亚尔维斯把他带回来的那颗硕大果实推到顾淮面前。

这种果实虽然外表黑漆漆的，看起来不怎么样，不过亚尔维斯在带这种果实回来之前，有切开另一颗种类相同的果实试过一口，他觉得顾淮应该会喜欢。

"唔啾。"黑色幼崽眨动了下金眸，顾淮看着那颗果实，当然知道是食物。

这个果实要怎么吃，幼崽对食物当然是直接动口咬，顾淮也确实这么做了。

但顾淮咬不动。

这种果实的那层黑漆漆的外壳对顾淮来说太坚硬了，顾淮用力一咬，果实的外壳上也半点痕迹都没有，反而是他的牙有些疼。

要吃东西却咬不动，跟果实对战失败的黑色幼崽反应很直接，圆溜金眸只一秒就不讲道理地湿润了，就这么湿着眼睛，几乎是泪汪汪地去找亚尔维斯。

"啾啾！"不仅泪汪汪，叫声也很明显是跟普通时候不一样的。

这是寻求帮助的声音，就像顾淮在最开始觉得冷的时候，他也是对亚尔维斯发出这样的叫声。

亚尔维斯在面对洞穴外边的凶猛生物时可以说是冷酷的，哪怕是幼崽，虫族的天性也让他在战斗时没有丝毫怜悯。

可是顾淮这样湿着眼睛来找他，亚尔维斯只会想满足对方的所有愿望。

亚尔维斯没考虑到顾淮会咬不动这个果实的外壳，他把利爪从爪鞘里伸出来，然后抬起前爪在这颗果实上划了一下。

亚尔维斯看起来只是轻轻一划，顾淮刚才怎么也咬不动的果实就这么被轻易划开，果实上的角刺也被亚尔维斯随后切断，最后呈放在顾淮面前的就是一颗开好口的果实了。

果实坚硬的外壳里全是清甜的汁液，黑色幼崽凑近到果实的开口处，开始一口一口地啜饮起来。

顾淮很喜欢这种果实，而果实是亚尔维斯给他带回来的，于是在进食完以后，顾淮又靠到亚尔维斯旁边，用他毛茸茸的身体蹭了蹭对方。

"啾。"蹭完以后，顾淮学着亚尔维斯的做法，给对方舔顺了身上一小撮有点微翘起的绒毛。

亚尔维斯喜欢被顾淮亲近，知道顾淮在吃完东西以后容易困，亚尔维斯就不动了，让在他旁边的黑色幼崽挨靠着他渐渐入睡。

白天的时候，顾淮不用非得依偎着亚尔维斯，到夜晚气温变得更冷，他就必须有亚尔维斯挨靠着给他取暖才不会受冻，因此亚尔维斯从不会在夜间出去外边寻猎食物。

顾淮吃着的蛋壳在半个多月过去后也终于吃完了，到这个时候，他身上看不出任何变化，而亚尔维斯身后原本毛茸茸的小尾巴却是已经褪毛变成了一条有着金属质感且触感冰冷的银灰色尾巴。

顾淮对亚尔维斯的这条银灰色尾巴一度特别好奇，明知道这条尾巴是冷冰冰的，还非要去碰，甚至用牙咬过，当然只是轻咬的那种，有一次还把身体压在上边就睡着了。

亚尔维斯由着顾淮折腾他的尾巴，实际就算顾淮用力咬，他的尾巴也不会受伤，反而他得担心顾淮的牙会疼。

在这段时间，亚尔维斯外出除了猎食，还给顾淮带回来了几片大型又柔软的羽毛，是从这个星球上的某种鸟类生物身上弄来的。

几片巨大的羽毛堆叠在一起就能变成一个还算柔软舒适的睡窝，这样顾淮每天睡觉时可以睡得更舒服一些。

吃完蛋壳以后，亚尔维斯也还是不让顾淮外出，他现在每天会给顾淮带回肉类食物，是烤熟了的那种。

在洞穴北边的一处地方有着特殊的环境，这里的岩石质地奇特，表面极其滚烫。亚尔维斯会带着血气的肉食扔到上边，等血气消失，肉块彻底熟透以后才带回洞穴。

洞穴里的黑色幼崽就这么每天被亚尔维斯喂养着，明明是生存条件这样恶劣的废弃星球，顾淮却也完全能说是被宠着的。

顾淮隐约能意识到洞穴外边的危险，亚尔维斯不让他出去，虽然没说原因，但顾淮乖乖肯听话。

因为顾淮知道他没有战斗能力，如果非要跟着出去，只会让亚尔维斯为了照顾他而行动不便。

但是有一天亚尔维斯迟迟没有回来，顾淮在洞穴里等了又等，终于还是忍不住出去寻找对方。

离开洞穴的黑色幼崽第一次看见外边的世界，他没有看见任何美好的景象，目之所及都是十分荒芜的。

洞穴以外的世界要比洞穴庞大无数倍，在这样广阔的世界里要怎么寻找亚尔维斯，幼崽只能在空气里嗅闻，试图嗅闻出沿途留下的亚尔维斯的气息。

但当然是不可能嗅闻到的，顾淮只能犹豫着靠直觉选择一个方向去寻找。

走着走着，幼崽走到了一个有点像小树林的地方。

顾淮一路上没有发出任何叫声，他本能知道发出声音会招引敌人。

这确实没错，但就算他不发出叫声，走动时发出的声音也是会被猛兽察觉。

一只在树丛里藏匿着的凶猛生物忽然窜出在顾淮面前，这只野兽的体形相较于顾淮来说极大，顾淮可能就只有这只生物的爪子大小，看起来不是一般幼小。

"啾……"被这只野兽盯着的黑色幼崽显然被吓到了，圆溜金眸陡然睁得更圆，瞳仁也微微收缩。

不只是幼小，更是弱小，对体形这样小的猎物，这只凶猛野兽并不放在眼里的。

面对这样危险又体形巨大的敌人，被这只凶猛生物盯着的黑色幼崽不得不往后瑟缩。

"啾，啾啾——"因为害怕，这只黑色幼崽很容易又湿润了金眸，本能地想要呼唤亚尔维斯。

就在这样的本能下，顾淮第一次建立起了小范围的精神链接。

几乎就在顾淮建立起精神链接的同一时刻，顾淮只来得及看见一道跳跃起来的小影子，然后在他眼前那只巨大的凶猛生物就突然倒下了。

是亚尔维斯跳起来，将他身后的银灰色尾巴重重砸在这只野兽的头颅上。

亚尔维斯盯在这只已经死去的野兽身上的视线就像冰刺一样，不远处的黑色幼崽这时又像是泪汪汪那样向他靠近，直到碰上了，顾淮才真正安心下来了。

安心下来后，顾淮很快注意到亚尔维斯用嘴巴衔着的一朵小花。

等带顾淮回到洞穴里，亚尔维斯才把他衔着的那朵花在顾淮前边放下。

他今天之所以回来晚了就是这个原因，因为看见一朵花，想把花摘下来带回洞穴里送给顾淮，亚尔维斯为此费了些时间。

"啾。"这是礼物，亚尔维斯对他面前的黑色幼崽表达出这个意思。

"啾啾！"顾淮很快回应同样的啾声，眼睛也跟着亮了亮。

看见顾淮的反应，亚尔维斯用他身后的银灰色尾巴去试探地碰了碰旁边黑色幼崽那条毛茸茸的尾巴，没过一会儿就轻轻圈住。

亚尔维斯其实还没太明白这个举动的意思，但他本能觉得这是一个很郑重的动作。

做出这个动作，应该等同于承诺会永远保护对方。

经过这次外出，顾淮也终于清楚知道外边的世界是荒芜而危险的，顾淮第一次意识到外边世界的残酷。

顾淮在进食完后很快窝在柔软的羽毛垫上睡着了，在他依偎着亚尔维斯入睡的期间，在这个星球上生活着的几十只塔克虫族因为接收到精神链接，都正往这个洞穴附近的方向赶来。

顾淮之前受到惊吓的时候建立起了小范围的精神链接，这道精神链接足以笼罩这一整个星球，接收到精神链接的塔克虫族们几乎立刻就进入了因极端愤怒而接近狂暴的战斗状态。

这些塔克虫族是在许多年前因意外来到这个废弃星球的，他们一直生活在与这个洞穴位置相反的另一半星球上。

外边的世界是残酷的，但天生就位于虫族金字塔顶端的王不需要经历这些。

等窝在数层羽毛上睡觉的黑色幼崽一醒来，他就会拥有很多爱护他的家长了。

由于出门活动了一遭，更主要是因为顾淮这次外出时无意动用了精神链接，精神力的消耗让他这一觉睡得特别久。

毫无戒备地熟睡了大半天时间，窝在柔软羽毛上睡觉的黑色幼崽一睁开眼睛，马上感受到的是旁边另一只幼崽对他头上那对小犄角的舔舐。

舔完那对很是小巧的犄角，又给他舔头上那几撮不听话乱翘的绒毛，在被梳理梳毛的过程中，顾淮才从初醒的朦胧到彻底醒过来了。

"啾。"黑色幼崽似乎是有点高兴的样子，发出轻轻的啾声。

知道自己这一觉睡得很久，但是睡醒以后，还是看见亚尔维斯守在身边，顾淮当然是高兴的。

现在已经是下午了，亚尔维斯之前都是早上出去洞穴外边。

等顾淮睡醒，再给顾淮梳理好绒毛，亚尔维斯就准备外出。

但亚尔维斯被顾淮挡住了。

"啾啾。"发出叫声的黑色幼崽用他头上的那对小犄角顶了顶亚尔维斯的身体，把刚走出去没几步的亚尔维斯又往回推。

如果亚尔维斯不顺从，顾淮其实没法推动他。

而很明显，除了在个别涉及顾淮安全的事情上，亚尔维斯对顾淮几乎言听计从。

"啾？"被推回来也不生气，亚尔维斯只是出声询问顾淮。

而被询问的黑色幼崽没有用声音回应，只是将毛茸茸的身体往亚尔维斯身上蹭蹭，挨靠着用颜色漂亮的竖瞳注视对方。

其实顾淮把亚尔维斯推回来并没有什么理由，只是因为昨天被洞穴外边的猛兽吓到，他今天对亚尔维斯格外依赖了些。

具体就表现为像现在这样，不肯让亚尔维斯离开。

不过顾淮也不是什么都没考虑，他看到亚尔维斯之前带回洞穴里的食物还剩许多，今天不去外边觅食也可以。

亚尔维斯因为靠近他身边的那只黑色幼崽的挨靠和轻蹭而无意识甩动了下尾巴，如今他身后那条银灰色的小尾巴已经具备相当的攻击力，尾巴敲打到洞穴地面时，很容易将地面敲出一道裂痕。

亚尔维斯没收敛他尾巴的力量，而挨靠着他的黑色幼崽像是被突然响起的响声稍微惊吓到，叫了一声挨靠得更近了点。

这更是依赖的体现了，在害怕时会第一时间想到和去靠近的对象，一定是对方心里最依赖的。

亚尔维斯再次舔舔顾淮头上的小犄角，同时也把身后的那条银灰色尾巴护在旁边的黑色幼崽身上，他今天不准备出去洞穴外边了。

幼崽都是希望有人陪伴的，更别说自破壳出生以来，在顾淮身边守护和陪伴着他的就只有亚尔维斯。

如果不是明白他们首先需要生存，顾淮大概会要求亚尔维斯一直陪着他，去哪儿都要在一起。

"嗨啾。"知道亚尔维斯今天不会出去了，被舔着犄角安抚的黑色幼崽发出啾声，身后还是毛茸茸的小尾巴也跟着往高处抬起一点。

就算这个洞穴里什么都没有，无论是玩具还是别的什么东西都没有，只要是互相陪伴着，在这洞穴里生活的两只幼崽也还是很有乐趣。

两只幼崽可以一起玩，虽然严格来讲，亚尔维斯更像是在陪顾淮玩。

顾淮去扑亚尔维斯的尾巴，亚尔维斯就配合着躲，躲几次以后，他有意让顾淮碰到一点，最后让顾淮成功扑住他的尾巴。

这个游戏，顾淮似乎怎么玩都玩不腻，每次都兴致勃勃。

扑住亚尔维斯的尾巴的时候，顾淮的金色竖瞳就会睁得更圆，而这次他在扑住以后舔了舔亚尔维斯的尾巴。

顾淮的本意是给亚尔维斯梳理绒毛，但他一时忘记了，亚尔维斯的尾巴已经变成了冷冰冰的银尾，上边没有需要他梳理的绒毛。

亚尔维斯的浅金竖瞳也一起睁圆："啾！"

这样玩闹了好一会儿，顾淮才终于有点累了，他歇下来不再乱动。

于是亚尔维斯将尾巴重新护到顾淮身上，在这个时候，亚尔维斯的尾巴还不足以能将旁边的黑色幼崽圈住，只能半圈着护卫。

顾淮从没想过这个洞穴会被敌人发现，而亚尔维斯现在又陪着他，因此他是完全放松的状态。

亚尔维斯本来也稍微有点放松，但敏锐的听觉让他很快察觉到了洞穴外由远及近的动静，亚尔维斯马上警戒了起来。

顾淮什么都没发现："嗯啾？"

虽然没发现外边的动静，但亚尔维斯表现出来的明显警戒也让顾淮很快意识到了些什么，他顿时不再发出任何声音了，在亚尔维斯身边安分待着，半点也不乱动。

发现这个隐蔽洞穴的侵入者来势汹汹，只片刻，顾淮就也听见了声响，侵入者大概已经到了洞穴的入口附近。

从声音上听，闯进洞穴的侵入者不止一个两个，可能是有一群，这让顾淮不由得既担心又害怕地往亚尔维斯身上挨靠。

而进入这个洞穴深处的塔克虫族们第一眼看到的就是这个场景。

——幼崽在害怕。

发现这一点，这些塔克虫族竖瞳的猩红色仿佛一下子加深了许多，原本就凶戾冰冷的猩红眼睛看起来更加可怕。

顾淮觉得害怕，本来这些塔克虫族是会为此而愤怒地去清理洞穴周围的数百米内的其他生物。

因为在这些塔克虫族看来，一定是这个环境让幼崽觉得不够安全，所以顾淮才会害怕。

但找到顾淮的喜悦充斥着这些塔克虫族的内心，喜悦的情感在心里占据上风，让这些塔克虫族不愿意现在离开。

他们找到了对他们来说最重要的珍贵宝物。

发现是同族，亚尔维斯本能知道他对除了顾淮以及与自身同阶级以外的虫族有着支配能力，他盯着这些塔克虫族，在审视中缓慢从战斗状态脱离。

亚尔维斯还是警戒着，而顾淮在看见这些塔克虫族以后，心情转变要更大一些。

顾淮拥有亚尔维斯不具备的一项能力，这项能力只有作为虫族的王而诞生的他才拥有——他能够感知到其他虫族的情感。

因此在这些塔克虫族出现在视线范围内以后，顾淮感知到了他们的情绪。

这些塔克虫族对他和亚尔维斯没有恶意，顾淮从他们身上感知到的是一种很温暖的情感，他们好像很在意他、很关心他，就像……

像爱护自己幼崽的家长那样。

什么是家长呢？

对出生时周围并没有大人看护着，只有一个同样刚破壳几天的守护者在旁边陪伴的幼崽来说，顾淮有点似懂非懂。

他好像没有家长。

无论是从感知的情绪或是本能，顾淮都觉得这些塔克虫族不会伤害他，在亚尔维斯仍相对警戒着的这个时候，顾淮忽然动了动。

原本安分待在亚尔维斯身边的黑色幼崽忽然往前了一步，他从这个角度能看见的是这些塔克虫族像利刃一样的锋利前臂。

进入洞穴里的塔克虫族们毫无攻击意图，确认这一点，亚尔维斯才没有把顾淮拖回来。

越是靠近，顾淮从这些塔克虫族身上感知到的情感就越清楚。

洞穴里的气温并没有变化，依然非常寒冷，但不知道为什么，因为被感知到的那些情感包围着，顾淮一时间有种暖洋洋的感觉。

在他前边的这些塔克虫族是他的家长吗？

不由自主冒出这样的想法，被一群塔克虫族小心盯着的黑色幼崽忍不住抬起脑袋。

"啾……啾啾。"幼崽尝试着对这些塔克虫族发出叫声。

从这只黑色幼崽期待的目光可以看出，幼崽显然是希望能得到回应的。

听见幼崽的幼软叫声，这些塔克虫族顿时都微微收缩竖瞳，但他们都没有动。

不是不愿意动，而是对这些冰冷的塔克虫族来说，他们并不懂得怎么呵护照顾一只幼崽。

但这些塔克虫族丝毫不动的反应看在顾淮眼里，就像是他们完全不为所动那样，于是刚才还满怀期待的幼崽一下子就有点退缩了。

可又还是想再尝试一次。

"啾啾。"黑色幼崽鼓起勇气再发出一次叫声，而这一次，金眸里泛起了些水光，让幼崽的眼睛看起来湿润润的。

顾淮这样的表现让这些塔克虫族即时意识到，他们不可以不动。

但幼崽想他们怎么做呢？

他们要怎么做，幼崽才会高兴？

缺乏智慧的塔克虫族要思考这样的问题并不容易，只是本能地，为首那只塔克虫族在顾淮的注视下，下意识伏低身体，然后小心翼翼地向近处的黑色幼崽伸出他的锋利前臂。

他用前臂将幼崽抱了起来。

"唔啾啾！"待在塔克虫族的锋利前臂上，被带到高处，幼崽很快睁圆了金眸。

离地面越来越远，停下的时候，顾淮发现他被将他抱起的这只塔克虫族放到了肩上。

好高呀。

幼崽很明显高兴起来，他还想更高一些，待在塔克虫族肩上的黑色幼崽瞄准了目标位置，紧接着就毫不顾忌地往载着他的这只塔克虫族的头上爬。

顾淮跑到了塔克虫族的头顶。

"啾！"这里是最高的了。

待在塔克虫族头上的这只黑色幼崽不怎么安分，在上边动来动去，而载着幼崽的塔克虫族一动不动。

但也不是完全没有反应，这只塔克虫族从喉咙里发出了低低的嘶声。

即使只是短暂的接触，顾淮现在也已经明白了，这些塔克虫族会像亚尔维斯一样保护他。

顾淮很轻易就接纳了这些塔克虫族，而亚尔维斯在明白这些塔克虫族会和他一样成为顾淮的守护者以后，他也同样放下了剩余的警戒。

于是从这一天开始，在这个洞穴里生活着的，就不止两只幼崽了，塔克虫族们跟他们一起生活。

也是从这天起，顾淮可以自由地出去洞穴外边了。

亚尔维斯是 α 阶级的高等虫族，可因为他现在还只是一只刚破壳出生没多久的幼崽，他的成长速度虽然很快，却也还不足以让他能够毫不顾虑地带着顾淮出去洞穴外边活动。

但来了一群塔克虫族以后，情况就截然不同了。

虽然这些塔克虫族是低阶虫族，他们不具备太高智慧，也没有异能天赋，甚至无法进阶出类人形态，但他们已经是这个星球上生物的食物链顶端。

这个星球上的生物再怎么凶猛，也不是这群已经成年的塔克虫族的对手。

就像依赖亚尔维斯一样，顾淮也很依赖这些被他当成家长的塔克虫族。

在塔克虫族们的看护下，顾淮和亚尔维斯出去洞穴外边活动。

顾淮还是去到他之前去过一次的那个小树林，上一次没有家长陪着，顾淮一路上都没有发出任何叫声。

而这次有家长陪着出门，顾淮就一点儿也不顾虑了。

这片小树林里有许多野兽栖息着，毕竟这个星球上的大部分地方都很荒芜，难得的一处有水源的绿色地带，当然是被最凶猛的原住民占据着。

毛茸茸又身体圆鼓鼓的一只黑色幼崽到了这个小树林里，对栖息在这片小树林的凶猛生物来说就像一块自动送上门的零食。

就这么小小一只，塞牙缝也不够，但野兽不会嫌弃或放过送上门的食物。

难得被允许出来洞穴外边活动，还是不用担心安全的那种，顾淮看见任何好奇的东西就跑过去。

他看见一朵从石缝里生长出来的花，而在顾淮靠近去的时候，一只高大凶猛的野兽从巨大的石头后边突然窜出在他面前。

黑色幼崽睁圆了金眸，马上转身往自己家长的身边跑。

"啾，啾啾——"

看护着顾淮的塔克虫族本来就离他很近，看见那只生物出现，这些塔克虫族更是马上就把顾淮保护了起来。

顾淮被一只塔克虫族抱到肩上，他居高临下地看着那只刚才出现在他面前的大型野兽。

这只野兽好大只，顾淮刚才是这么觉得的，可是待在塔克虫族的肩上，从高处看，这只野兽又好像不那么大只了。

他的家长比这只野兽还要大好几倍。

"啾啾！"幼崽无师自通地向自己的家长们告状。

就算顾淮不告状，在这些塔克虫族眼里，也是这只野兽吓到了他们的幼崽。

看护着顾淮的塔克虫族们对任何企图伤害顾淮的敌人都毫无怜悯，他们很快就冷酷地解决掉了敌人。

野兽都有生存本能，原本栖息在这片小树林里的凶猛生物现在都察觉到了危险，他们意识到，那只黑色幼崽是他们不能靠近的，必须要远远避开。

之前还认为这只黑色幼崽是送上门的食物，现在这片小树林里的原住民们都纷纷刻意避开这只幼崽探索的地方。

原住民们不想放弃这片小树林，只要他们不出现在那只黑色幼崽面前，跟在这只幼崽身后的那些身形庞大的塔克虫族就不会理会他们。

这片小树林成了顾淮能够随意探索的游乐场。

顾淮最后还是跑到了他刚才看见的那朵花附近，顾淮嗅闻到花香，忽然想在草地上小憩一会儿。

之前为了安全不可以出来洞穴外边，有了家长以后就不一样了，顾淮在外边想睡就睡。

"哞啾。"顾淮想让亚尔维斯陪他睡觉。

于是亚尔维斯主动挨靠过去，两只幼崽依偎在一起，在一朵从石缝里生长出来并随风轻轻摇曳的小花旁边，左边的黑色幼崽很快入睡。

塔克虫族们看护着睡着的幼崽，他们不会让任何的危险靠近。

当然，现在也没有任何生物会想靠近。

有了家长以后，顾淮便成了这个废弃星球的食物链顶端。

假如有其他人来到这个位处偏远星系的废弃星球，大概会为自己在这个星球上看见的景象而讶异。

这个星球上栖息游荡着各种经过了进化或变异的凶猛生物，但这个废弃星球的霸主却是一只幼小且不具备任何战斗能力的幼崽。

他们会看见，一只黑色幼崽在这危机四伏的星球上毫不顾忌地四处活动，被好奇心驱使着，什么地方都敢去探索。

而在探索过程中一旦累了，就什么也不管地团起身体睡觉。

抖一抖毛茸茸的身体，晃晃身后的小尾巴，这只有着圆溜金眸的黑色幼崽去什么地方，那个地方的生物就会赶紧撤离。

可以说，这只幼崽是在这个废弃星球上横着走了。

星球上的生物惧怕的当然不是这只幼崽本身，他们畏惧的，是跟在这只幼崽身后的那一群塔克虫族。

这些塔克虫族就像家长一样，时时刻刻跟在幼崽身边看护着，会让幼崽待在他们的肩上或头上，还会满足幼崽的所有要求。

当顾淮对一只长得像孔雀一样的鸟类生物表现出好奇心的时候，这只外形漂亮，实际却非常凶猛的猛禽在一群塔克虫族的威胁下，不得不温顺地让那只黑色幼崽玩他的羽毛，甚至还咬着拔走了好几根。

"啾啾。"叼着根喜欢的漂亮羽毛，身体看着越来越圆鼓鼓的黑色幼崽回到自己家长们的身边，顾淮把这根火红色的羽毛展示给亚尔维斯看。

亚尔维斯对羽毛没什么兴趣，不过作为回应，他还是靠近去舔了舔黑色幼崽头上的小犄角。

得到了羽毛，顾淮就对那只雀鸟不好奇了，于是在他周围的塔克虫族们也没有攻击意图，终于被放过的原住民赶紧跑得老远。

给亚尔维斯展示完了，顾淮又继续给家长们看他衔着的那根羽毛，发出啾声时还很注意不让羽毛掉到地上。

在顾淮周围的塔克虫族们实际也没有关注那根羽毛，他们看见幼崽望过来的金色眼睛很明亮，而且幼崽对他们啾啾叫着，于是这些塔克虫族本能地从喉咙里发出低低的嘶声。

而得到了回应的幼崽就更高兴了，明明衔着的羽毛也不是什么稀罕的东西，更算不上是好玩的玩具，可被塔克虫族们看护着的黑色幼崽依然快快乐乐。

尽管这个废弃星球的生活环境十分恶劣，但顾淮从破壳出生以来，一直被保护着，其实也没受什么苦。

他是被宠爱着的。

无论是亚尔维斯还是后来到来的这些塔克虫族，都给予了他最好的一切。

只不过是这个废弃星球上最好的东西也好得有限，所以他们才没法给予顾淮更多。

假如是在一个条件好的星球上，他们送给顾淮的，一定是更好的东西。

怎么去一个条件更好的星球？

还是幼崽的顾淮和亚尔维斯暂时想不到这个问题，这个废弃星球目前已经是他们眼中的全部世界了。

塔克虫族们想到了，但他们努力思考，也还是没能想出方法。

将他们带到这个星球的那艘战舰已经彻底坠毁了，在这个星球上并没有其他能够使用的战舰，缺少必需的工具，他们没办法离开这个星球。

"嗨啾啾。"不知道家长们在思考什么，回到家长身边的黑色幼崽又开始啾啾叫着提出要求。

这叫声是要抱的意思。

刚啾没两声，顾淮就被离他最近的那只塔克虫族抱起来放到肩上了。

被宠爱着的幼崽对现状没什么不满足，顾淮待在塔克虫族的肩上左动动右动动，想去哪儿也不自己跑去，而是啾几声让家长载他过去，金眸只顾向周围看世界。

懵懂又单纯，总是能很轻易地高兴起来，幼崽大多都是这样的。

以后一直这样生活，顾淮觉得也很好。

这个星球的冬天再冷，他也一定不会受冻了，冬天过后的其他季节都是温暖的。

但作为虫族新生的王，顾淮不可能一直不被其他虫族发现。

当再长大几个月，顾淮的精神力以恐怖速度成长以后，他有一天建立的精神链接直接覆盖了整个种族。

这一次的精神链接并不是因为受到惊吓而建立，而是幼崽对自己拥有的这个能力感兴趣，兴趣来了的时候就会用一用。

之前的精神链接只有一个星球的范围，而顾淮现在本能觉得他可以建立更大范围的链接，于是他也这么做了。

"啾啾，啾！"

在和亚尔维斯玩闹的时候建立精神链接，只在短短一瞬间，星际里的所有虫族就都在意识里听见了顾淮的声音。

是非常幼软的叫声。

一听就知道，这应该是刚出生没多久的幼崽的声音。

也是在这一瞬间，原本仍分裂成三个军团的虫族在行动上达到了前所未有的统一，他们在星际里开始了地毯式搜索。

动静闹得很大，把星际里不明情况的各个种族都给惊吓了一遍。

"不行，没办法测定王的准确位置。"

为了更好地寻找，虫族三个军团的技术人员都集中在了一起，但只凭短暂的一次精神链接，他们实在确定不了精神链接发出的详细坐标。

这让废弃星球之外的虫族都非常焦躁，这种焦躁刺激了他们的精神，让他们几乎处于一种亢奋状态，在找到顾淮之前完全不想休息。

不过好在，精神链接并不止传达这么一次。

自从接收到第一次精神链接，虫族的士兵们表情冰冷，却都怀揣着希望能再次接收到王对他们的呼唤的想法。

而在这样的期盼中，他们等来了更多的呼唤。

"啾啾。"

"嗨啾啾。"

"啾！"

传递过来的情绪是欢快的，这让原本面无表情的虫族士兵们都不禁微微亮起他们的竖瞳。

王的叫声真可爱啊……

尽管和正常的虫族幼崽的叫声不一样，但这也不妨碍接收到精神链接的虫族士兵们产生这个想法。

王应该是在玩着吧，所以这么高兴。

光是听着叫声，表面上冷冰冰的虫族们就已经在脑子里不由自主想象幼崽正在玩闹的画面，这样的想象令这些虫族感到喜悦。

只是喜悦归喜悦，他们现在只能按捺着极度的欣喜，马上开始测定坐标寻找。

有了这么多次精神链接，再测定坐标就变得容易了许多，技术人员很快定位到了废弃星球的坐标。

在虫族三个军团的舰队准备进行定位传送的这个时候，废弃星球北半球的大部分地区都正下着雨。

下雨了就不能出去外边了，破壳出生后的好几个月以来，这是顾淮第一次看见雨，他对这从天而降的雨水感到好奇，就连雨声也让他觉得新鲜不已。

顾淮很听亚尔维斯和家长们的话，说不能出去就不出去，黑色幼崽只靠近到洞穴入口附近，睁着一双圆溜溜的金眸注视着洞穴外瓢泼的雨。

雨下得很大，雨声也很大。

对刚出生几个月的幼崽来说，顾淮连四季的面貌都未看全。

经历了寒冷的冬，本来应该迎来盎然的春，只是这个废弃星球太过贫瘠荒芜，他没能在春天看见葱郁的绿与盎然生机。

不过就算是看一场雨，幼崽也会因好奇和新鲜感而觉得高兴，但就在顾淮看得入神的时候，天际忽然炸开了一道响雷。

"哮啾。"

一下子被吓到了，待在洞穴入口附近的黑色幼崽想也不想就跑到亚尔维斯身边，然后推着亚尔维斯一起躲到家长身后。

"啾啾。"幼崽对家长表达，刚才的雷声让他害怕。

看护着顾淮的塔克虫族们已经学会了怎么哄幼崽，幼崽如果害怕，在这个时候把幼崽抱起来就好了。

于是一只塔克虫族把在地上的两只幼崽都抱到肩上去，然后他载着两只幼崽靠近洞穴入口，让对这场雨感兴趣的顾淮能继续看着外边。

这样被家长载着，再有骤然响起的雷声，顾淮也不害怕了。

而看着看着，迎着这片雨幕，一群因雨水遮挡而看不太清形貌的黑影正在靠近——

亚尔维斯和周围的塔克虫族们都提前察觉，他们纷纷进入警戒状态。

因为越离越近，那些靠近的人影在顾淮的金色竖瞳里也愈渐清晰。

"啾。"待在塔克虫族肩上的黑色幼崽忽然清晰地叫了一声。

也是在顾淮发出叫声的时候，洞穴外边的虫族部队在雨幕中，一瞬间就被喜悦淹没了。

之后发生的事情就都十分顺理成章，顾淮被前来寻找他的虫族部队接到了新的星球，当然亚尔维斯和一直看护着他的塔克虫族们也一起离开。

在说到要去哪个星球生活的时候，被三名军团长带去看星域图的黑色幼崽眨了下金眸，爪子在上边随便一按，按中了图瑟星。

于是图瑟星就成了钦定的虫族首都星，分裂成三个军团的虫族因为顾淮的诞生而自动统一。

如今的虫族没有任何对外侵略的意图，在虫族因为要寻找顾淮而闹出一波大动静以后，星际各种族最近探查到的情报赫然都是——虫族正在忙着养幼崽。

这个情报简直令每个种族都目瞪口呆，一度怀疑情报真实性。

但事实的确如此。

虫族们忙着给顾淮准备柔软的床窝，准备营养丰富的可口食物，还有准备各种小玩具。

离开了废弃星球，被接到图瑟星以后，世界在顾淮眼里顿时变得截然不同。

顾淮这个时候才知道，原来不是每个星球都荒芜而风沙弥漫，也有丰饶美丽的星球，在别的星球能看见很多漂亮的景物。

顾淮在废弃星球上出生这件事情令将他接到图瑟星的虫族感到难过，因此他们现在不遗余力地将一切最好的东西都捧到顾淮面前。

幼崽的床窝是用星际里最柔软的星云锦铺成的，顾淮被接回图瑟星后表现出想睡觉的时候，他就被抱到了这个床窝里。

"啾啾。"待在床窝里的黑色幼崽又要求亚尔维斯陪他。

睡觉时一定要亚尔维斯陪着才肯睡，这是顾淮已经养成的一个习惯。

亚尔维斯也总是愿意同意顾淮的要求，这倒不是迁就，只是他本身愿意宠着顾淮。

"啾。"感受了下床窝的柔软，已经有些睡意的黑色幼崽依偎着亚尔维斯，在睡觉前对在周围注视着他的家长们叫了一声。

塔克虫族们还好，围着不肯走的其他虫族视线一顿，纷纷感觉自己的呼吸忽然变得有点困难。

星云锦做成的床窝比只用羽毛铺了几层的床窝柔软舒适太多，并且又非常温暖。

第一次睡在这么舒服的地方，床窝里的那只黑色幼崽没一会儿就闭起金眸，沉沉地熟睡了。

他们以后都生活在这个星球。

这个星球比之前那个好，能和家长一起生活在环境更好的星球上，就算是对世界认知还非常懵懂的幼崽也本能地觉得高兴。

"啾……啾啾。"顾淮发出梦呓。

幼崽的梦呓声让在床窝周围看护着的虫族更加小心翼翼，呼吸都忍不住跟着刻意放轻。

真好啊，他们找到了王。

不管以后发生什么，王都会在虫族的宠爱中长大。

对星际里其他所有种族的人们来说，虫族真是一个他们难以理解的种族。

阶级分明的金字塔型社会还能够理解，星际里倒也不是没有其他社会结构相似的种族。

虫族是由天生的阶级决定在种族里的地位，阶级越高的虫族，能力越强大，这本来也是合理的。

但现在，虫族忽然多了一个王。

虫族的王还是一只幼崽，据说是不具备任何战斗能力。

这样的王放在虫族里简直格格不入，可所有的虫族却都愿意服从于一个这样弱小的统治者，并且心甘情愿，这就让星际其他种族的人们很难理解了。

不过不管其他人能不能理解，虫族们反正也不在意。

王对虫族具备什么样的意义，其他种族的人是不会明白的，即使能从理论上阐述原因，也无法真正体会这种意义。

此时在军部会议室里，一只圆鼓鼓的黑色幼崽睁着金眸在会议室中的黑契石方桌上自由活动，活动着活动着，前爪还踩上了一份纸质文件。

这是一份关乎两个种族之间的外交，内容相当重要的一份协议文件，但活动在这张黑契石方桌上的黑色幼崽就这么踩过去了。

一场会议下来，这只黑色幼崽至少在这份文件上踩过去了三四次。

这个场景本不该出现在严肃的军部会议室。

坐在方桌左边的波波尔特人领袖对此并不敢发表任何意见，而坐在方桌右侧的虫族们——虫族的三名军团长以及图瑟星的高层议会成员的表情都纹丝不动。

虽然面无表情，可这些虫族的视线很明显都跟着在桌面上活动的那只黑色幼崽移动，注意力在哪可谓是一目了然。

"啾？"

从没见过波波尔特人，顾淮有些好奇地往坐在家长们对面的几名波波尔特人靠近，靠近后开始观察他们。

被观察的波波尔特人动也不敢动，他们知道，这次外交能不能成，恐怕就看这只幼崽对他们的反应了。

这件事情听起来匪夷所思，种族大事怎么可能由一只幼崽的态度和反应来决定，可虫族就是这么不讲道理。

"啾啾。"好奇观察了坐在对面的波波尔特人一会儿，黑色幼崽的反应是发出一声幼软啾声。

这至少是不反感他们的表现，会议室里被观察的波波尔特人稍微松了一口气。

到底是陌生人，同样待在桌面上却一直没怎么动的亚尔维斯在这时用他的尾巴将快跑到对面去的黑色幼崽往回拖了拖。

被这么往回拖，顾淮又叫了一声，倒是听话地不再过去了。

不过去，那就挨着亚尔维斯。

理论上幼崽应该喜欢黏着家长，但因为相伴而生，亚尔维斯又是顾淮的第一个守护者，顾淮几乎无论什么事情都喜欢拉着亚尔维斯一起做。

玩要一起玩，吃东西也要一起吃，睡觉更加是要依偎着一起睡。

幼年期的顾淮无疑是很黏人的，而虫族们对此非常高兴。

顾淮时不时也会黏他们，每当这个时候，被黑色幼崽跟来跟去的虫族们就欣喜得不得了。

至于亚尔维斯对此是什么感觉，看他的反应就知道了，黑色幼崽一挨着他，亚尔维斯的尾巴就护在旁边，两只幼崽依偎在一起看起来亲亲密密。

跟亚尔维斯挨在一起安分了一会儿，顾淮没多久又起身，往家长面前靠近。

这场商讨会议进行了有一段时间，在会议桌上活动许久，顾淮感觉有点饿了。

饿了找家长，黑色幼崽走动到桌面的边缘，也是最靠近虫族这边的位置，然后发出叫声："啾啾。"

幼崽表示想吃东西的叫声和平常的叫声有细微差别，听起来会更加幼软一些，而虫族们对顾淮这样的叫声无疑十分敏锐。

这一记叫声打断了整个会议，虫族这边的人员一瞬间行动起来。

坐在对面的波波尔特人就眼睁睁看着在场的虫族高层在这军部会议室里拿出奶粉和普巴诺树汁，以及一个小奶瓶，短短十几秒时间就泡好了半瓶奶。

"你们能不能尊重一下这间会议室？"波波尔特人在心里想着这话，表面上稳着表情坐定不动。

紧接着，虫族就用行动告诉了他们答案。

——不能。

不仅在军部会议室里泡奶粉，军团长之一的卡帕莉娅还拿起与她格格不入的那个小奶瓶，动作小心地给刚才对他们发出叫声的黑色幼崽喂食。

喂食期间，整间会议室里就只剩下幼崽啜小奶瓶顶端的奶嘴时发出的声音。

声音一下一下，轻轻的，还很有节奏规律，在场的虫族们听着这个声音，再看着自家王乖乖喝奶的画面，竖瞳顿时亮起。

咕叽咕叽喝完了小半瓶奶，顾淮很快又想睡觉，没一会儿就这么在这张会议桌上团起身体睡着了。

还是一只幼崽，顾淮听不懂这场会议的内容，也不知道自己的行动会对会议有什么影响。

但反正顾淮这么一睡，明明是面对面坐着的虫族和波波尔特人都不用声音交流了，改成用文字互发讯息。

整间会议室都静悄悄的，窝在桌面上的黑色幼崽睡得很舒服。

虫族非常宠爱他们的王——

通过这次外交，波波尔特人非常彻底地清楚认知到了这件事情。

因为在会议上，活动于桌面的黑色幼崽没有对波波尔特人表现出不喜欢的态度，两个种族的外交经由这次会议顺利建立了起来。

原本处于绝对独立状态的虫族为什么愿意进行外交，这依然是归因于顾淮。

忙着养幼崽的虫族既没有时间，也没有兴趣对外进行战争掠夺。

更重要的是，他们不希望让顾淮看见战争发生的场景。

对以前的虫族来说，战争只是一个中性词，不好也不坏，虫族有着掠夺的天性，他们对战争习以为常。

可是当被对世界的一切都还懵懂无知的幼崽王注视着的时候，虫族们忽然觉得，战争似乎不算是什么美好的东西，他们不应该让顾淮看见。

有了这个想法以后，再有星盗在图瑟星的邻近星域生事，弄得炮火纷飞，对虫族来说不亚于挑衅。

所以虫族把在图瑟星邻近星域生事的星盗都快速摁死了，邻居们突然获得一片安乐环境，忍不住揣测虫族突然来帮助他们是什么意思，也就有了波波尔特人的外交试探。

建立外交有利于促进和平，考虑了一番，虫族同意波波尔特人的来访。

有一就有二，继波波尔特人之后，虫族的外交逐渐拓展了起来。

在安稳的养幼崽日子里度过几年，虫族忽然迎来一个大动静——

顾淮和亚尔维斯都在幼年期就进阶出了类人形态。

穿上虫族们特地准备的小衣服，坐在沙发椅上的顾淮身高大概只有一米。

类人形态下的顾淮有着一头柔软黑发，还有一双乌溜溜的黑色眼睛，肤色白皙。长相虽然还很稚嫩，却也看起来格外秀气好看了。

顾淮此时听话地坐在沙发上，看起来就是标准的乖宝宝的样子。

顾淮的类人形态没有任何虫族特征，幼崽形态下的小犄角没有保留，眼睛也从金色变成了黑色，并且瞳孔是圆形的。

一眼看去，顾淮现在实在很容易被误认成是人类的幼崽。

但虫族们对此没有任何感觉，他们第一眼看见顾淮的类人形态就亮起眼睛。

在虫族们看来，顾淮在幼年期的类人形态实在非常可爱。

而同样进阶出类人形态的亚尔维斯就跟顾淮差别很大，亚尔维斯在类人形态下拥有一眼就能认出的种族特征，他的眼睛是浅金色的竖瞳，身后还有一条质感冰冷的银灰色尾巴。

亚尔维斯的身高比顾淮要高一些，但最多也就只有一米一，他现在也同样是只有三岁半的幼崽而已。

顾淮对自己的类人形态不感兴趣，对亚尔维斯却很感兴趣，就像在幼崽时候随意挨靠过去一样，顾淮这时也靠近去看亚尔维斯的尾巴。

顾淮看着亚尔维斯的尾巴，又回过头去看自己身后，眨巴眼说："尾巴。"

顾淮的意思是，他没有尾巴。

只说出一个词，其他人不一定能理解他的意思，但亚尔维斯听懂了，在这时一声不吭地把他的尾巴移到顾淮手边。

顾淮没有尾巴，亚尔维斯就把自己的尾巴给他。

顾淮把亚尔维斯的尾巴抱住好一会儿，等抱够了才放开。

"陛下，准备的这些衣服您还喜欢吗？"艾伊半跪在顾淮面前，眼神柔和。

幼崽对衣着很难有什么个人喜好，觉得穿得舒服，于是顾淮点了点头。

类人形态比幼崽的原形态要方便活动一些，顾淮对以这个形态活动产生兴趣，他在庭院里追一只小鸟，一追就追了十来分钟，可惜怎么追也追不到。

这只小鸟有着鹅黄色的绒羽，似乎不太怕人，在有人去捉他的时候才扑腾翅膀起飞，飞出一小段距离又重新落到地上。

自己捉不到小鸟怎么办呢？

对顾淮来说，这不是一个需要思考的问题，因为他早已经养成了依赖亚尔维斯和家长们的习惯。

顾淮看一眼那只小鸟，确定小鸟还没飞走，他很快回到亚尔维斯身边。

如果有什么得不到的东西，顾淮在面对亚尔维斯的时候就很容易让眼睛变得湿润。

现在也是，顾淮的黑色眼睛泛起了些许水光，他这样注视着亚尔维斯，然后伸手指着不远处落在地上的那只鹅黄色小鸟。

"要那个。"顾淮很快提出要求。

亚尔维斯眨眼间就把那只被顾淮指着的小鸟捉住，然后放到顾淮手上。

亚尔维斯并没有伤害这只小鸟，他想着顾淮应该是想要活的。

顾淮的小手很难拢住一只雀鸟，但大概是生物的生存本能，亚尔维斯站在旁边，这只小鸟并不敢怎么挣扎。

顾淮也没对这只小鸟做什么，他只是轻轻拢着这只绒羽丰厚的雀鸟，然后好奇地在这只雀鸟的翅膀上摸了摸。

摸完以后，顾淮就摊开双手，让这只小鸟飞走了。

鸟类会飞，飞那么高能看见什么样的景物呢，顾淮很自然地想象着。

他不会飞，但是也可以到很高的地方。

这么一想，顾淮就去看护着他的塔克虫族面前要抱，顺利坐在家长肩上以后，顾淮就高兴了。

一直被虫族们宠爱着长大，这让顾淮多少有些被娇宠出来的性子。

从破壳出生以来，顾淮从来没有什么无法得到的东西，他难免任性。想做什么就做，过分自由肆意，也很少顾忌什么东西，恣意妄为。

不过也因为一直被宠爱着，一直被天性缺乏感情的虫族们温柔对待，顾淮的内心也生长出了同样的温柔。

无论做什么事，顾淮不会主动去伤害别人。

而家长和亚尔维斯对他说的那些不能做的事情，他会乖乖听话。

他的家长和亚尔维斯绝对不会伤害他，所以不让他做的事一定是因为那件事情不好。

"卡鲁。"顾淮念着他给正载着他的这只塔克虫族取的名字。

被幼崽呼唤的塔克虫族发出低低嘶声。

"卡鲁最高了。"顾淮说出这句话，眼睛亮亮的。

在顾淮目前所见过的所有虫族里，载着他的这只塔克虫族确实是体形最高大的，他每次坐在卡鲁肩上，都能看见最远的景物。

低低的嘶声又再响起，低阶的塔克虫族不会说话，他们只能用嘶声来回应他们宠爱的幼崽。

这些塔克虫族的名字是顾淮进阶出类人形态以后就马上取的，大家都有名字，顾淮觉得他的家长也要有名字。

顾淮进阶出类人形态，喝奶就不再需要用小奶瓶了，这让虫族们感到深深遗憾。

不过王自己捧着个杯子乖巧喝奶的样子也很可爱……

其实顾淮现在都三岁半了，并不是必须要喝奶，只是在顾淮不排斥的情况下，虫族们就顺着私心继续每天给顾淮提供一杯鲜奶了。

以顾淮现在的身高，坐在沙发上，脚都碰不着地。当顾淮坐着喝奶的时候，参谋长站在旁边，一个劲地录像拍照。

顾淮在类人形态和幼崽形态的生活没有太大区别，他依然生活在图瑟星，虫族们对他的宠爱一如既往。

直到有一天，顾淮忽然指着终端投影出来的一个星网页面说，他想去这里上学。

在顾淮身边的虫族们马上齐刷刷盯着那个星网页面。

——希洛里安幼儿园。

这是由星盟创办的一所面向星际所有种族招生的幼儿园，学校资源相当优越，几乎各方面都做到了满分，是星际里公认的条件最好的幼儿园。

好归好，可让顾淮去上幼儿园，图瑟星上的虫族是一万个舍不得。

自家王去上幼儿园，那不就是要离开他们了？

他们的王还是幼崽，需要他们照顾，怎么能去他们看不见的地方——

要是在那个地方，王被什么人欺负了，他们又来不及赶过去怎么办？！

短短几秒间，在场虫族的脑子里就把一切负面可能都给设想完了，现在满脑子都是拒绝的讯号。

"不可以去吗？"顾淮坐在沙发上眨了眨眼，收回指着虚拟屏幕的手，乖乖地注视着自己的家长们。

虫族们很容易看见顾淮眼里的好奇和期待，他们脑子里的拒绝讯号忽然一卡壳，内心剧烈挣扎了起来。

一方面很想满足顾淮的愿望，另一方面他们又实在很舍不得让顾淮离开图瑟星。

"您非常想去吗？"卡帕莉娅低下声音询问。

顾淮点了点头，又露出一个笑容："啾啾……亚尔维斯也要一起。"

顾淮的肯定回答让在场虫族都难以拒绝，再怎么舍不得，虫族们还是会以顾淮的意愿作为第一选择。

于是三名军团长和其他图瑟高层在军部会议室里一致面无表情地开了好几个小时的会，终于敲定了送顾淮和亚尔维斯一起去希洛里安幼儿园的事情。

幼儿园在九月份开学，现在是八月，在这个时候报名已经来不及。

虫族们不可能在答应了顾淮以后又让顾淮失望，在三名军团长的示意下，参谋长直接联络上星盟，对这件事情提出商议。

这几年来，虫族与一部分种族建立了外交，在好几件与星盟相关的事件上也提供了帮助，星盟对如今的虫族已经不再那么戒备忌惮，至少是从危险名单里拉出来了。

突然从虫族那边接收到关于幼儿园报名事情的这一通通信，星盟高层是蒙的。

"请问是要给哪两位报名？"星盟这边不得不产生疑问，虫族应该是在成年期进阶出类人形态，也就不可能上什么幼儿园。

参谋长回答："陛下和亚尔维斯大人。"

星盟的高层们一听，脑子不由得卡壳。

他们没听错吧？

虫族的王，还有另一个听称呼估计在虫族同样身份很高……多半是 α 虫族的这两个人，要来星盟创办的幼儿园上学？

回过神来，星盟那边还是很快一口应下，再发一个通信就把这件事情交代给了下级。

由虫族的参谋长亲自给他们发通信，星盟总部还以为星际里发生了什么让虫族不得不来联络他们的重大事件。

结果只是幼儿园报名的事。

结束通信后的星盟高层一阵失语，而接到上级指令的幼儿园相关事宜的负责人同样有些蒙，在弄清楚情况以后战战兢兢。

虫族的王和一名 α 虫族，两个之中随便一个都身份无比尊贵，前者更是有点闪失就要命的那种。

想到这事，希洛里安幼儿园的负责人——即校长额头上止不住因为焦虑而冒出阵阵薄汗。

平时根本接触不到的上级交代下来的事情，校长再怎么焦虑也只能硬着头皮开始办了，他提前让教务处的人录入顾淮和亚尔维斯的信息，当然也很识趣地嘱咐开学的时候要把两人分到同一个班级。

该来的总是要来，一眨眼，整个八月就过去了，迎来九月份的开学。

希洛里安幼儿园所在的星球是莱纳星，这个星球离图瑟星不算远，以尤拉战舰的航行速度，半天不到就能抵达。

在顾淮要去上学的前一天，整个图瑟星上所有虫族的心情陷入前所未有的低迷状态，一个个都冷着脸面无表情，一看就知道心情不佳。

要不然他们去把学校炸了吧——

在这种极度低迷的心情中，图瑟星上的虫族们甚至在某一瞬间产生了这个想法。

他们开着尤拉战舰过去，用轨道炮炸了学校，这样王就不用去上学了。

但顾淮想去，一想到这点，虫族们又只能眼巴巴地接受现实。

听说去上学的小朋友都要背书包，其他幼崽拥有的东西，虫族们当然也给顾淮准备了。

出发前一天，顾淮就背着什么东西也没装的暖黄色小书包跑到家长们面前。

就像当初拔了雀鸟的漂亮羽毛要衔着向家长展示那样，顾淮现在背着小书包跑到虫族们面前也是同样的用意。

"您喜欢这类东西的话，属下可以再给你买很多个不一样的。"参谋长低着头说，"您更喜欢什么样的颜色？"

顾淮把背在身后的暖黄色小书包改成抱着，然后对在他面前的家长们说："不要其他的，我喜欢这个。"

幼崽的声音还很稚嫩软和，尤其顾淮有一头看着非常柔软的黑发，几缕发梢搭在他的秀气脸上，让他看起来格外乖巧听话。

这个样子让虫族们毫无抵抗力，所有虫族都一致认为，放在星际全部的幼儿园里，自家王一定是最可爱的小朋友。

到第二天早上出门的时候，图瑟星的航空港站满了看着顾淮和亚尔维斯乘上尤拉战舰的虫族，一个个都眼巴巴地望着。

顾淮站在舱门上，虽然是只有三岁半的幼崽，但顾淮能感觉到虫族们对他的不舍。

顾淮想了想，用认真表情说："我会想你们的。"

这句话让虫族们的低落心情缓解了些，但还是很依依不舍。

正背着个小书包的顾淮又眨下眼："三天后你们会来学校接我回家吗？"

希洛里安幼儿园是上学三天、放假三天的制度，所以顾淮这么问。

"当然，属下一定会去接您。"参谋长马上在旁边应下。

规模惊人的战舰群就此启程，除了主舰以外，其他所有的尤拉战舰都是护卫舰。

顾淮在主舰里拉着亚尔维斯一起看透明隔层外边的星云与各个不认识的星球，看到觉得漂亮的，还要指着给在他身边的塔克虫族们看。

"嘶……"

幼崽说好看就好看，宠爱顾淮的塔克虫族们发出嘶声回应，为首那只塔克虫族抬起他的左边前臂，在顾淮的柔软黑发上极轻地碰了碰。

这就是塔克虫族做出的"抚摸"动作了。

莱纳星被黑压压的尤拉战舰群吓得不轻，星球上的人们不安了半天，事后才得知，原来虫族的这番阵仗是为了送他们的王来上幼儿园。

虫族的王去希洛里安幼儿园上学，这个消息刚传出去，整个星网就沸腾了，一时间星网上议论纷纷。

而作为处于议论中心的人，顾淮被虫族们一路送到学校班级门口，跟家长告别完以后，他和亚尔维斯一起走进了教室里。

幼儿园也分三个年级，三四岁的幼崽上的是小一年级，顾淮和亚尔维斯在的这个班是 A 一（三）班。

希洛里安幼儿园开学是下午报道，顾淮和亚尔维斯到教室时，教室里并没有多少小朋友比他们先到。

座位表倒是早就排好展示在虚拟屏幕上了，顾淮抬起头去看屏幕，找到自己和亚尔维斯相邻的名字。

"我们坐在一起。"顾淮说着，拉住亚尔维斯的手就往安排的座位走。

顾淮和亚尔维斯坐在一起，看起来就像人类和虫族的幼崽待在一块儿。

这个画面对一些相对早慧，被灌输过虫族与人类关系不好这一概念的幼崽来说，他们不由得有点担心。

听说虫族是很可怕的种族，虫族的幼崽也很可怕……

离开了家长的幼崽们多少有些没安全感，班级里的幼崽们看着坐在教室第一排位置的亚尔维斯，在观察了一小会儿以后，大家都本能地产生不太敢接触的感觉。

大概和其他所有种族的幼崽比起来，亚尔维斯是唯一会让他们有某种压迫感的。

亚尔维斯在幼年期类人形态的长相很好看，但他面无表情，漂亮的浅金色竖瞳也是同样冷冽，身后的银灰色尾巴更是让一部分幼崽直觉上感到危险。

希洛里安幼儿园也有种族是人类的学生，在顾淮的这个班级里有两个，他们都满眼担心地看着坐在亚尔维斯旁边的顾淮。

放眼整个星际，对虫族了解最深的种族毫无疑问是人类，即使是小孩子也大多会在家长口中对虫族有所听闻。

顾淮对其他幼崽对他的担心毫无所知，也完全没有察觉到什么压迫感，班里的学生还没到齐，顾淮在座位上坐着坐着却有点儿困了，他抬起手揉了揉眼睛。

"想睡觉。"顾淮对亚尔维斯说。

顾淮的这句话听起来只是表达自己的感受，实际上是已经对亚尔维斯提出了要求。

亚尔维斯对上顾淮因为困倦而变得雾蒙蒙的黑色眼睛，顺从地应了一声："嗯。"

应声完以后，亚尔维斯主动把座位向顾淮靠近一些，顾淮低头趴在桌子上，脑袋往亚尔维斯那边挨近，挨靠上以后，顾淮安心地闭起眼睛。

本来亚尔维斯会陪着顾淮睡觉，但他们现在处在一个有很多外人的陌生环境，亚尔维斯不会在这种环境下睡着。

坐在第三排的沈牧和哈默几乎要把眼睛给瞪出来，两个小朋友在后边着急得不行，生怕顾淮会被亚尔维斯攻击。

但结果他们在那做了好一会儿的心理建设，勇气还没鼓起来，却看见亚尔维斯好像并不打算攻击挨靠着他的黑发幼崽。

小孩子能有一次勇气就不容易了，看着这个场面，两位坐在第三排的小朋友最终打起了退堂鼓。

班主任是一名女老师，从一开始就在教室里了，等班里学生全部到齐以后，她组织起班上小朋友开始做自我介绍。

一个个幼崽轮过去，轮到顾淮的时候，知道顾淮身份的班主任不敢叫醒顾淮，犹豫了下选择跳过。

顾淮下一个就是亚尔维斯，被顾淮挨靠着，亚尔维斯并不想起身，他面无表情地望向讲台上的年轻老师。

目光对上 α 虫族的浅金色竖瞳，即使亚尔维斯现在只是幼崽，班主任的眼皮也止不住跳了跳，只好再次选择跳过。

顾淮一觉睡醒的时候，已经是在班主任允许的小朋友们自由交流的时间，顾淮揉揉眼睛走去窗边位置，好奇地往外看了看。

而这时有两个小孩向他走来，一走过来就对他说："你刚才那样很危险。"

顾淮疑惑地歪了歪头，没有听懂他们的话。

沈牧和哈默看着他们眼前的黑发幼崽一脸懵懂无知的样子，赶紧像大人那样露出严肃的表情："坐在你旁边的是虫族，虫族跟我们人类关系不好，你离他太近可能会被攻击的。"

沈牧和哈默的家里人大多就职于地球联邦的军部，在这样的家庭里，他们懂得的东西当然比一般小孩更多。

顾淮只抓住最后一段话，他摇摇头，非常明确地反驳："亚尔维斯绝对不会攻击我。"

顾淮不能理解两人的话，他再揉揉眼睛，很快回去亚尔维斯身边。

坐回座位上以后，像是为了证明什么一样，顾淮直接抱住亚尔维斯的尾巴，抱着不放。

沈牧和哈默一起睁大眼睛，呆呆地站在几米远的地方。

不仅是抱尾巴，在接下来的一整天里，沈牧和哈默还看着他们眼里的黑发幼崽一直黏在亚尔维斯身边。

两个人甚至有时候手拉手，被顾淮拉着手的亚尔维斯虽然面无表情，但并不拒绝顾淮这样对他。

看起来感情好得很，好到让沈牧和哈默不能理解。

说好的人类和虫族关系不好，难道家里的长辈是骗他们的？

两位小朋友开始对现实产生怀疑。

第一天，新入学的幼崽们相安无事地度过，到第二天——

每个学校里总有那么一个学生是校内的小霸王，希洛里安幼儿园也不例外。

"喂，你手上的东西给我。"奥托指着一个明显是新入学的幼崽。

顾淮低头看看自己手上拿着的几颗糖果，没有理会对方，直接从旁边走过去。

作为幼儿园里的小霸王，奥托从来没有被人这么无视过，他直接挡住顾淮的去路，然后一把抢过顾淮手里的东西。

"你长得好看，我不打你。"小霸王奥托如是说，但东西还是要抢。

被抢走了所有糖果的顾淮一愣，被虫族们那样宠爱着，顾淮显然从来没有经历过被人抢走东西这样的事情。

奥托之所以能在幼儿园里当小霸王，那是因为他是萨奇人，萨奇人正是星际里公认的单人作战能力最强的种族。

但要说萨奇人的种族和虫族哪一个更强大，星际各族人们毫无疑问都会认为是虫族。

单人作战厉害没用啊，虫族的虫海战术才是最令星际各种族畏惧的。

更何况，β 阶级的高等虫族的个人战斗能力跟萨奇人相比也弱不了多少，而 α 虫族的战斗能力是完全的碾压级别。

顾淮愣了有两秒，反应过来以后，他下意识抿起唇，几乎委屈成了一副眼泪汪汪的样子，然后以这副表情回去找在班级里等他的亚尔维斯。

"糖果被抢走了。"幼崽还不会克制自己的情绪，年幼的顾淮泪汪汪地找能够让他依赖的亚尔维斯告状。

本来还要找家长告状的，但是家长现在不在身边。

顾淮思考了下他用精神链接跟家长告状的可行性，好像会弄出很大动静，最终决定只找亚尔维斯。

沈牧和哈默在后边座位上听见后一脸纠结。

你糖果被抢了，这样委委屈屈地去跟一个虫族说有什么用？还不如跟他们说呢，虫族又不会帮你抢回来。

这么一想，哈默当即站起身，同胞之间要互相帮助，他决定去帮顾淮把东西抢回来。

然而刚站起来，哈默就看见亚尔维斯很明显地甩动了下身后的银灰色尾巴，然后一声不吭地拉着顾淮离开教室。

这个发展让哈默呆住，他赶紧也拉上自己的小伙伴一起走到教室外边的走廊。

对于奥托，幼儿园里的大多数幼崽都是认识的，也因为知道对方不好招惹，刚才顾淮被抢糖果的时候，周围其他看见的幼崽都没敢上去帮忙。

人没有走远，亚尔维斯很快就找到了目标，顾淮想了想有什么注意事项，对亚尔维斯说："老师昨天说不要打架。"

哈默扯着沈牧一起出来，他们在不远处看见亚尔维斯对顾淮点了点头，像是答应了什么。

亚尔维斯确实没跟人打架，他只是用身后的尾巴在奥托脚边的地上砸出一个深坑，把对方直接吓哭了。

亚尔维斯拿走对方手上的糖果，然后回到顾淮身边，把糖果放到顾淮手上。

虽然不清楚原因，但旁观了这整个过程的各种族幼崽们很容易能够知道，亚尔维斯对顾淮很好，不会让其他人欺负顾淮。

虽然不是顾淮主动的，但因为亚尔维斯对他的顺从，经过这次事情以后，顾淮忽然成了希洛里安幼儿园里的新任小霸王。

才开学第二天，整个幼儿园就没有人再敢欺负他。

被虫族宠爱着，或者更贴切地说是被娇宠着长大，顾淮总是能够无师自通地明白——

哦，在这个地方，亚尔维斯，也就是他的家长最厉害了。

所以他可以想做什么就做什么。

年幼的顾淮很能依赖人，特别擅长依赖家长和亚尔维斯。

像有些事情明明是可以自己做的，当有家长或者亚尔维斯在身边的时候，顾淮第一反应就会是寻求帮助。

比如说在幼儿园里，顾淮吃个糖果，有时候也不愿意自己动手剥包装纸，而是把糖果往亚尔维斯那边推了推。

顾淮会望着亚尔维斯，然后说："想吃糖。"

顾淮的黑色眼睛清澈又明亮，声音还是稚嫩的，听起来跟幼崽形态下的叫声一样幼软。

从小被家里人教育要独立自主的沈牧和哈默看着这一幕，都有点不太能理解。

想吃糖，就动动手剥一下包装纸的事，这么小的事情也麻烦别人好像不太好吧……

沈牧和哈默都是家中独子，同样也是自出生就被家里人当宝贝捧着，但他们不知道，他们在家里人那里受到的宠爱跟顾淮完全不是一个程度。

对虫族们来说，顾淮想吃糖的话，他们把糖果纸剥开再送过去是理所当然的事情。

本来就没必要让自家王多费这个力气。

亚尔维斯的想法也差不多，他拿起一颗糖果，把包装纸拆开，但并不完全剥离，而是用这层包装纸垫着那颗糖果，放回到顾淮桌上。

顾淮的下一个动作本该是拿起糖果放进嘴里，但他看着那颗糖果的颜色，忽然眨了眨眼。

"不要这个味道。"顾淮把这颗被剥开的糖又推回亚尔维斯那里，还是像刚才一样望着亚尔维斯，"要橙子味。"

第三排的两个人类小朋友快忍不住了，想过去让顾淮适可而止，亚尔维斯肯给顾淮剥糖果纸，他们已经觉得很惊讶，他们没想到顾淮还敢再折腾第二次。

顾淮的眼睛总是明亮亮的，亚尔维斯在听见顾淮这次对他的要求以后没有马上动手,他把视线转去看堆在他桌上的五六颗糖果。

沈牧和哈默看着觉得,亚尔维斯果然是不耐烦了。

结果下一秒,他们看见亚尔维斯似乎是确认了什么一样,又伸手去拿起一个橙色的糖果。

亚尔维斯没在这些糖果的包装纸上看到标记,只能凭自己的判断。

没几秒,这颗糖果又被剥开了包装纸放在顾淮桌上。

要求得到满足,顾淮终于高兴了,很快把那颗糖果放进嘴里。

顾淮高兴时的眼梢会微弯下来,亚尔维斯看一眼顾淮的眼睛,身后的银灰色尾巴动了动,他拿起桌上那颗他刚才剥好的,顾淮不要的糖果,自己吃掉。

在第三排目睹完这一切的两位人类小朋友已经一脸迷茫。

还不只是这一件事。

又比如说鞋带开了,这时候如果亚尔维斯在旁边,顾淮就会低下头去看着自己的鞋子,一动不动,也不蹲下去自己系,而是在低头盯了鞋子一会儿以后,再抬起头什么话也不说地看向亚尔维斯。

这样亚尔维斯就会明白顾淮的要求,很自觉地蹲下去帮顾淮系鞋带。

两位人类小朋友一起睁大眼睛,这对他们又是一波认知冲击。

亚尔维斯同样是幼崽,但他和顾淮之间,无疑是他在单向地照顾顾淮。

亚尔维斯看起来也没有不情愿,耐心得很。

幼儿园的生活有亚尔维斯一起,顾淮又是过得无忧无虑,除了会想念家长,每天都高高兴兴。

开学第三天的早晨,顾淮在班级外边的走廊跟昨天抢他糖果欺负过他的奥托狭路相逢。

奥托经过昨天的教训,今天当然没想招惹顾淮。

可顾淮一眼看见奥托手里的糖果，他想了想，也学对方昨天那样把人拦了下来。

顾淮一边回忆一边同步模仿，指着奥托："喂，你手上的东西给我。"

奥托怎么说也在幼儿园里当了两年的小霸王了，被顾淮这么明着抢东西，他不要面子的吗，于是当即说："不给。"

奥托话音刚落不到一秒，他就眼睁睁看着在他面前的黑发幼崽忽然抿起嘴角，又做出和昨天一样像是眼泪汪汪的表情，这个表情让奥托内心警铃大作。

顾淮做出这个表情，现在前脚走，后脚肯定就去找亚尔维斯了，然后亚尔维斯就会来找他麻烦。

作为一个聪明的小霸王，奥托迅速理清可能导致的前因后果，他憋了憋："那……那给你也不是不行。"

顾淮眨眨眼，这个结果似乎在预料之中，表情在眨眼间恢复正常："嗯，那我现在要抢你糖果了。"

抢东西之前还要先正正经经地跟被抢的人说一声，说完这句话以后，顾淮低头看着奥托手里的牛奶糖。

奥托撇撇嘴，算了，今天算他不走运，这些糖果就当他是路上弄丢了。

顾淮看了几秒，最终只拿走了其中一颗，然后又把自己兜里的一颗水果糖放对方手上。

"我抢好了，你走吧。"顾淮示意对方可以离开了。

奥托：嗯？

你就抢这一颗？

只抢一颗也就算了，还给他一颗水果糖？

会不会抢东西？！

看了顾淮一眼，奥托带着一言难尽的表情离开。

顾淮不知道对方心里在想什么，他自觉自己也当了一次小霸王，他跟奥托现在扯平了。

而拿着抢到的战利品，顾淮去找亚尔维斯。

"我从奥托那里抢到的。"顾淮把牛奶糖放到亚尔维斯手里，"给啾啾。"

一直被亚尔维斯照顾和保护，顾淮第一次像是在亚尔维斯面前表现自己的能力一样，亮着眼睛的样子看起来还怪骄傲的。

顾淮用稚嫩幼软的声音说"抢"，听着实在没什么说服力，更何况他说是从奥托那里抢。

在第三排偷听着的沈牧和哈默："……"

转念一想，他们有点明白过来了，顾淮估计是仗着亚尔维斯的威势，奥托不敢不给。

亚尔维斯不是喜欢多说话的性格，不过顾淮送他东西，从他微微抬起的尾巴可以看出他的心情，这是高兴的表现。

亚尔维斯把糖果收起来没吃："下午上完课就回图瑟星了。"

顾淮坐在座位上晃了晃腿，对亚尔维斯说的事情抱有很大期待："嗯！"

到底是幼崽，离开了家长几天，顾淮肯定想家了。

一天的上学时间过去得很快，在下午四点半的时候，希洛里安幼儿园的放学铃声响起——"叮咚。"

班主任在铃声响起同时宣布放学，班里的幼崽要等家长来班级里接才行。

把自家王送去幼儿园以后，虫族们每一天都觉得时间无比漫长，好不容易到能接顾淮回图瑟星的日子了，三名军团长带着部队马上赶到。

三天前护送顾淮来莱纳星的虫族们都没回图瑟，而是在莱纳星买了房子住下来，时刻关注着希洛里安幼儿园的安全。

想也知道他们不可能就这么回图瑟，万一自家王在幼儿园遭遇什么危险，他们远在图瑟肯定赶不及过来。

等顾淮和亚尔维斯上完三天学，他们再一起回图瑟星。

一艘尤拉战舰降落在幼儿园门口，战舰规格已经有意缩小，可这依然让其他来接幼崽回家的家长们一脸蒙。

能让幼崽在希洛里安幼儿园上学的家长大部分也是非富即贵，可别人就算有意显摆，最多也只是开价格贵到惊人的小型飞行器来接幼崽。

而虫族直接开了一艘尤拉战舰过来！

其他家长目瞪口呆，而幼儿园里被家长领着往校门走的幼崽们则是好奇又羡慕地望着那艘尤拉战舰。

好大好大的飞船啊，他们的家长什么时候也能开这么大的飞船来接他们回家？

顾淮在班级里乖乖等着家长来接他，而在他的期待中，三名军团长和塔克虫族们很快到来了。

在顾淮所在的这个班里，他的家长最早来到。

班主任对上三双明显属于α虫族的浅金色竖瞳，再对上一片属于塔克虫族的猩红竖瞳，心里不由得一阵发怵。

班主任的这阵感觉很快被打破，因为所有虫族都没注意她，而是全在注视着顾淮。

顾淮这时已经背好小书包站了起来，拉上亚尔维斯就往家长那儿跑。

看见顾淮背着书包往虫族那边一路小跑过去，还没等到家长过来的沈牧和哈默双双愣了愣。

顾淮往虫族那边跑干什么？

那又不是他的家长。

但接下来，两个人类小朋友就被颠覆了认知——

他们直愣愣地看着一只身躯庞大的塔克虫族把顾淮抱起来放到肩上，顾淮似乎还喊了这只塔克虫族的名字。

"卡鲁。"幼崽亲近又依赖地呼唤家长。

载着顾淮的那只塔克虫族马上从喉咙里发出低低的嘶声回应。

沈牧和哈默还是蒙的，这个时候，他们看见坐在塔克虫族肩上的黑发幼崽向他们两人挥了挥手："再见。"

两个人类小朋友愣着没来得及回应，等顾淮和亚尔维斯都已经被来到班级门口的虫族们接走了，沈牧和哈默才堪堪想明白了点。

他们是不是……

一直误会了什么很要命的事情？

当然，坐在塔克虫族肩上的顾淮在从班级到学校门口的一路上万众瞩目，不过顾淮在图瑟星天天被虫族们围观，倒是一点也不觉得受人瞩目这事有什么。

"尤拉今天能不能飞得快一点？"站在战舰的舱门，顾淮满眼期待地望着这艘尤拉战舰，"我想快些回到图瑟。"

顾淮满脸期待地说完，还伸手去摸了摸舰身。

尤拉战舰的舰身立刻发生明显震动，几乎马上就亮起天蓝色舰灯："咔嗒——"

幼崽都这么期盼了，这艘尤拉战舰在今天发挥出了突破往日极限的航行能力，愣是把从莱纳星回到图瑟星的航行时间缩短了好几小时。

战舰在图瑟星的航空港停降。

顾淮从战舰里下来，望着图瑟星熟悉的景象和在航空港等着他的虫族们，又拉着亚尔维斯一起高高兴兴地跑过去。

他们回家了。

图书在版编目（CIP）数据

小淮啾.2 / 酒矣著 . —— 北京：北京燕山出版社，
2023.2
ISBN 978-7-5402-6424-6

Ⅰ . ①小… Ⅱ . ①酒… Ⅲ . ①幻想小说 – 中国 – 当代
Ⅳ . ① I247.5

中国版本图书馆 CIP 数据核字 (2021) 第 281114 号

小淮啾 . 2

作　　者：酒　矣

责任编辑：王月佳

特约编辑：阿　掰

封面绘制：松　二

装帧设计：白　麻　暖　暖

出版发行：北京燕山出版社有限公司

社　　址：北京市西城区椿树街道琉璃厂西街 20 号

电　　话：010–65240430（总编室）

印　　刷：长沙鸿发印务实业有限公司

开　　本：880mm × 1230mm　1/32

字　　数：260 千字

印　　张：10

版　　次：2023 年 2 月第 1 版

印　　次：2023 年 2 月第 1 次印刷

定　　价：45.80 元